人とこの世界

開高健

筑摩書房

目次

人とこの世界

行動する怠惰

広津和郎

広津和郎（一八九一～一九六八）

小説家　評論家　東京生れ　早大英文科卒　『神経病時代』（一九一七年）が文壇的出世作　カミュの『異邦人』をめぐる中村光夫との論争、松川事件をめぐる十年余の裁判批判は有名

開高　広津さんのお書きになっていらっしゃるものを、ずっと読んでいくと、ひどく気の長い、あきれるほど気の長い忍耐の部分と、いきなり鉄火のごとくパチッとやってしまう、癇癖の強いところとがおありのようですね。

広津　うん。そうでしょうね。

開高　それで、読んでいて、どこで気が長くなって、どこでパチッとやっちまうのか、そこが面白いですね。はたから見ていますと。

広津　それは人によると、意志の強さでやったのではないかというように考えるが……。

開高　私もそう思いますが……。

広津　意志の強さはないんだ。意志を積みかさねていくというような、そんなものはないけれどもね。だいたいは非常な怠け者で、たまたま何か衝動に駆られると、そうするとパッといって、そうなると、何かそのことに凝《こ》るんだな。だけれども、意志は弱いも強いも、持ってないんじゃないかと思う。

都内の某料亭の午後遅く、広津さんがジュースをチビチビやりながら、ひそひしている。テーブルのこちらに私がすわって、ウィスキーをチビチビやりながら、をを聞いている。庭の植込みにまだら雪がのこり、部屋のすみではガス・ストーヴがぼうぼうと鳴っている。

いつかもこうだった。もう四年か五年も以前のことになる。松江の旅館の二階で夜ふけにやっぱりこうして広津さんから話を聞きつつ酒を飲んでいた。私はおなじことをたずね、広津さんはおなじことを答えた。眼も、口調も、超脱の気配もまた、おなじであった。その頃とくらべると、いくらか広津さんは起居の動作が緩慢になり、少し老《ふ》けられたような気がする。

その頃、私はときどき広津さんといっしょに松川事件のことで地方を講演して歩いた。広津さんといっしょでないときもあった。けれど広津さんといっしょだと講演のあとで座談を聞くことができて、たのしかった。私が松川事件に顔をだしたのは終盤に入ってからほんのちょっとの期間で、とりたてていうほどのことは何もしなかった。ただ広津さんの座談を聞きたいばかりにでかけたのではないかと、いまになって思うことがある。中心と持続。広津さんにあるものが私には何もなかった。

イェルサレムのアイヒマン裁判から帰ってきたあとだったので私は講演会ではそのことを話したが、いつも三十分ほどをのこして切りあげた。すると広津さんがでてきて、その三十分を食べ、自分の持ち時間をくまなく食べ、さらにそれから三十分超過して食べる。そして宿に帰るとドテラを着て床柱を背にすわり、やおらオレンジ・ジュースをチビチビやりながら文学のこと、絵画のこと、骨董のこと、おしゃべりをはじめる。それが一時、二時までつづく。お付きの若い人が顎をだしてしまい、コソコソ部屋へひきあげる。それでも広津さんは、こちらがちょっと何かたずねると、〝ウン、それはね〟といって体をのりだしてくる。毎夜、毎夜、そうだった。

このときに聞いた無数の挿話、感想、寸言、名句は、『あの時代』や『年月のあしおと』や、そのほかの文章に書かれてあることが多かった。しかし、〝公序良俗〟を憚ってか伏せられているものも多かった。そのあたりの話がはじまると耳が勃起した。それだけがおもしろいのではないけれど、それはじつにおもしろいのである。話しっぷりがいいのだ。行く雲、流れる水のように話をしてきて、きっとさいごにはサゲやオチがさりげなくつくのである。登場人物が葛西善蔵とか、宇野浩二とか、菊池寛とか、小出楢重、梶井基次郎などと異彩を放つのが多い。そこへ一流中の一流の観察眼、無私の愛、歳月のヤスリに耐えのこった印象が入るのだから、お金をだしても聞きたいようなものだった。ときには杯をソッとおいてから、ざぶとんからころげおちて笑ったこともあった。あるときは岩波書店の講演旅行で、吉野源三郎氏といっしょだった。氏は私の観察によればこの世で子供しか愛さない荘厳な人であるが、それでもたまりかねて毎夜、深更にいたるまで、笑いくずれていた。

開高　それから葛西（善蔵）さんが東京を食いつめて弘前に都落ちしようと、上野から汽車に乗るときのことを、広津さんに、松江の宿で聞かされたのですが、広津さんと舟木（重雄）さんが、これ以上子供を作ってはいけないよというと、葛西が「そうはいうても、子供は生れるでのう」というので、そういうことをいっちゃいけないと……。

広津　それで停車場から、時間があるので、葛西がコンドームを買ったのではないか。

開高　いや、広津さんと舟木さんがコンドームを……。

広津　舟木だ。

開高　それで汽車に乗っていくのですね。ベルが鳴って、ポンと窓からコンドームの箱をほうりこんで……。

広津　いや、少し君の想像が加わっているのではないかな（笑）。

開高　違います。僕の記憶では、そういうお話でした。

広津　そうだったかな。それは舟木ですよ。舟木がやった。

開高　そうでしょうか。今度からこれを使うのだよ、というようなことをいうと、葛西善蔵は、シートの上にあぐらをかいてすわったまま、弘前の方を向いて、「諸君、サラバじゃ」といって、フッと消えてしまったというのですが、僕が聞いたところでは。

広津　少し話がうますぎるようだな（笑）。しかし、どうも人の証言などというのは……。

開高　アテにならないですか（笑）。

広津　そこまで僕はいってなかったと思うが。

開高　そうでしたか。

広津　何か、そのとき持っていた袋が、こういう何というか忘れたが、寿という字か何か入っている、幸せな言葉の書いてある袋のようなものを持って、葛西が乗っていたのだ。寿という字と何だったか。信玄袋のようなもので、それを持って乗ってるのだよ。それとね、それでないときに、また葛西を送っていったことがあるのだな。そうすると葛西と何か僕は喧嘩したのだったかな。そうしたらば、君も俺も舟木から見ると、われわれよりも舟木は三日の長があるとかいってね、君も俺もマダマダゾといって汽車に乗った。そういうことがあった。それは葛西と喧嘩したあとだった。

眼を細めて、天井を仰いで、声をたてて広津さんが笑うと、いつも十歳ぐらい若返って見える。みごとに変貌する。ドテラを着てそうやっていると、どこか古い下町の大旦那が湯上りに一杯ひっかけて昔話に興じている、といった匂いがでてくる。

広津さんの講演はいわゆる名調子ではなかった。大向うから拍手を浴びたり、歓声が湧いたりというものではなかった。聴衆に媚びもせず、ナメもせず、ぼそぼそと低声でやるのである。松川事件の検察側の論証の非合理、非整合ぶりを粉砕することに知力と意志が集中されていた。それは実証に徹底し、論理の矛盾をあばくことに徹底していたから、もしこの事件に何の興味もない人が聞いたら、砂を嚙むようなものだったかもしれない。しかし、いくらかの知識を持っていると、それは名演説であることがわかった。朝鮮独楽《こま》は鞭でひっぱたいて廻すのだが、あれだ。広津さんの講演にはそういうところがあった。水の滴がポトリ、ポトリとおちるようなぐあいに地味に話を追ってきてから、タルンだなという感じがした頃にふいに一鞭、ピシャリとあてるのである。すると独楽は首をふって起きなおり、ふたたび回転をはじめるのであった。それを広津さんは、もう、十年もつづけていた。日本全国の町という町で、めぼしいところにはみんないった。裁判は二転、三転しだらだらとのび、〝マツカワ〟と聞いてもいまさらふり向くものもなく、〝ヒロツ〟というと〝えらい人〟と答がもどってくるだけというぐらいにこの事件は歳月と倦怠のぬかるみにおちこんでしまっていた。しかし広津さんは倦まず、たゆまず、たのまれるまま東へ、西へ、飄々と辻説法師のようにでかけていって説きつづけたのだった。さむざむしい田舎町の公会堂の二階のすみから演壇を見おろして、何度も私は、ああ、とてもオレはダメダと思った。

「……（前略）……それはどんな事があつてもめげずに、忍耐強く、執念深く、みだりに悲観もせず、楽観もせず、生き通して行く精神――それが散文精神だと思ひます。それは直《す》ぐ得意になつたりするやうな、そんなものであつてはならない。……（中略）……この国の薄暗さを見て、直ぐ悲観したり滅入つたりする精神であつてはならない。そんな無暗に音《ね》を上げる精神であつてはならない。さうではなくて、それは何処までも忍耐して行く精神であります。アンチ文化の跳梁に対して音を上げず、何処までも忍耐して、執念深く生き通して行かうといふ精神であります。ぢつ《ママ》と我慢して冷静に、見なければならないものは決して見のがさずに、そして見なければならないものに慴《おび》えたり、戦慄したり、眼を蔽うたりしないで、何処までもそれを見つめながら、堪《こら》へ堪へて生きて行かうといふ精神であります」

これは昭和十三年か十四年頃、「人民文庫」主催の講演会で『散文精神について』と題して広津さんが行なった講演の一節である。目的はその頃、軍部の大陸進攻策に呼応して林房雄などが唱えだしたロマンティシズム運動をハッキリそうと名ざしで真っ向から攻撃することにあった。当時どのような反響があったのか私は知らない。恐らく一匹狼の遠吠えとして野末に消えてしまったのではないだろうか。しかし、これはじつに凜凜とした気魄をたたえた言葉の群れである。いま読んでもけっして錆びてもいないし、腐ってもいない。だいたい広津さんの評論や論争にはそういうものが多い。個性主義に対する警告や、出版社の巨獣化に対する憂慮や、そのほか、現在読んでもそのままうなずけるものが多いのである。ただ、ファンの一人としては、この凜々の気魄が創作に渾熟することなく、松川事件の実践にのみ見事に開花したことを、痛惜したいのである。

広津さんにはいくつかの口癖がある。座談をしていてもそれがひょいひょいでてくる。たとえば、《僕は七・五調はきらいだ。ロマン・ローランと大山郁夫はきらいだ》がその一つ。たとえば、《僕の小説はダメだよ。自分で読んでもちっとも面白くない》がその一つ。《僕は不精者なんだ。首をこっちへ向けたらそのままにしておきたいんだよ》もその一つ。《万年床にもぐりこんでとりとめもないことを考えてぼんやりしているのが大好きなんだよ》もその一つ。困ったことにはこういう言葉が衒いや、ソフィスティケーションや、ミスティフィケーションや、また悪謙遜としてでてきた言葉ではなく、まったく率直な自己観察からでてきたものであり、正しく事実をさしているということなのである。はじめのうち私は広津さんが謙遜しているのだと思った。あれだけの大業を完遂した人だと思うからである。そこで、広津さんの言葉をみんな逆に考えることにしたのである。ところが接触と観察がかさなるにつれて、どうもこれはほんとらしいと思いだした。ほんとに広津さんは不精者で、万年床が好きで、あまり本を読まず、小説を書くのがおっくうでならず、できるかぎりフトンのなかでウトウトしていたい人物らしいのである。惚れると弱いもので、そうと知ったら、これまた好きになってしまった。そこで、護国寺裏のアパートの一室でたった一人、万年床にもぐりこんで眼をパチパチさせている広津さんのことを、苦心して言葉をさがしたあげく、《超脱》とひそかに呼ぶこととした。《仙人》というのは俗すぎる。《怠け者》というにはまだまだ誤解されやすい。そこで《超脱》としたのである。

広津 いつか松岡陽子さんが中国人か何か外国人をつれてきて、僕のことを説明するのに日本のゾラだとかいってるんだよ。ゾラ、とんでもない、そんなもんじゃない、日本には旗本退屈男というのがあるんだ、僕はそれですといったんだよ（笑）。

開高 松岡さんは英語はとてもできるけれど中国語はできないんです。そうですよ、たしか。旗本退屈男を英語にどう直したんでしょうね。

広津 知らないね（笑）。

（その後、松岡女史に電話でたずねてみたら、知らないわア、私、そんなことあったかしら、という答であった。）

広津さんにいわせるとこれまでに書きたくて書いたものが何もない、創作も批評もことごとくそうである、いつも締切りに追われるとか、人に書けと強いられてしょうことなく書いてきたのだとのことである。広津さんの創作と批評については吉田精一、平野謙、谷沢永一といった人たちが精緻な論を書いているので私のわりこむ余地はないが、どうしても広津さん自身にたずねたいことが一つあったので、それを聞いてみた。

開高　『初期文芸評論集』のなかに「洪水以後」に発表された批評文が入っています。ずいぶん年が若い頃にお書きになった批評で、たとえば『田園の憂鬱』を読んでたいへん感動したということをお書きになっています。これまでの佐藤春夫には才人才におぼれるようなところがあったが、これで何かになりかけてきたという感じが、ありありとわかる。その何かはまだよくつかめないけれども、しかしその気配は濃厚にある。世間の人々はしばしば谷崎潤一郎を賞揚するけれども、たしかに彼は異常な才能の持主ではあるが、書いてることの異常怪奇さとくらべて、本質はじつに常識人であるということをお書きになっていらっしゃいます。私は非常に鋭い批評だと思いました。佐藤氏も谷崎氏もまだ自分の顔のすべてをだしていない時期に、早くも何かを見抜いていらっしゃる感じが、いまになって思うと、ありありとでていると思うのです。こういう鋭い批評眼を持っていらっしゃると、その後創作をするときにお困りになったのではないか。自分の鋭すぎる批評の眼と、創作したいというバカな情熱とのあいだを、どういうふうにナダめておいでになったのか、その点をお聞きしたいのです。

広津　そのバカ情熱が僕にはないのだな。それが僕のいちばんの欠点でしょうね。

開高　創作というのは、やはりバカな情熱がないと書けないのでしょうね。

広津　そう。

開高　…………

広津　書きたくて書いたというものが何にもないのだから。

開高　しょっちゅうそういうことをおっしゃるのですけれども、『神経病時代』はどうですか?

広津　『神経病時代』でもそうです。

開高　『やもり』は?

広津　『やもり』は書きたくて書いたのではないのです。書きたくて書いたのではないけれども、結局、締切りがきたので、手近なことを書きだしたら『やもり』みたいになっちゃった。その書いてる間に多少乗り気になったというようなことはあっても、前もって、何か書きたいと思うことがないというのは、とにかく僕の小説家としての最大の欠点だな。だから熱がないですよ、自分では。

開高　すると、その後何十年間の作家生活というものをどういうふうにしてやってこられたのですか。作家生活として……。

広津　作家生活というようなものは何十年間といったって、何十年間をこれから考えたら大変だけれども、毎日たっちゃうとたっちゃうものだよ（笑）。

（開高註・このあたりが超脱なのである。）

開高　そのあいだもいい評論をどんどん発表していらっしゃるのですが、批評を書くときと創作のときと、どっちが楽しかったですか。

広津　批評も書きたくて書いたということはないですよ。

開高　やはり締切りのために……。

広津　何か書けといわれて書くだけのことで、やはりね。

開高　でも書いてるうちに興が乗ってきて……。

広津　まあ書いてるうちに興が乗ったというのは松川くらいなものだね。あれは書こうと思って書いたね。そうして熱もあったと思うね。まあそんなに批評というものはないですからね。批評家になる覚悟などというものは何にもないのだから。でもね、裁判は向うの非を鳴らすために書いたけれども、文学批評は、ほんとをいうと、感心しなければ書きたくないな。だから僕は感心したことについて書きたいな。そうでないものも書いてるけれど、ただ欠点を指摘するというようなのは、何か自分にも無駄だしね。若いときに書いた『志賀直哉論』などは書いていて楽しかったね。戦争中に書いた『徳田秋聲論』は書いていてやはり楽しかった。裁判批判はちょっと楽しかったな。これはたびたびいうがクイズを解くような楽しみがあるのだ。どのあたりをごまかしているかということを探しだす。で、それを何とか、無実の人間を無罪にしたいということと関連しているからやはり楽しいね。こちらが正しいんだから、これは何年でも頑張れるよ。

開高　しかし、あれですね、有島（武郎）さんとの論争とか、戦後の中村（光夫）さんとの論争とか、松川もそうだけれど、ずっと拝見していますと、ときどきチェーホフの言葉を思いだします。チェーホフはちょっと冗談気味に、「医学が本妻で、文学は情婦です」といったらしい。広津さんの場合は、「人生が本妻で、文学は女中です」というところではないでしょうか。どうも情婦というところまで愛していらっしゃらないのではないかという気がしてくるのですが。

（開高註・あとで広津さんのアパートへいってお茶を飲んでいるときにこの言葉がまた話題になったので、「人生が本妻、批評が情婦、創作は女中」と私はいいかえた。広津さんは笑ってうなずき、そのとおりだといった。後日、広津さんの批評活動についていい本を書いた谷沢永一にこのことを話すと、傲慢無礼だといわれた。〝しかし、一盗二婢という言葉もあるな〟と彼はいいなおした。）

広津　とにかく曲りなりに飯を食わせてくれたということは便利だったと思うのだけ

れども（笑）、だいたいは、いまあなたのいったようなもので、やはり書くなどということじゃない。なにしろとりとめのないことに考えふけっていることが好きなんだね、物を書くよりも。そういう点が退屈かというと、それほど退屈とも感じない。だから人と全然会わなくて何日いたって平気なほうで、それでこういうことがあるね。たとえば久米（正雄）にしても誰にしても、話をしていると、すぐ何か、それは書けそうだという。僕はそういう考えで人の話を聞いたことがない。だから書くということがあまり頭を支配してないこともたしかですね。いや、だいたいがね、生活も何とかその月が食べていければという感じで、幅を拡げようという気もないし、大きく生きようという気もないしね。アパートでもただボヤッと万年床で、本なんかも僕は別に読まないのだけれども、何か考えているというほどのことも考えてない。それで何か味はあるのだな（笑）。

開高　そういうことが苦しみの気持なしにおできになれるようになったのは、いつ頃からですか。

広津　だんだんそうなっていったので、五十すぎですね。女の問題とか、いろいろな問題でけつまずくしね、その前は。だけれどもだんだんそういうものもなくなるし、いまや、もう少しけつまずいたほうがよかったのではないかと思うけれど（笑）。

《超脱》ということについてもう少し書いておきたい。広津さんの稀有といっていいほどの無私ぶりについて私はいろいろと読んだり、聞かされたりして、多少、心得ているつもりだったけれど、松川事件を媒介にじかに接触してみて、眼を瞠ったことがあったのだ。さきに書いたようにその頃、広津さんはいわば試合の最終ラウンドあたりでたたかっておられた。それはもう十年もつづいていたのである。「中央公論」の連載だけでも、じつに四年半にわたっている。そのときは痛風に襲われ、キリキリときたときに〝痛いッ！〟と叫ぶと、その〝いッ！〟が関節にひびくので、何か柔らかい悲鳴はないかと思い、ためしに〝プップクプ！〟と洩らしてみたら何ともなかった。そこで疼痛がくるたびにフトンのうえをころげて〝プップクプ〟、〝プップクプ〟といいつつあれを完成したのだということを、いつか、広津さんに教えられた。広津さんから聞く話はいつも何かしらその種のおっとりしたものばかりだった。〝闘争〟とか〝抵抗〟とか〝鬼〟とか〝魔〟とか〝鮮烈〟、また〝秋霜烈日〟、〝きびしい〟、〝不惜身命〟、〝この道一筋〟、〝ギリギリ〟などなど、日本人の大好きな硬直・玉砕美学の言葉が匂わせるようなものはどこにも感じられなかった。そのことに私はおどろき、眼を瞠った。

いつ会っても広津さんは、いやア、僕は万年床が大好きでねとか、旗本退屈男ですヨ、などといい、そして事実、そうらしいのだった。広津さんが私にあたえた最大の印象は、おっとりと、しかし徹底して執拗に持続する実践の人ということだった。その武器は実証と常識である。正真正銘、広津さんは行動人であった。けれど明治以来の日本の知識人が《行動》という言葉で連想するのは闇に散る花火の悲愴であった。〃持続〃とか、〃常識〃とか、〃実証〃などは、大の苦手で、真に必要なのはこれだぞといって持ちだされると、口ではそうだ、そうだといいながら、眼は早くもどんよりにぶくなってしまう。そっぽ向いてしまう。シビレないもんなアという。それでいて激烈、悲愴なことを口にする連中にかぎっていつまでも椅子にすわりこんで紅茶をオチョボ口ですすり、たちあがろうとしないのである。つまり不渡手形の思想家である。コミュニストであろうと、リベラリストであろうと、いまの日本の知力はそれら無数のシロアリに食い荒らされている。そして新聞、雑誌、週刊誌、総合雑誌は実体なき言葉の製粉所みたいになっている。

さきに引用した昭和十三年の『散文精神について』の言葉のまま広津さんは悲観もせず、楽観もせず、音もあげず、滅入りもせず、誇らず、傲らず、卑下もせず、蔑みもせず、北海道から九州まで心のうごくままに足をうごかして、訴えて歩いた。広津さんはあくまでもインサイダーとして徹底した合法闘争をやってのけた。ブルドッグという犬は嚙みついたら放さないそうだが、もし優雅なブルドッグというものがいたら、それは広津さんのことだろう。一度よくよく見定めてガブッとやったがさいご、万年床に入ったままどこまでもひきずられていって放そうとしなかったのである。広津さんと話をしていると、〝闘争〟とか、〝抵抗〟とかはもちろんのこと、〝行動〟、〝実践〟などという言葉も漂ってくることがないのだった。ほんとにそれはおどろくべきことだった。あまり広津さんが枯淡・超脱しているために、酒を飲んでいると、ふと、こんなことは誰にでもできるのだという気のすることがある。ところが一度、杯をおいて、ちらとふりかえってみると、たちまちそそりたつような厖大、緻密なるものの堅牢な堆積が眼に入り、周章狼狽して眼を伏せてしまうのである。それまで私はこのような行動人に出会ったことがなかった。《行動》や《実践》の感性と思惟は、ただ紙のなか、字の配列、書物、部屋のなかでの議論のなかにしかなかった。そしてそれらはやっぱり花火の悲愴美であった。私は《行動》らしい行動がどうやら自分には何もできそうにないと諦めながらも、ときに激することがあると何かを憧れずにはいられなかったが、たいていは夜ひそかに書物のなかをさまよい歩いているときだけのことで、一夜明ければ、健全な朝陽が硫酸のように流れこんで夜中に繁茂したイマージュ群を焼き、枯らし、しらじらしい《無》ばかりをのこした。そして私は自分にはついにそういうものしかないらしいということを書くのもためらった。それは何かしらめめしいことのように感じられた。字で何がしかの告白をする気になれるまでにはもう何年かが必要だった。

ふつう日本の知識人が〝リベラリズム〟というカタカナの字を見るときに感じ、連想するのは、〝あたりさわりのないことを気楽に話すこと〟ではないだろうか。或いは、

〝アレももっとも、コレももっとも、すべてはよい〟ではなかろうか。或いは、〝アレももっとも、コレももっとも、困ったことだ〟ではなかろうか。そして〝常識〟という漢字を見たとき、みんなはいっせいに眉をしかめるのではあるまいか。たとえば小説家に向って、おまえの作品は常識的だよ、というのは、現代日本においては最大の侮辱である。作家たちは必死になってこの言葉をかぶせられないように工夫する。自分の内部にそれを破壊する何の衝動もないのに、ただもう常識的といわれたくない一心で〝鬼〟になりたがるのである。そこで大量の非常識的常識作品とでもいうべきものが続出することとなり、三行読んだだけで、少し気の利いた読者なら本を捨てて魚釣りにでかけるのである。個性の極をめざすはずの二十世紀文学はそのためにかえってアクビがでるほどことごとく非個性的になってしまった。日本人が〝常識〟という字を見るときに感ずるのは《おとなしい》ということだろうと思う。ところがイギリス人はさらにこの言葉についての感性の鍛錬を経ているので、けっして油断しない。彼らにとって《常識》は、或る場合、《抵抗》や《主張》や、ときには《破壊》すらも含み得る言葉である。しかしわれわれはこの単語を創りだしてから、まだあまり日が経っていないので、この言葉はほんの小さな領域でしか活動してこず、その影響力はせいぜい柵のなかの家畜の群れのようなものにしか感じられてこなかった。ところが広津さんはこの言葉の匂いを完全に入れ換えてしまったのである。匂いだけではない。領域をはるかに遠い、広いかなたへまで拡げてしまったのである。それまでに散華したどのアウトサイダーの反抗的知識人もやらなかったやりかたで言葉の体質や細胞液を入れ換えてしまったのである。広津さんの指がふれたばかりに《常識》は不穏な、油断ならない、果敢な語群の列のなかに入ったのである。《リベラリズム》も、また、脱皮した。

開高　いつかどこかにお書きになっていらっしゃったと思うのですが、自分は昔チェーホフに影響されて、人生を非常に暗く見るようになった。そのために人生が不幸になった。スターリンがチェーホフの書物を出版させないということを聞いて、自分としてはそういうことがあってはならないと思った。しかし一方、チェーホフを読んだためにたいへん不幸になったことを思いあわせると、あながち非難できない気もする、というようなことをお書きになっていらっしゃったことがありますね。

広津　それは僕としてはね、結局、『退屈な話』というものにふんづかまって、一種の格闘をしなければならないような気持になり、もうチェーホフがやりきれないと思った時代がある。ずいぶん長い間とらわれていましたよ。チェーホフが三十歳くらいで書いたものにこっちは四十いくつまでふんづかまってしまった。老年になってくるにつれて、若くてチェーホフは老年を書いたからあんなものになったので、老年というものはやはり『退屈な話』の老年のようなものじゃないということをだんだん感じてきた。

開高 鳥取の宿かどこかで、おなじような意味のことをお話しになって、結論として、チェーホフはあんなに人生がわかってしまってはさぞやつまらなかっただろうねとおっしゃいました。二、三度お聞きしました。

広津 それはそうでしょう。まあちょうどあれくらいで死んでよかったのではないかな。四十四くらいでね。

開高 ロシアへいったときに或る文学好きの中年のマダムから、こういうことを聞かされたことがあります。昔父親は自分に世の中には二種類の人間がいる。ドストエフスキーの好きな人間とチェーホフの好きな人間だ。しかしどちらが優れているとか劣っているとかいうようなことは誰にもいえないと、そう父親に教えられてきたというのです。味なことを子供にいうもんだと感心しました。私はチェーホフを読んでいつも感心するのは、あれだけ自分をあからさまに語っているようでいながら、しかし、あくまでも自分を消してしまって、読者めいめいに判断させるという、ああいう絶妙な方法を何とか身につけられないものかと思うのですけれど。

広津 しかし、あれは何かチェーホフの生いたちとか、持って生まれた性格ですね。

開高 話がソレますけれど、世間の人はオリガ・クニッペルはいい妻だったというけれど、チェーホフにくらべたらつまらない女だったと思う。バルザックが夢中になったハンスカ伯爵夫人だってべつにそう大したもんじゃないと思います。何でこういい男がみんなつまらん女にイカれてしまうのでしょうね。じつにそういう例が多い。或る感慨があるのですけれど、どうなんでしょう、広津さん。

広津　いや、それはわかりませんね。オスとメスになるとわからんですよ（笑）。いやほんとうに、男と女といっているから、たいへんそういうふうにも考えるが、オス、メスというのはわからんね、それは（笑）。

開高　今日お会いするまえにもう一度『神経病時代』を読みかえしてきましたが、大正時代の青年の性格破産ということを最初に鋭くお気づきになって、ああした作品をお書きになったのですけれど、私なんかの感覚からしますと、非常に健康ですね。そんな感じがします。たとえば女にフラれた男と神経衰弱になった主人公が心の迷いに耐えかねて、おたがい手をとりあってワッと泣くという場面があった。

広津　ありましたかね。忘れたね、もう五十年もたっているから。

開高　こういう純潔さはいまのわれわれにはありませんね。じつに健康です。健康そのものの破産ぶりです。

広津　けれども、何か人はいうのだけれども、『神経病時代』から松川とくるのでね。『神経病時代』のなかの主人公のようなのが、なぜ松川をやったかというように。しかしあの頃だって僕は松川をやったかもしれない。あれはやはりそのときのカリカチユアを書いたので、自分としてはあの主人公とは違うのですよ。自分も入れて、カリカチュアにしているけれども、好意を持っていてくれる人の批評では、『神経病時代』のあの人が松川をやるようになるまで……というが、そうじゃないのだな。

開高　しかし、たいへん失礼でございますが、カリカチュアとおっしゃいますけれど、それはでてないのではないでしょうか。

広津　そうですかね。

開高　あのう、カリカチュアにするためには、僕のような若輩がこういうことをいって、申し訳ないのですが、だいぶ対象からひきさがって冷たい眼を持ってなければできないと思うのですが、あの作品では作者は人物たちにのめりこんでいる部分のほうが多いのではないでしょうか。私にはそう感じられるのですが。誤って読まれるのは作家の宿命ですけれど、あの作品で広津さんが作中人物と混同されるのはやむを得ない……。

広津　やむを得ないのだな。

この晩、家へ帰ってから私はいろいろと広津さんのことを考え、『神経病時代』に同時代をカリカチュアにして書こうという意図が含められていたとは意外だったと感じた。それではさまざまなことについてのイマージュが大きく変ってくる。私も性急な誤読者だったのかもしれない。カリカチュアとしてあの作品が成功しているか、失敗しているか、ということよりも、作者がその意図で書こうとしていたのだと知って、広津さんについて抱いていたイマージュの或る部分が、ゆれ、たゆたい、変容をはじめたのである。もっと心が冷えて自由になってからもう一度あの作品を読みかえしてみようと思う。今日、広津さんと話しあってみて、いちばん大きな閃きを感じたのは、その論争における態度だった。戦後、広津さんはカミュの『異邦人』をめぐって中村光夫氏と論争をしたが、その当時のことをたずねてみると、広津さんは中村光夫氏と論争していながら、当の中村氏の論文を自分では読まなかった、娘さんが読み、それを聞いて、自分は反論を書いた、というのだった。

広津　あれはね、そういうことをいっちゃわるいけれども、新聞に書いて、それから僕が「群像」に書いたら、つぎに彼が何か書いたのですね。僕は中村君のを読んでいる暇がなかった。娘が読んだというので、どういうことをいっているのかと聞いたのだ。だけれども、僕は論争というものは、いかにつまらないものか、というのはね、僕があれを書いたのは、ほかのものにも書いてるが、僕の生きる、生活というものに対する解釈、そういうものの全体からいってるわけだ。カミュの人生に臨む態度について。だからこれは、勝ったって負けたって、私がわるうございましたといって、向うのいうことを聞けるか。中村君だってそうだろうしね。わるうございました、じゃあ、私の考えがまちがっていましたといって、どうするのです、いったい。そういう意味のものだから、つまり相手のいうことを、読んだって、読まなくたっていいわけだ。

寛容な座談者、繊細な観察者、無私な鑑識者のなかにとつぜん激しい理想家の顔が浮かび、閃き、ハッキリとその姿を見せてから、やがて優しく顔を消していった。そういう印象だった。私は鞭をあてられたように感じた。ようやく広津さんの核心にふれたような気がした。いや、そういういいかたは誤っている。旗本退屈男も広津さんの核心だし、この強烈さも核心なのだ。二つのものの微妙な均衡のうえに広津さんがある。いずれか一つが本質なのではなく、二つとも本質なのである。

カミュの『異邦人』が日本で出版されたとき、私は何よりもまずその文体の明晰さ、簡潔さ、透明さに酔わされた。ほとんど海岸の白い砂浜にゆらめくかげろうや、海水浴のあとの肌にこびりつく塩の匂いなどが、頁のなかにそのまま眺められ、舌で舐め、鼻で嗅げるかのようであった。不条理の感覚は新しい発見でも何でもなかった。空襲と焼跡と飢餓をくぐった私には何のためらいもなくそれをうけ入れることができた。むしろ私はムルソオの不毛の世界をみたす官能の豊饒さに眩むようであり、その乾燥した輝きに激しい解放をおぼえた。広津さんと中村氏が激しい言葉をかわして論争をはじめたとき、これほど正常な作品についてなぜそんな激語が交わされねばならないのか、そもそものこと自体が理解できなかった。私は官能にみたされきっていたから、お二人の論が、お二人とも、耳に入ってはこなかった。そのうち官能の酔いだけではこの世はどうにもならないらしいということをしたたか教えられることがあり、うっすらと眼をひらいてお二人の論を読みかえしてみた。すると私にはお二人の論が、それぞれもっともなことだと感じられたのである。ムルソオを現世の偽善に対する抵抗者だとする中村氏の論も、うつろな人形の彷徨だとする広津さんの論も、なぜかしらそれぞれ正しいものに感じられた。なぜそんな感じになったかは、いまならいくらかわかるような気がする。どう論ずるにせよ、あの作品が完璧であったからだ。

第一次大戦と第二次大戦でヨーロッパでは神が崩壊したために生を薄明のうちの混沌と感ずる《不条理》が新しく登場したかもしれないが、神なくして何百年も何千年も日本人はやってきたのだから、いまさら騒ぐことも、教えられることもない。われわれの手や足には不条理の感覚がしみついていて、空気がわれわれに感じられることがとくにないようにそれを意識することはとくにない、その意識の感覚をカミュは描きだしたまでのことである。われわれが出発とした点にようやくヨーロッパ人はいま辿りついた。ムルソオは不条理の発見に酔っているが、英知がない。英知は不条理を認め、うけ入れ、にないつつ、それを克服して、《いかに生きるか》をさぐらねばならぬ。

広津さんは書いている。

「実験室の思想も実践に移されて役に立たなければ何もならない。人間に与えられた条件の中の根源的な曖昧さに人間が動かされている事によって、個人の責任が無視されるなどという思想は、実行の世界ではナンセンスである。そこで個人の責任を考えれば、HOW TO LIVE に移行しなければならない。そしてそれが何億の人間の生きている姿なのである」

ふたたび独楽に鞭うつあの凜々の声がひびいてくる。私はその声に、感動し、また、おびえる。私のなかには中心もなく、持続もないのである。とてもこういう文章を書くことはできないのである。広津さんは自分の直覚が《善》とさすものに身を託して森の賢い、孤独な獣のようにわきめふらず歩いていく。けれど私はけっして直覚のままに行動することのできない人間である。ときにそのように行動し、ときにそのようでなく行動し、しばしば何もせずに、ただ部屋のなかにうずくまっている人間である。だから私は十歳も年のちがうチェーホフの『退屈な話』に腐蝕されて苦しんだ広津さんの苦しみにつくづく敬服するのである。広津さんは『異邦人』を読んだときに形式の異ったチェーホフに再会したような気持になられたのではあるまいか。薄明のなかからひびいてくるあの優しい、早熟な、明晰をきわめながら朦朧としたチェーホフの深淵からの嘆息にただアフリカ海岸の光輝や若い肉体の狂暴さやぶしつけさがとってかわっただけのことだと感じられたのではあるまいか。そして、かつて苦しみぬいたあげく去ったものの新しい亡霊を見て、ふたたびあそこまではさがれぬとする決意が凜々の声となって走ったのではないだろうか。あの激論は内奥のところでは過去の自分に手袋を投げつける音だったのかもしれない。

この人生そのものが広津さんにとっての原稿用紙なのではあるまいか。初期の『神経病時代』や『やもり』を論じてもどこかにべつの広津さんがレッキと存在するように感ずる。『怒れるトルストイ』や『散文芸術について』を論じても広津さんはどこかへ飄飄といってしまったように感ずる。中期の秀抜な回想記『あの時代』や後期の『年月のあしおと』でとらえようとしても決定的な何かが指から砂のように逃げてしまうのを感ずる。松川事件の広津さんはたしかに自己の内部の美質を徹底的に開花させて畢生の大業を完遂されたが、それでも、それだけでは、何かしら貴重なものが脱落したように感ずる。では、これらのすべてを総和すると《広津和郎論》が書けるかというと、じつはそれも疑わしいのである。それは何なのか。何が疑わしいのか。何度となく私は頭のなかで言葉を組みたてたり、ほどいたりしてみたが、どうにも満足できるものがでてこなかった。「人生が本妻、批評が情婦、創作は女中」と口走ったが、やっぱり満足できなかった。家へ帰ってから酒を飲みつつ、「生きた、助けた、書いた」という言葉を創ってみたが、これも満足できなかった。かなり接近できたと思ったが、しばらくすると、不満をおぼえた。事物の核心はときには事物そのものよりも、そのまわりに漂う匂いのようなもののなかにある。眼のいろや声にそのような匂いを匂わせることのできる人がいる。広津さんがそういう人だ。おそらく私の不満は生きている広津さんに接触したことからたちのぼってくるのだ。

開高 ……結局、文学は人間の嘆息をとりあげるよりしようがないようなものではないでしょうか。

広津 そういうものではあるようだね。それには僕なんかも或る程度同感するな。

開高 このあいだ丸山（真男）さんのお宅で夜ふけに酒飲んで、一時頃に、僕はいろいろ考えるけれども、結局文学は嘆息じゃないでしょうか、大きな声をだすか、小さな声をだすかはべつとして、助けてくれエという叫び声を無駄だけれどしゃくりだす、ひっかける、それだけが文学の仕事じゃないだろうか。それ以上を求めるときっと壊れてしまうし、もちきれなくなるし……と思うのですがといったら、そういうことでは困る、それでは小林秀雄とおなじになるといわれました。僕はヴェトナムへいってたたきまくられたり、アウシュヴィッツでひどいものを見せられたり、イェルサレムのアイヒマン裁判を見てきたり、いろいろな人を見たり、物を見たりしているうちに、ちょっとでもいい、嘆息そのものが字に書きとめられさえしたら、もって瞑すべきじゃないかという気がしてしようがないのですけれど。

広津　それ以外には何か自分でうぬぼれた政治家になるよりしようがないな。つまりそれをどうしようもないからね。いまあなたがいっただけの問題を、文学が、それを、どうすることもね。だから政治家だってどうにもできないが、できるような気持になるだけ政治家になろうというよりほかない。

大きな頁をめくるような黄昏が庭におち、雪が闇に消え、夜が薄い水のように部屋のなかに漂いはじめたので、私はウィスキーを飲むのをやめた。

それから広津さんのアパートへいった。それは護国寺裏の空地にある四階建の小さなアパートだった。その二階に広津さんの仕事部屋があって、熱海からでてきたときはそこで一人で寝たり起きたりするのだということだった。小さな部屋が三つに、台所が一つ、風呂場が一つ。

「ここに万年床を敷くんです」

広津さんが笑いながら襖をひくと、小さな、暗い、穴のように部屋が見えた。家主がとてもいい人でこれだけ部屋があるのに家賃はたった八千円で、タダみたいなものですと広津さんはニコニコ笑いながら、何度もくりかえした。戸外の物音は聞えるけれど、アパートのなかでは何も音がしない。入居者がいい人ばかりで、誰もおたがいの生活に干渉しない。だからここに万年床を敷いて寝ていると完全に時代から遊離できるのです、と広津さんはいった。

しかし、そうではないのである。いま広津さんは八海事件を研究しようとしているのである。老人性の白内障で視力が弱ったので記録を読むのがたいへんつらいが、ぼつぼつやっている。新聞はカンで読むことにしている。裁判はたいへん面白い。自分はイマジネーションがないので小説を書くのは苦手だが、こういう実証を積みかさねる仕事は大好きだ……と広津さんはいった。松川のときにもらったという小さな書生用の机が二つ。古い、小さなガス・ストーヴが一つ。ほかに家具らしい家具は何もない。机のうえには原稿用紙が少しと、大きな灰皿が一つと、インキ瓶が一つ。それだけである。それだけであるといったらそれだけである。徹底して超脱してしまった。古畳のそこに広津さんがすわっているけれど、どこかしら居候のような風情に見え、ほんのちょっと空間を占めていますといった感じだった。私はうたれた。今日何時間かの話のうちに登場した人物たちのことを考えた。葛西善蔵があらわれて消えた。相馬泰三があらわれて消えた。舟木重雄があらわれて消えた。芥川龍之介があらわれて消えた。梶井基次郎があらわれて消えた。宇野浩二があらわれて消えた。あの男も去った。この女も去った。奥さんが去った。息子さんが去った。何もかも広津さんは超脱してしまった。しかも、それでいて、これから、よくない眼を瞠り瞠りして、八海事件を攻めてみようというのだ。つくづく私はうなだれてしまった。

ふっと広津さんは顔をあげ、

「近頃は金もほしくなくなりましたよ」

といって笑った。

自由人の条件

きだみのる

きだみのる（一八九五～一九七五）
小説家　翻訳家　鹿児島生れ　慶大理財科中退　レヴィ＝ブリュール『未開社会の思惟』の翻訳は名著の名訳として評判が高い　代表作『気違い部落周游紀行』『モロッコ紀行』他

三月の或る曇った午後、田村町界隈の「王府《ワンフー》」という中国料理店の二階の一室で、私がきだみのるさんのくるのを待っている。昨夜思うように原稿が書けなかったので、ついウィスキーを飲みすぎてしまい、けだるくてしかたない。手や足のあちらこちらで青い、小さな火がくすぶっているようである。迎え酒で治そうと思って茅台酒《マオタイチュウ》をさきほどたのんだがまだこないので、ジャスミン茶をすすっている。

二年前に帝国ホテルで開かれた或るパーティーで立話をしたきりきださんには会っていない。そのとききださんは、ロースト・ビーフに西洋ワサビをたっぷりつけたのを頬ばりながら、おれはヴェトナムの部落に住んで研究してくるつもりだ、そのあとラオス、カンボジャへまわるのだといった。部落には政府村とヴェトコン村と、そのどちらともつかないたそがれ村、三種あるが、どれを選ぶつもりですかと私がたずねると、氏は、知らねえよ、そんなこと、いってみなきゃわかるもんじゃねえ、といった。三種のうちどれをおとりになるのも結構だけれど、どの種にいても或る晴れた朝ふいに一五五ミリがとびこんできますぞ、絶対安全というところはどこにもない、無限定がアジアの特長ですぞと私がいうと、氏はそっぽを向き、声を低め、人間の住むところならどこにでも文化があるわナ、それを見てくるのだ、といった。二、三度まばたいた眼がふと暗がっているように見えたのはヒガ目か。

数年間会わないあいだにいくつかの噂を聞かされた。私の親しい友人の一人がきださんにごく親しくて、そこから信頼すべき情報が流れてくるのである。それによると、或る年、きださんはお寺でボヤをだし、気違い部落を追われたということであった。部落にはそういう掟があるとのことであった。しばらくすると、八王子市にできた新制作座のアパートの一室に入居を許されたらしいという。そのうち気違い部落にふたたび帰参を許されたらしいという。それからしばらく噂を聞かないと思ったら、とつぜん、近頃は湘南海岸に出没しているという噂がやってきた。何でも生涯最後の恋愛をするんだとかいって、銀座の某名店で背広上下を作り、英国製のセーターを着こみ、眼を瞠るような変貌ぶりであるという。相手は、と聞くと、それがよくわからないのだが、本人のいうところでは〝コンテッサの夫人〟（伯爵夫人）だそうだ、とのこと。いまどき伯爵夫人とはまた古風な、といってわれわれは大いに愉しんだ。そして大男の海辺の恋をひそやかに祝った。ところがしばらくするうちにそれが消え、今度はヴェトナムへいくといってるぞ、という噂がやってきた。われわれは生涯最後の氏の壮途をひそかに祝った。

三時。約束の時間どおりにきださんが部屋に入ってきて、それといっしょに待ちあぐねていた茅台酒もやってきた。今日は珍しくジャンパーに野球帽ではなかった。背広を着てネクタイをしめ、ベレ帽とも大黒さんの頭巾ともつかないものをあみだにひっかけている。髪はすっかり白くなっているが、眼光鋭く、太い背骨がまっすぐたち、肩も胸も厚く、荒あらしい手を重いスパナーのようにテーブル・クロスへそっとおく。昂然とした独立自尊の匂いのなかに一刷きの繊細な含羞がただよっている。ひところにくらべると頬の肉がゆるんでいくらかの衰えが翳っている。

開高　歯はいつお入れになったんですか。

きだ　去年じゃないかな。

開高　それまでは前歯一本しかなかったでしょう。ぼくが寿屋の宣伝部にいた頃はとても言葉が聞きとりにくかったですよ、日本語が。けれど、いつかどこかのホテルのバーでロベール・ギランと話をしていらっしゃるところを聞いたら、フランス語があんまりきれいなので、ビックリしたです。歯が一本しかないのにどうしてあんなきれいなフランス語がしゃべれるのかと思いましたね。

きだ　それは日本語のほうがわるいのだ。日本語はしゃべりにくくてしようがない。フランス語だといいんだ。このあいだも佐藤美子さんがそういってた。フランス語をしゃべる機会がなくてというから、ではここでやろうといってしゃべったら、佐藤さんが、あんたあんな山のなかの気違い部落なんかにいて、どうしてフランス語が錆びないんだろうといったが、錆びないよ、イギリス語よりも。

開高 そうかしら。それからいつか奈良の〝白い共産部落〟（註・心境村のこと）へフランス人の記者をつれていって、いっしょに風呂へ入って、これは日本独特の習慣でフランスにはないだろう、これは一つの文化だぞというようなことをおっしゃったでしょう。あれはNHKか何かの録音で、ぼくはほとんどラジオを聞いたことがないのだけれど、たまたまスイッチをひねったらやっていて、そのフランス語が十九歳の少年の朝みたいなフランス語でね（笑）。

きだ おれの声は非常に若いのだ。

開高 びっくりした。玉をころがすみたいなの……。

きだ これはまア、支那の皇后様の声みたいなことをいうが（笑）。

開高 田付たつ子さんのフランス語をぼくは生前に一度聞いたことがあったけれど、やはり定評どおりすばらしかった。それからきださんだな。このごろ若い人がとてもフランス語が上手になってきましたけれども、あの頃はなかなか聞けなかったです。きださんのはじつにきれいだったな。それが日本語になると一本歯から息が洩れてフガフガなの。何をいってるのかさっぱり……（笑）。

きだ 原稿を書いていて近頃きだは日本語がうまくなったとほめられたことがあったぞ（笑）。何だね、これは。何といって挨拶していいかわからなかったがね。

茅台酒をするうちにようやく復調しだす。そうであった。何年もきださんは前歯一本だけでやっていた。それに舌をひっかけひっかけしゃべるので、しばしば返答に窮したことがあった。ハイといっていいのか、イイエといっていいのかわからないので、ついホホウとか、ハハアとかいってごまかしたものだった。

あれはポーランドから帰ってきた年であったから、七年前のことになる。安岡章太郎と二人で気違い部落へくりだしたことがあった。赤のサン・テミリオンを二本持っていったと思う。ブタを一頭やっつけるからそれをまるまるドラム缶のなかで焼いたらうまかんべえ、というのがきださんの誘惑であった。山かいの貧しい村についてみると、ちょうど結婚式があって、村長の家では酒盛りのさいちゅうだった。きださんはしきりに儀式の折に村人たちが交わす挨拶の言葉や杯のまわしかたなどをたずねていた。そして式のあとわれわれを村長の家の物置小屋へつれこみ、七輪に洗面器状のデコボコ鍋をかけ、長大なるブタのアバラ肉一枚をそこにほりこんだ。そして塩とニンニクをバラバラとふりかけた。味つけといってはそれだけであった。ブタの密殺がうまく手に入らなかったので、すまんがこれでがまんしてくれと、きださんはいった。焼けるのか煮えるのかしてアバラ肉がジュウジュウと音をたてはじめると、きださんはナイフの刃をたててそれをズブズブと切り、ひときれ、ふたきれ、口にほりこんだ。そして、たった一本しかない前歯でホンの二、三度、もぐもぐとやってから、巨塊をゴクリと呑みこんだ。お愛想にちょっと挨拶してやる、といった嚙みかたである。

「こんな山のなかにこもってこういうものを食べていて、きださん、何ともありませんか?」

安岡章太郎がリュウマチがでるといって腰からしたを毛布にくるまってそうたずねると、きださんはサン・テミリオンをゴクリとラッパ呑みして、

「ああ、うめえ。久しぶりだ」

といったあと、

「鼻血がでるんだ。もう三日ほどしたら八王子へ走らなきゃならねえ。とてもじゃないが鼻血がでて、どうしようもねえヨ」

といった。

ギリシャ語の泰斗にしてはひどく夜店のマムシ屋めいたせりふだが、大好きなのである。何かというと、そういう癖がある。いつか銀座のドイツ料理店でブタの脛肉《アイスバイン》をいっしょに食べたことがあるが、酢煮キャベツ《ザウエル・クラウト》をしこたまのせて巨塊をぺろりと平らげたあと、英雄はたのしい義務を完遂した直後の人のようなそぶりでナイフとフォークをおき、眼を満悦でキラキラさせながら、

「これでまた鼻血がでるわナ、君」

ひどく古風な感動をつぶやくのであった。それにはしたたかな自信の匂いがあった。私としては、英雄の誇りが古風であるとかないとかと考えるよりも、むしろそのゆるぬ確信の口調にまたしても繊弱なる反省を誘われるのである。いったいに私はどんな洗練された、または野蛮なる栄養物を嚥下しても、いっこうに鼻血など、でたためしがない。栄養＝過剰＝奔出。そのような単純、強力な方式が成立する体質に、ああ、何とかなれぬものか。

安岡章太郎は洗面器に溜出した肉汁を茶碗にすくって、〝すごいソップだ〟といったが、母屋へ持って帰ってみると、たちまちのうちにジェリーのようになってしまった。それほど肉汁が濃厚であり、それほど山の冬の夜が寒かった。山からおりて八王子の駅についたら私はチャンポン呑みにあてられてもどしてしまった。翌日、安岡宅に電話してみると、オレ、リュウマチがでてしまった、というかぼそい声が聞えた。

開高　ぼくはきださんのものをずいぶん読んでる。『気違い部落』がはじめてでたとき、あれは昭和二十二年頃でしょう。ぼくがおそらく（旧制）高等学校に入った頃でしょう。食うものも食えず、世のなかは乱れ放題だったし。ぼくは絶望していて、食うためにパン焼工をしたり旋盤見習工をしたりしてました。日本の小説はワラジムシみたいなのが多かった。何にも精神の爽快というものがなかったときに、『気違い部落』が出たのですよ。あれはいささかペダンチックな趣きがあるけれども、けっして軽薄ではなかったし、じつに爽快、胸のなかを風が吹きぬけるみたいでしたね。明晰そのものなんだ。日本でうけ入れられない最大の文学的美徳は明晰という美徳ではないでしょうか。

きだ　そうそう。明晰がないために、日本はいろいろとややこしい。

開高　ちょっと日本をかじった外人に会うと、きまって四十からうえの日本の知識人は何をしゃべっているのかわからない。謎みたいだといいますね。このあいだオーストラリアの作家で日本のことを書いた本を読んでたら日本人の国民性は精神分裂症が特長だとありましたね（笑）。四十からしたもそうかもしれない。ぼくらもそうかもしれない。このあいだアメリカ人と会議をしたらさっぱりわからない、夜になってパーティーで酒を飲んだらやっとわかった、一日に二回会議をしなくちゃいけないとこぼしてましたよ（笑）。きださんの『気違い部落』を読んだときは何とまア、明晰珠《たま》のごときかと思いました。おまけにじつに余裕綽々とやってるのだな、あの文章の作者は。食うものも食えない時代に古代ギリシャや中世フランスに思いを馳せたりしていて、それに文章がまったくいぎたなくない。その頃いろいろな言葉をおぼえかけていて、《精神の貴族》とはこういう人のことかと思いました。その後ずっとそうだ。

きだ　あれを「きだみのる」と書いて発表したら林達夫が読んで、あれはお前か渡辺一夫の仕業だろうっていったのをおぼえておるね。

開高　なるほど。

きだ　結局こういうことなんだな。いろいろ、ものを考えるときに、日本語でこういうやつは、フランス語に訳すと、どういうふうになるか。そういうことがいつも気になりますね。

開高　しょっちゅうフランス語と考えあわせながらきださんは文章を書くんですか。

きだ　考えていますね。それからもう一つは、明断でないと、推敲がわるいような感じがするわけだ。

開高　ぼくの書くものを訳してくれてるフランス人のマダムが、フランス人に読まれたいなら明晰に書かなければダメよと、くどいくらい教えてくれたことがありますね。明晰に書けといったって人間の感情のなかにはそうできないものもあるじゃないかといったら、それでも明晰に書け、明晰に書けないということを明晰に書けというんです。それ以来考えこんじゃった。明晰の精神というのはわが国ではじつにむずかしい。というのは湿気が多いし、義理人情のしがらみにとらえられてすぐにカビが生え、腐っていきます。

きだ　義理のほうは非常に明晰ですがね。おれがおまえにやっただけ、おまえもおれによこせということだ。義理というのはやっただけ返せばいいわけです。

開高　人情のほうは？

きだ　人情のほうがモヤモヤなんですがね。そこでわれわれが、わかり得る限度というものがあると思う。だからインテリというものは論理の世界に遊んでいるかぎりでは外国のことがよくわかるわけだ。日本語に直して進歩的なことでも何でもいえるわけだ。

明晰なイメージをひらいてみせてくれた人が戦後の文学界に何人かいる。それは大岡昇平、三島由紀夫、長谷川四郎、高杉一郎といった人たちの作品である。発表当時それらの人の作品は読んでいて白い頁のなかからムックリと活字がたちあがってくるのが肉眼に映るようであった。また、とつぜん窓がひらくのを目撃するようでもあった。『マルテの手記』や『沖の小娘』もそうであった。そのうち『嘔吐』を読んで徹底的な明晰の意識が窒息しそうなほどの過剰な肉感と結合する場合があることを教えられて私は手も足もでなくなってしまった。あのロカンタンという主人公の悲惨は明晰のもたらす悲惨、その最悪の場合であった。ここはあの作品のことを書く場所ではないけれど、夜寝るときも片目をあけておかずにはいられないのがロカンタンの悲惨である。『気違い部落周游紀行』は明晰の産物であるが、また、真のハイカラとはどういうことであるかを示した一例でもある。ハイカラ趣味が進行するままに歩いていったら、きださんは山寺につきあたったのである。そういうところがある。その印象は何年たっても変らない。きださんは山の破れ寺に住みついて、その村に関するかぎり、日本の農民と農村については外来者がなし得る最上の観察をおこない、ちょっとその右にでるものがないと思わせられる。しかしきださんはあの村に碇泊はしているけれど、けっして定着はしていないようである。解放の発作をおぼえたら心のうごくままに手や足をうごかしてどこかへいってしまう。おんぼろ自動車で放浪にでかけたり、南氷洋へいったり、ヴェトナムをめざしたりする。停滞と沈澱を憎む心の力をいつもどこかに用意し、たえずそれを活性に保つよう注意深く観察している人のようである。この跳躍力を確保するためにきださんは家から去り、妻から去り、子から去り、テレビから去り、ストーヴから去り、水道から去り、書斎から去り、かくてあの山の村長の物置小屋に到着したのである。それはドーンと一発強い男が肘でついたらたちまち壊れてしまいそうな小屋で、寒風がひょうひょうと吹きこみ、天井から裸電球が一コぶらんとさがっているきりである。どんなずぼら学生もこれ以上は散らかせまいと思えるほど紙屑や雑本があたりに散らかり、長大なるブタのアバラ肉はその本の山のなかのどこかからヒョイと一冊ぬきだすようにしてぬきだしてきたのである。リュウマチを恐れて安岡章太郎は毛布を腰に巻きつけながら私とチラリ、眼をかわし、感嘆とも辟易ともつかぬ苦笑をうかべた。《自由》とはかくも峻烈にして苛酷なる環境をもたらすものである。じっさいきだみのる方式で

《自由》を実践、それもトコトンのところまで実践しようとすれば、こうなるよりほかないのである。

さて、あっぱれだと敬服したいのは、こういうやぶれかぶれを二十数年間実践しながらきださんの文章に暗湿や愚痴や弱気、悪熱、妄執など、翳りらしい翳りがどこにも射していないことである。エッセイでも小説でもそうである。或る種の小説に登場する情事の場面などはみずみずしい悦楽や花の香りや午後の海の響きなどがあり、まったくシックなものである。繊細、また巧緻な、ひきしまったそれらの語句を追っていると、ダンプカーの運転手みたいなああいう手でどうペンをにぎってこんな文章を書くのだろうかと首をかしげたくなる。多感、悦楽、抒情は明晰といっしょに出発当時からのきださんの文体を特長づけている。たとえば『モロッコ紀行』(昭和十八年・日光書院)である。これは日本人が書いた外国旅行記の最優秀なものの一冊ではあるまいかと思う。ことに回教圏の植民地国へかくも微細なフランス語を駆使しつつ食いこんで、縦はカスバの娼婦からフランス人総督まで、横はモロッコ国の歴史から民謡にいたるまで、これほど深く広く観察した人はほかにないのではあるまいか。これは著者の書くままによれば日本がアジア諸地域に植民地政策をとりはじめたのを見てフランスは植民地経営に一日の長があるはずだからそこを詳しく眺めれば、その知識は日本のために何か役にたつだろうと思う念から出発した旅行であったということである。きださんには強健な単独旅行者の顔のほかに使命感を抱く人の顔があり、そのことはあとでふれたい。それにしてもこの本には砂漠の輝き、日光のすさまじさ、アラブ女の肌の冷たさ、少年の眼にたゆたう艶やかな同性への思慕のいろ、白い壁のなかですする茴香酒の香り、未明の街と空にひびく祈禱の声などが、何といきいきと書かれていることか。軍国日本の禁欲の戒律の徹底ぶりのことを考えあわせると、よくもこんな本が出版されたものだと思えるくらいの官能の閃きがあちらこちらに発見される。

この本によく発見される国際情勢についての洞察力の鋭さにはおどろかされるものがある。たとえばユダヤ人についてである。きださんはモロッコでユダヤ人がフランス人にもモロッコ人にも侮られ、嫌悪され、憎まれているのを発見する。或るホテルのボーイ頭であるモハメッドという男はモロッコ人とユダヤ人は犬と猫であるという。ユダヤ人は臆病で戦争ができず、口先だけ達者で、我利我利亡者である。ユダヤ人が回教寺院のまえを礼拝しないで通ったら鞭で叩いてやる。ユダヤ人は軽蔑すべき人種で、いつも他人の国旗のしたで暮している。モハメッドがそういってののしったと書いたあと、きださんはつぎのような独白を記している。

「モハメッドよ、私は胸の中で云つた。おまへのユダヤ人は過去のユダヤ人だ。今日ではユダヤ人はもうユダヤ人であることを恥としてはゐない。そして彼等は戦争に行くことすらもう怖がってゐないのだ。彼等は太陽の下に出て彼等の国を作らうと意欲してゐる。そして現代の不安の一つはそこから来てゐる。モロッコでも今日犬であるのはユダヤ人で猫であるのが君達だ。」

この予言は二年後に第二次大戦が終り、それから数年を出でずしてみごとに的中した。世界はイスラエル建国を目撃し、二千年の歴史に止めを刺す大業の成就を知って愕然としたのである。しかしきださんが東京でこの文章を書いていた頃、アイヒマン大佐は全ヨーロッパのユダヤ人を煙突から蒸発させる事業に没頭していたのであり、ユダヤ民族主義のシオニズムはドン・キホーテの寝言と考えられていたのである。イェルサレムで私が会ったシオニズムの当時の指導者の一人は、シオン同盟員は誰一人としてイスラエル国ができようなど、夢想もしていなかったと、語ってくれたことがある。いったいきださんは当時のユダヤ人の何を目撃してこのように凜々とした確信を述べることができたのだろうか。

この本の結語に私は一人の卓越した史家の裸の眼を感ずる。それは今日では常識とされていることであるが、《東亜共栄圏》思想のひしめく当時、もし具眼の権力者がいたら、或いは著者を国策に反対する煽動者として刑務所へほりこんだかもしれないのである。第二次大戦後にアジア・アフリカの広大な地域で右向き、左向きを問わずに起った現象をきださんはこの年に早くも予知していた。

「誰れでも歴史を振り返つて眺める者に歴史はかう告げてゐる。民族社会の一員としては――そして民族人として以外に個人は存在してゐない。何となれば民族の否定は彼の中にある一切の精神的なもの、言語、伝統、その他、彼を育て上げた一切のもの、即ち伝統文化の否定であるから――一民族の依つて立つてゐる地盤が、平和に畳上の床で死んだ者より、自己の血を民族の生命に混ぜた者の上に立脚してゐることを想起すべきであると。この血を惜しむ時、或はこの血を有効に流せない環境に押し込められたとき一つの民族は自己の名を以て歴史の上に存在することは許されない。一つの民族に対して平和は戦敗以上の惨害を与へ得る。これが民族の宿命的な現実的な運命である。」

この定言は正確である。今日の地球の回転に魔的な衝撃力を与えているものを狂わずに明察している。

けれどきださんは明断の人である。荷担する人ではない。腕力、脚力、意力、ともに抜群の人物であるが、その行動はあくまでも単独旅行者のそれである。「疑うことを知る」と、よく氏は書きつける。そのことをつぎのように率直にきださんは『南氷洋』という紀行文の一節に書きとめている。

「若い頃、私が人生問題に私なりに浅薄な考え方をしていた時分、人生に或は人生のある時に一つの目的を持っていた人々がどれだけ羨ましかったか知れない。親の仇を討つために胆を嘗めたり、薪の上に寝たりした連中、右なり左なりのイデオロに忠誠をつくして疑わない人たち、そんな人達のように私のエネルギーを集中出来たらと思ったものだった。私の人生と勉強の案内者は全く違った土壌で私を育てようとした。私の案内者の標語は疑うことを知るのだった。そこには人生に目的を持ち、それを信じ行動する人間の熱中が無かった。だから私はそのような人々を羨んだ」

ここにもまたボードレエルの、あの、《たえず何かに酔っていなくてはいけない》という古い叫びの新しいこだまがあるようではないか。私は自分のことをいわれているような気がする。それから私の周囲にたくさん発見できる右や左の《イデオロ》を信じているようなそぶりをすることに苦しい、ときにはみじめな、またしばしば滑稽な自己との争いを演じている人びとのことも語られているような気がする。

しかし、一つのことだけは書いておかねばならない。このような心性を持つきだされであるが、その観察の鋭さ、的確さは抜群であって、けっして自分の目撃したものを教条のベッドにあわせて手、足を切りおとして報告するというような真似はしなかった。すなわちけっして不渡手形を発行するというようなことはしなかった。現代の日本には、いや、古今東西、いつでもそうだろうが、右、左を問わず、ろくに眺める眼もないくせに叫ぶ舌や説く舌の長い人がいかに多いことか。たとえば捕鯨船内の日本乗員たちの苦しみや歓喜、倦怠や哄笑、悲劇や喜劇を、六十歳のきださん以上に鮮やかに精細に描きだした人が、ほかに誰があるか。

きだ　ぼくはこんなふうに思うのだ。人間のものの理解のしかたというのは、たとえば東南アジアの、いろんな土民がいるね。それから片一方は、非常に明晰な、幾何学的な、いろいろな表現がある。フランスはいちばん抽象的だが、この全部を包含したやつね、これが世界をいちばんよく理解するわけだ。

開高　もうひとつ敷衍させてください。つまりわれわれアジア人というのは、どういうわけかわからんけれども、直感力による判断を美徳とする習慣があると思うのです。直感力というのは、無限定だが、それ自体一種の生命の表現ですね。そして総合力だと思う。フランス人なんかを見ていますと、ぼくの小さな経験では、一瞬のうちに分析と総合をやってのける……。

きだ　いや、ちがう。一瞬のうちだが、とにかく分析ですね、主としてフランス人がやっているのは。政治家は総合とか、いろいろなことをやるだろうけれど。ともかく論理的な理解の範囲ですよ。パリで呆れかえったのはギリシャをおれが講義したとき、こんなふうにいった。君たちは言語が非常にイラショネル（非合理）だ。われわれは《雨が降る》ということのために、二百くらいの表現のしかたを持っている。

開高　日本人はね。

きだ　そう。村で雨が降れば村雨、朝降れば朝立ちになるし、夕方降れば夕立ちになるし、悲しいときには悲雨になるし、嬉しいときには喜雨になるし、数に制限がないわけだ。ところがフランス語の表現は、《雨が降る》という表現は六つくらいしかない。横にパラパラくるやつは全部ダメ。だからヴェルレーヌの「巷に雨の降るごとく」というのがあるね。あの雨は日本語では五月雨か秋雨か、どっちかだよね。

開高　なるほど！……

きだ　夕立ちではあわん。だから日本語で訳す場合には、そこまで訳さなければダメだよ。

開高　ははあ。

きだ　フランス人のほうは雨だけでいいけれどね。ほかにいいようがないんだからね。

開高　日本のように言葉が神経のそよぎにしたがって、このようにこまかくわかれていくと、どうなるのでしょう。根源的なものをつかみとれなくなってくるのではないでしょうか。
きだ　現在だいたいがそうだ。すでに。
開高　わが国では言霊《ことだま》がさきおいすぎる。
きだ　コトダマということはよくわからんな。だんだんむずかしいことをいいはじめたナ。
開高　言葉には生命があるのです。言葉は生きもの、精霊ですよね。
きだ　それでわかった。
開高　それで精霊がたくさんいすぎる。ほとんど息もつけないくらいに、たくさんわれわれのまわりにひしめいている。ちょっと言葉をひとこと誤っただけで、社会関係やら、対人関係やらが、ゴロンと判断が変ってしまうことが、しばしば起り得る。論理が一致していながら言葉のさきの変化でもって、二人の人間が喧嘩しあうということがしょっちゅう起る。これに賭けてるのがワラジムシのごとき私小説で、たくさんでてくる。これはどうしようもないですね、今後も。
きだ　私小説、私小説というけれど、私小説というのは条件があるよ。私がどんなに自分のことを書いたって私小説にはならん。私小説というのはだれかが病気で、そうして子供がいて、それから質屋に通ったり、哀れな話ばかりだよ、あれは。だけれど、これは男らしくないよ。男性的なカルチュアがないよ。

開高　それはそうです。ない。

きだ　やはり男性的カルチュアのなかで生きてなければ、男はウソだと思う。男が惚れるわけがねえと思うよ、女性的カルチュアには。女を喜ばせるための最大の貢献者は不良少年だと思う。これはね、くすぐったり、おどしたりしてね。しかし男性的であるためには、もっとハッキリしたものがいる。

開高　サア、それだ。いまから何年前かしらんが、ぼくがきださんにはじめて会ったのですよ。当時きださんは六十歳くらいだったと思うが、現在七十三歳でしょう。

きだ　あまりいうな（笑）。

この頃までにわれわれは透明、強烈、かつ乾燥した茅台酒の影響をうけ、かつ、冷盆、烤鴨子、紅焼明蝦、東坡肉、などと大量に食べすすみ、冷・暖・甘・辛とメニュを追いたててきた。精神はいまや充実しきって逸脱し、アルコールは火花を散らし、うわあああああンと鳴る頭のなかでは一語の含みが百語の雄弁にとどろくかと思える。

開高　当時六十歳のきださんが二十代の私に向って、私がきださんのように文体をいつまでもみずみずしく若く保つためにはどうしたらいいかとたずねたら、三つの方法があると、きださんはいった。一つは横文字の本をたえず読めという。これは納得できましたね。きださんほどではないけれど、ときどき実行します。この無限定なるわれわれの言語生活のなかで、一つの限定をたてて自分をハッキリさせるためには横文字というのはたいへんいいですからね。もう一つは文壇づきあいをするな、文士劇にはでるなという。これもさして難なく呑みこめました。けれど最後のが非凡で唐突でした。女とやるときに上に乗るなというんです。どういうことなんですかと聞いたらば、きださんはそのとき、つまり女とやるときに上に乗ると、あとで疲れてしまう。こちらは女を征服したつもりでも、疲れてしまうと、きっと女に乗じられてしまう。自分の緊張がゆるむ。そこにツケこまれる。したがって文体は老いて崩れてしまうであろう……。

きだ　そうではないのだ。そこはわしは訂正しておくぞ。

開高　そういった。

きだ　いや、男が正位置につきますと、射精に必要なミニマムの努力の、エネルギーの消耗を越えると思う。これは一種の大きな運動になっちゃう。だから毎晩毎晩大運動を展開していると、これはイカンわけだ。健康上ね。だから君に忠告、助言したのは、側面位をとれということだったはずだ。

開高　横になってやれ？

きだ　そうだ。

開高　そこのところはきださんはいわなかったよ。そのためにぼくは文体が崩れてきたような気がする（笑）。

きだ　結局だ。性慾が昂ずると頭がおかしくなって、スラスラと文章が書けなくなる。ギコチなくなる。結局必要なのは射精することだ。射精についてはわれわれはいんぎんであるから、女の人にいってもらわなければならんけども、何というのだろう、女の人がいくと男の人は遅くなっちゃうわね。

開高　そうね。女が先にいくとね。

きだ　そこでそういう場合にもなおかつ楽なのは、側面というか、正位置でないやつのほうがよろしい。

開高　ホホー。

きだ　ぼくはそう思うのだがね。

開高　以上三つの戒律につけ加えてその後さらにつけ加えることはないですか。文体を若く保たせるために。

きだ　それで十分だな。

私は文学について〝理論〟だの、〝文体論〟などをあまり熱心に読まないけれど、それでも内外いくつかのえらい人の文体論に眼を通すだけは通してきたつもりである。それはそれなりに納得させられることがあった。しかし、きださんのこの論くらい親身で、むきだしで、まさに非凡、唐突なのは、かつてお目にかかったことがない。そこで人の努力の多彩さ、意外な苦心、はたまた創造行為についての常識をこえる繊細かつ強力な工夫の知恵といったことについて、つまり男には男の《生みの苦しみ》という営為があるということを世に知らせたいため、ただ真実のために、このような対話を公表するのである。ざっと見わたしたところ、当代にはブタの腥肉を平らげたあとで鼻血がでるというような人物は、逸脱をきわめたわが文学界にもそういないように思えるけれど、この道ばかりは深奥、多様、何が何やらさっぱりわからないから、どこかでハタと膝をうつ人がいるかもしれない。とすれば、日本文学は若わかしく一歩前進したのである。

開高　きださんみたいに、文壇にも属さず、学界にも属さず、イデオロ界にも属さず、家族にも属さず、木の股から生まれたような暮しをしていると、やはりたえまなく緊張があって、あのような文章を生むのにいいんじゃないでしょうか。

きだ　ぼくの場合はこういうことです。再版以後の印税は家族にわたす。ぼくは結局、現場で生活しなければダメだ。餓死と贅沢のあいだを往復しているわけだ。だから、或る安定した或る段階の生活はいかんと思う。ぼくは銭《ぜに》もなくならなければダメだ。銭を使いきって、どうしたらいいのかわからんということになって、五、六カ月前におれは餓死するのではないかと思うくらい金がなくなった。去年のおれの収入は三十五万円くらいだった。

開高　どうして暮したのですか?

きだ　どこからか借金して暮したな。本屋さんからの借金だとか、そういうもので暮しているのだ。そこで何とかせねばいかんということで『にっぽん部落』を書いたのだ。

これからあとわれわれは《革命》を議論した。きださんのいうところでは現代の革命は中産階級出身のインテリが権力をにぎってヒナ壇につき、自らの野心を満足させるためにかつての仲間の農民をいじめるのがいけないという。そしてアジアの革命にあっては農村を人民公社化して農民をサラリーマンにしてしまうのが最大の錯誤なのだといった。それはジョージ・オーウェルの革命観にそっくりだと私はいった。『動物農園』でもそうだが『一九八四年』もそうである。オーウェルは徹底的な反独裁・反中央集権主義者であったが、死ぬまで本能的な社会主義者であったように思える。ただし彼の心懐する社会主義はついに地上に実現されることはあるまいと、彼も知っていた。彼の考えによればキリストの革命以来、ありとあらゆる種類の革命があらゆる名のもとにおこなわれてきたが、どんな革命もついに改変できなかった一つの秩序がある。それは社会の上・中・下という秩序である。上は頑冥さによって生命を失い、中によってひっくりかえされ、中は下の人びとを一時は味方につけると称しておいて行動を起しながら、一度政権をにぎれば、たちまち昨日の主たる同盟者である下の人間に君臨し、それを支配する。これが革命の原則である。ただし私がつけ加えるとすれば、右のすべてのことはそのまま承認する。しかし、オーウェルの『一九八四年』の下の人間たちはあいかわらず飢餓に苦しんでいるが、現実には中国大陸の農民たちは、少なくとも餓死するということは免れ得ている。それを巨大な幸福とするか否かということは、人は一定の状態に果して満足しきれるものであるか、どうかという判断にかかわる。人が餓死をまぬがれ得たとしてそこに安住しきれるものであれば、中国人は幸せというべきかも知れない。しかし、人は一つの状態に達すればさらに深く、広く、高い状態を求めようとせずにはいられず、どんな氷原、あるいは灼熱のごとき教義の氾濫のさなかにあっても、けっして満足するということを知らないのではあるまいか。それを抑圧するのは人民を裏切ることである。第一の革命は集団化による革命である。しかし、第二の革命もまた第一となじように不可避であって、それは個別化の革命である。第一の革命についてはマルクスが詳細をつくして処方箋を書いた。しかし、第二の革命については、まだ、誰も処方箋を書いていないのである。ロシアと東欧はなしくずしにこの道を歩みつつある。中国は断固としてそれを拒もうとしつつある。いずれの社会にも上・中・下が存在し、肥った中者は上者となって、新しきやせた中者、また下者に君臨している。資本主義社会とのきわだった相違はどこにあるのか。

きだみのるさんのだした第二の疑問。強制によって農村と農民を人民公社化して、農民をサラリーマン化することによって何が得られたか。生産意欲の減退ではないか。あらゆる社会主義国のなかで農村に革命以後叛乱が起らなかったのはイスラエルだけではないか。ロシアでもそれがあった。ポズナンの暴動の背景もそれであった。ブダペスト蜂起の背景もそれであった。未公表ながら中国にもそれがあった。北ヴェトナムでは革命家の聖地、ゲ・アンで一九五六年に、かつてフランス遠征軍に果敢この上ない蜂起をやってのけたはだしの小作農たちがホー・チ・ミン政府に対して蜂起を敢行し、粉砕され、人民軍が出動して流血の大弾圧をやったではないか。過ちはどこにあるのだろうか。紙のなかの人民民主主義の教義が水田のなかの米の根民主主義に敗北したということなのだろうか。ふたたび観念が現実に砕かれたということなのだろうか。教条にあわせて人性の手、足を切りちぢめてしまうことの惨禍なのだろうか……。

ところできだみのる式スタミナ法というものを書いておく必要があるのではないか。それはこの特異な人物のとりわけ異彩を放つところである。その食欲である。ナマコが食べたくなったら朝・昼・晩、朝・昼・晩と、毎日毎日、一週間くらいぶっつづけにナマコばかり食べるのだそうである。コノワタが食べたくなったらコノワタ、ウナギが食べたくなったらウナギ、徹底的にそればかり、飽きるまで食べて、食べて、食べて、食べぬく。すると体のなかのバランスが崩れてきて、つぎに野菜や果物がほしくなってくる。これは〝偏食〟と呼ぶのではなく、〝集中食〟と呼ぶのだそうである。人は自己の自然の欲するままに反応してゆくのがもっともいいのであって、そうすることによって物から解放されねばならぬとする。

本を書きにかかると精神が肉体をむしばむからおよそ一貫目から一貫五百目減る。そこで集中食である。徹底的に食べまくってから冬眠のクマのようになって部屋に閉じこもる。閉じこもったとなると戸に鍵をかけ、雨戸をたて、誰も入れさせない。新聞も読まない。酒も飲まない。風呂にも入らない。風呂は堕落である。ラジオ、テレビなどという邪教は論外である。女も美少年もよせつけない。砂漠のような清浄のなかでひたすら自己との対話をおこなう。文章は言葉を一語、一語切りきざんでかさねていく。

きだ　だいたい家庭内の団欒などというのはいちばん男の愚劣なことだよ。なまけ者の部分だ。家庭団欒などは実際見ていてヘドを催すな。女は発見や前進の危険を冒さんですよ。女は安定のなかにいたい。家庭だなんてのは女の発案でね。たえず変るものには耐えられないのだわナ。餓死と贅沢のあいだを往き来するというようなことは女にはできないのだ。

開高　きださんには家族愛ってあるんですか。団欒は別ですよ。団欒は男の恥辱であるとしてしりぞけるとして、家族愛というものは別個にあり得ませんか？

きだ　子供愛のようなものはありますよ。しかし、われわれ父とか母とかいうものは滅びる階級であると思うね。

きださんの悪口をいう某先生や某々先生や某々々先生がいる。それはたいてい法螺吹きだとか、ハッタリストだとかいうようなことである。そして、あいつはあんなこと書いて部落を売りものにして村の人からきらわれているそうだよ、というようなことをいうのである。けれどその光景をちょっとはなれたところから眺めると、何やらドラミングするゴリラをメガネザルたちがこそこそと批評しあっているようであった。十人のうち九人の男が内心ひそかに憧れている生活をきださんは実現している。私たちはきださんがやりたい放題をやっているのを見聞するたびに、ちきしょう、うまいことしてやがるな、とつぶやきたくなるのである。ところが私たちの起居する格子なき牢獄から逸走しようと一度試みると、たちまち《自由》の重圧に気がつき、背骨を曲げられてしまう。そこで空気の重さに耐えられなくなって翼をたたみ、枝にもどり、じっとしているうちにだんだん翼が退化し、枝からそろそろとおりてニワトリとなってしまう。きださんの太い背骨は前世紀の巨獣のそれである。私たちは博物館のガラス・ケースのなかの遺骨のようにきだ さんを感じているのかもしれない。部屋のなかにうずくまったままで遠い渚の響きに耳をかたむけているのである。不安を感じるほどよろこばしい船出の叫びをいつあげるのか。

もう一人、永井荷風のことをここで思いだした。けれど即座に私は相違をあげることができると思う。たとえば岩波少年文庫の『昆虫記』（上・中・下）である。きださんはそれを書きおろしで書いているのだが、透明、柔軟な、凛然とした文章を駆使して少年たちのために現実を観察することの重要さ、注視の精神の緻密さ、無数の事実から一定の結論を導きだすまでに注意深い論理的な思考の操作をしなければならないことを説いている。荷風はけっしてこういう文章は書かなかった人である。さきの『モロッコ紀行』も〝日本はその占領上にある地域の政治のために適切な指導と協力と解放の方式の発見を強要されてゐるに違ひない〟から一つの答を探索しようとして出発した旅の産物であった。荷風はこのような旅は試みなかった。集英社版の『新日本文学全集』のあとがきにきわめて短い自伝がでている。これは生年月日を書いてない唯一の〝年譜〟かも知れない。本人はそれを〝こんなことはもう死んだ時間だ〟といってあっさり片付けてしまっている。さてその短すぎる自伝には、たとえばつぎのような文章がある。

「一九一九年私はヨーロッパに行った。帰ってから私は古典ギリシャの研究をライフ・ワークにする決心をした。方法は原典主義を採り、原典の精読を重ね、日本文化から育ちそれから我々は離れられない以上、かかる者としての私の感情し理解するギリシャを明にしようと思った。それ以外に世界文化に貢献する途はないように考えた」（傍点・開高）

またつぎのような文章もある。

「パリから帰った。

日支事変の進行している日本で、私は何処が私を一番必要とするか考えた。アテネ（フランセ）は元よりである。だがその外では何処か。日本では右と左が対立していた。左には国際知識の多い連中が多かった。私は右に入って私の国際知識を利用して貰おうと考えた。しかし中学以来の外国育ちは調子が合わずに止めてしまった」（傍点・開高）

こうして眺めていくと一本の赤い糸があらわれてくるようである。きださんはよく《貢献》という言葉を書いたり、口にしたりするのである。私の耳も何度か聞いている。風や水の自由を愛しながら、同時に木や穀物のように土に根をおろして恵みをもたらしたいともねがっているのである。そこで反骨・不羈・自尊・逸走という気配では似たように見えながら荷風とは根から違っているとわかるのである。

開高　ファーブルの『昆虫記』をお訳しになったのはアテネ・フランセの給料では生活費が足りなかったのでということを書いていらっしゃったけれど、それはハニカミなんでしょう？

きだ　ほんとうはこういうことです。ぼくは社会学をやろうと思った。人文社会学。はじめは動物社会、そのつぎに未開人社会、ついで文明社会、この順序を追うていってやろうと思って、まず動物社会の翻訳をやった。そうしたら、みなが動物学者だと考えてしまった。それで、まあいいやと思ってやりはじめた。だけれども『昆虫記』というのは、あれは三田村四郎が獄中で書いているが、共産主義者はすべてに先立って、マルクスの『資本論』よりも前に、あれを読まなくちゃならない。『昆虫記』を。現実探求の目というのはこれで養わなくちゃならないといってますが、ぼくはやはりそう思うのですね。わが部落もそうだ。徹底的に、安心できるところまで村の生活を知らなければダメだ。それと、ぼくは、進歩も退歩もないと思っているのだ、世のなかはね。

開高　ない？

きだ　ないと思う。よりよき生活、それだけだな。ビフテキ一つよけいに食えるか食えないかということが、進歩であり貢献である。ともかくぼくはちゃんときめているのです。理想的な社会とは、物が豊富で、それを買うだけの銭が稼げて、巡査がうるさくなくて、税が安い、それしかない。日本人がイデオロ、イデオロというのは、まだ文明開化時代だと思う。

さて強壮なるきだみのる氏はヴェトナムへいき、村に住みついて、野菜を作り、ノスタルジアをおぼえたくないために魚を釣り、〝大地の精を吸うため〟にメコン川のほとり、椰子の葉かげで娘を愛し、観察と思考に耽ろうとする。私はその報告に期待する。よい通訳に出会われることを祈る。砲弾よけにはサイゴンで虎の爪の首飾りをお買いなさい。あれは魔よけ、虫よけ、それから幸運をひっかけてくれるということになっています。

開高　一五五ミリがドカーンと……。

きだ　いいさ。

開高　御民《みたみ》われ生けるしるしありといったはずみに、いたましや、バナナの葉かげで……。

きだ　でも、結局、後悔しない人生というやつね。毎日毎日決算を終ったような生活をすべきだよ、文学者は。

開高　いやア、鼓舞激励された。

きだ　いや、ほんとうだよ。

開高　拍手します。

きだ　これはもうしようがないと私は思うのですがね。命が危いとかいったって、命が危いところへいかなければ、文学者にはなれない。だから、家を作るとか、そういうことは考えないよ。全部再生産にあてていけばいいわけだ。これからはパリにでもニュー・ヨークにでも発表できるように、そっちのほうにうごいていく。これからは日本という狭い国の、狭い思想の枠のなかでしゃべっていたのでは話にならない。

〝私〟、〝ぼく〟、〝おれ〟、〝わし〟といろいろに変化したきだみのる氏の話はここで速記が終り、私たちはたがいに眼を見あって凍った音楽のようなクリスタル・グラスを飲みほしあう。

よい旅を！

マクロの世界へ

大岡昇平

大岡昇平（一九〇九～一九八八）

小説家　東京生れ　京大仏文科卒　小林秀雄、中原中也、河上徹太郎らフランス象徴主義の移植者と文学的青春を送る　戦前はスタンダリアンとして知られた　戦後『俘虜記』により小説家として出発　他に『野火』『レイテ戦記』など某氏のいうところでは大岡昇平氏はお酒を飲むとかならずカラむとのことであった。その話を聞いていると、どうやら、太陽は東から昇り、ネコは首を掻き、大岡氏はカラむ、といいえそうであった。

某々氏のいうところでは氏はいまや総入歯であって、執筆中は入歯をはずしておき、ごめんくださいといって入っていくと、あわてずさわがずソレをとって口にはめこみ、ニヤリと不思議な笑いを浮かべるという。

また一説によると、何でも氏は原稿用紙に十年さきまでの執筆計画をミッチリと書きこむ癖があるとのこと。それは綿密、細緻をきわめたもので、今日昼寝するか、お酒を飲むかして怠けたら十年さきにひびいて一日延ばさざるを得なくなる。それくらいのものなのだそうである。

「それで大岡さんはその計画表どおりに仕事してるんですか？」

私がたずねると、某々氏は微笑し、

「……それが、どうも」

といった。

私は大岡昇平氏の作品をひそかに敬愛しているものの一人だけれど、作者と親しく接したことはなかった。かつて銀座のバーでお見かけしたときはアルコールの濃霧のかなたで氏は微笑しつつゆれておられたし、或る共通の知人の結婚式で仲人をされたときは巨大なる白堊のウェディング・ケーキがあいだにそびえていた。安岡章太郎がよこにすわっていて、誰かがたちあがって派手なスピーチをやるたびに、一人で……キャッ……とか……ウム……とかつぶやいていた。しかし大岡氏はにこやかに微笑しつつおごそかに挙式とりおこない、文体に見るロシュフゥコォさながらの冷眼は深くかくしておられた。

都内某所に対談のためにあらわれた氏は上質のトゥイードの背広をふくよかに着こなし、よく陽に焼け、上品で寛容な紳士であった。入歯をハメたりハズしたりというようなことはしなかった。ときに眼には針のごとき鋭さが光るが、笑うと意外に人なつっこい微笑のひろがるのが発見された。斬人斬馬、祖来たれば祖を刺し、師来たれば師を殺しても、という一頃《ひところ》の喧嘩評論のおもかげはどこにもなかった。どうも怪訝だと思っていると、氏はおっとりと笑い、「近頃僕は〝ホトケの大岡〟という評判です」といった。

アメリカで小田実が買ってきたオモチャに《ミッドウェイ海戦》という兵棋がある。あの海戦を将棋にしたもので、その精緻と正確さにおどろかされる。日・米の当時の勢力が戦闘機一機にいたるまでボール紙の駒となり、電子計算機で点数に換算してあって、一ゲームおよそ五時間から八時間かかる。当時のアメリカ側のマクラスキー空軍大将がこのデータはすべて事実だという箱書きを書いている。この将棋会社はほかにスターリンググラード攻防戦もウォータールーの大会戦も将棋にして売りだしている。いずれも徹底的に事実を調査して駒に変えてしまったものらしい。駒のさしかたしだいでナポレオンが勝ったり、日本が勝ったりするわけである。ルール書を読むと十二歳以上の子供ならできる、とある。

「……日本帝国の命運を決した大海戦も二十年たったら子供の将棋になってしまいましたよ。十二歳以上の子供ならできると、ここに書いてあります」

そういって将棋盤を見せると、大岡氏は眼鏡をかけてじっと眺めたあと、

「僕は日本が負けた戦《いくさ》を将棋にして遊ぶ気にはなれないな」

ひくいがキッパリと答えた。

もう一つのオモチャ。これも小田が買ってきたのだが、形式論理学のゲームである。記号のサイコロや砂時計がついていて、おそろしく精妙、複雑、不思議な遊びである。やっぱり十二歳以上ならできるとある。鶴見俊輔、いいだ・もも、小田実の三名は伊東の旅館にこもって徹夜で遊んだ結果、小学生なみの知能しかないとルール書に判定を下され、風呂へ入って寝てしまった。そこで私は小田から借りうけてきて彼らを憫笑しつつ一番試みたところ、たちまち小学生なみの知能という答がでてしまった。私は内心う

ろたえたが、そっとかくして都内某所へいき、大岡氏にそれをわたした。私は氏が出征のときに数学の公式集を買ったということを何かで読んだようにおぼえていたから、こういう遊びが好きかもしれないと思ったのである。

氏は厚いルール書をうけとり、

「ウム」

といった。

そして多大の興味を示し、

「これは面白そうだナ。やってみよう」

といって、《ミッドウェイ海戦》といっしょに持って帰った。それから氏が大磯でオッペンハイマーならよろこびそうなこのゲームをいたされたものかどうか、そしてどういう判定がでたものか。ちょっと知りたいと思っているのだが……。

『レイテ戦記』のことから対談をはじめた。氏は淡々と、めんめんと語りつづけて倦むことを知らなかった。速記ができて氏のところへいったらミッチリと加筆、削除されてもどってきた。その上、氏から手紙がきて、まだ足りないからゲラで加筆するつもりです、要点はこれこれこうですとあった。細緻、正確をつくさずにはいられない人である。

このシリーズは対談、作品論、人物描写などを混和して遠近法のあるスケッチ肖像画集を作る目的ではじめた。対談の部分の取捨は私がする。だからアンフェア・プレイである。その点が心苦しい。さきの広津氏にもきだ氏にもそういう非礼のルールを承知の上で出席していただいた。けれどゲラを見てもらって発言の部分には自由に加筆、また削除をしていただくという方法をとってもいるのである。

　レイテ戦について氏が語った部分を掲載するだけでいっぱいになってしまう。すると、それは対談の速記録となって、肖像をスケッチできなくなる。けれど氏はミッチリとひたおしに書きこんでおいでになった。どうしたものか。頭が痛い。困ってしまう。そのうえ厄介なことに氏の肉筆はひどい悪筆なのである。何かしらそれはヒエログリフに似ているとさえ思いたくなるほどである。判読、というよりは解読である。論理的思考に加えて想像力をそそのかして読むしかない。これは発見であった。文体の明晰《リュシディテ》をもって鳴る人がこれほど朦朧とした字を書くとは知らなかった。筆蹟は人の一生でそうたびたび変るものではないのだから、このくにゃくにゃヨロヨロとした字で氏はあの古典的整序に輝く『俘虜記』や『野火』を書いたものと推定される。〝絶対矛盾的自己同一〟ということなのであろうか？

　しかし『レイテ戦記』は目下某誌に連載中の作品なのであるから、氏が私に語った詳細を割愛することは、私の弁解だけれど、それほど非礼ではないかもしれない。某誌の読者と本誌の読者は共通しているかもしれないのだから、進行中の作品、すなわち進行中の一事件の経過と結末をバラしてしまうことは、《謎》を消毒してしまうこととなる。レイテ戦の結末がどうであるかは誰でも知っているが、大岡昇平氏のそれがどうなるかはまったく別のことであるはずだ。

福田恆存氏の大岡昇平論に指摘されているように、氏の文章にはしばしば《正確に》という副詞が登場して一つの気質を語っている。その副詞のままに氏は語り、かつ速記を加筆、削除してきた。氏は少なくとも自分の手のなかにある事実についてだけは徹底的に《正確》をめざさずにいられないのである。そういう圧殺的な精力が消費された文章を削るのは私としては心苦しい。しかしいろいろの理由から、私は筆写しなおさないこととした。いずれ『レイテ戦記』が単行本となったらわかることである。

ただ原則はつぎのようであった。

開高　……失礼ですけれども大岡さんは軍事については素人でしょう。参謀学を勉強なさってはいらっしゃらない。いままで戦争についてお書きになったのは、私、少年時代から愛読してきましたけれど、いわばミクロの世界ですね。『俘虜記』だったか『レイテの雨』だったかで、厖大な戦争のなかのミクロの世界ですね。『俘虜記』だったか『レイテの雨』だったかで、厖大な戦争のなかの戦争を論ずるには政治的予言的であるよりほかないとお書きになっていらしたと思います。だけど今度の『レイテ戦記』はマクロの立場からお書きになってらっしゃいますね。いままで拒んでこられた方法をおとりになった。

大岡　マッスとして戦争を論じられないというのではなかったはずです。平時の人間集団としてのマッスは描写によってとらえられないと書いたはずです。戦争という行為、軍隊という狭い目的を持った集団は描けると思います。『レイテ戦記』も敗軍になってしまうとバラバラになった兵隊が、具体的にいえば日本軍補給基地オルモックが陥落して西の方のカンギポットの方に敗走していったあたりになると、ミクロの世界がでてくるはずです。そこまで書かないとただの戦記になってしまう。これまで僕の書いたのは負けた兵隊がうろうろしていて、どういうことを考えたか、あまり兵隊らしくないどういう行動にでたかということを書いたわけなんですけれども。これもほんとうはあなたがおっしゃるマクロの世界の作戦というものの結果として現われるのです。これまでの作品ではそういう作戦というものは無意味なものだ、日本軍は愚劣にたたかっただけだ、アメリカは優勢でどうしようもなかったということだけで、たくさんだったわけですね。ところがその後でてきたアメリカの戦記などを見ると、よくたたかって玉砕した部隊もいるんです。『野火』は西海岸に上陸した名古屋の二六師団の《泉》という部隊の兵隊という想定だったのですが、軍需資材も沈められちゃって兵隊だけが三八銃一本で山中をうろうろしただけだ、という風に当時の俘虜に聞いたのですが、アメリカ側の戦記によれば西海岸を北上したアメリカ軍を包囲して海に追い落すような態勢に持っていったこともあるんです。俘虜の話はアテにならないと思ったね。みんな敵が強くてどうしようもなかったというからな（笑）。

開高　どういう資料をお使いなんですか？

大岡　アメリカのと日本のとですけどね。アメリカの太平洋戦史のレイテ篇は五四年にでている。アプローチ一巻、レイテ一巻、ルソン島は討伐作戦と見ているのでほかの島とコミで一巻です。緒戦の負け戦のほうは『フィリピン陥落』一巻。これは五三年です。海軍のほうはモリソン海戦史で一巻になっている。

開高　そのアメリカ側の全ドキュメントを大岡さんは読破なさって、それから日本側の全ドキュメントを読破なさって、それで堂々の布陣をすすめていこうというわけですか？

大岡　ええ、まあそういうつもりなんですよ（笑）。これでも戦時中はチャーチルの『第一次世界大戦』や各種戦記の愛読者だった。スタンダールの関係でナポレオン戦争はいまでも大体の経過はそらでいえますよ。

開高　……！……？……

大岡　ほんとうは各部隊ごとの戦闘詳報まで見なければダメなんです。米軍側の記録もほんとうはペンタゴンまでいかなければダメなんですよ。

口調は淡々としているが、そのうらにあるのは知らずにはいられないあの欲望である。私はイスラエルで十六年間アイヒマン大佐の足跡を追うのにふけっていた男に会ったことがある。ハイファ港の丘にあるアパートに住んでいるポーランド系ユダヤ人で、トヴィア・フリードマンといい、善良、寛容な才槌頭の小男であった。奥さんはオーストリア系ユダヤ人で医師をしていた。フリードマンは肉親をアウシュヴィッツで殺されており、奥さんに養われながら一人こつこつとアイヒマンのニューズを集めることにふけって十六年をすごしたのである。私は二日間、彼のアパートに泊めてもらって、いろいろの話を聞いた。ぼそぼそした口調で彼はとぎれることなく語った。二日めの夜に奥さんがテラスの暗がりで話に夢中になっている私たちのところへレモン・スカッシュを持ってきて、医師らしい聡明、冷静な口調で、フリードマンに、

「いつまで過去の話をしているの？」

とたずねた。

小男は虚をつかれたように黙ったが、

「おれの義務なんだ」

とひくく答えた。

この夫婦は外人客である私のためにヘブライ語ではなく英語で話しあっていた。戦争に接触した人は一生つかまれてしまう。その爪の深さ、徹底はとても性《セックス》の比で

はない。ときどき現代文学では性よりほかに人の心の未知の聖域はのこされていないという論を読むことがある。女のパンティのなかにしか文学は入っていないというのである。先進国と中進国の作家はコンクリートの箱のなかで起居するだけなのだから性よりほかに書くことがないのだといわれたら納得したいけれど、未知なるものは性しかないなどといわれたら、正気かねと聞きかえしたくなる。

残忍ないいかたになるが、戦争のあとではきっと技術文明が〝進歩〟し、同時にすぐれた文学作品が生まれる。大量殺戮のあったあとに人はかけつけて、『戦争と平和』を生み、『武器よ、さらば』を生み、『野火』を生み、前時代の文学の領域をはるかに深め、開拓し、広げる。この点で作家は殺人のあったあとにかけつけて原因を究明する名探偵や、戦争の真因を抑制しないで結果としての傷口に包帯をしてまわる赤十字員と同族なのかもしれない。屍肉を食って肥るハイエナであるといわれてもいたしかたない。あるいは屍液を吸って花を咲かせる梶井基次郎の桜の木である。一瞬の偶然で死体となったかもしれない人が帰ってきて異様な花々を咲かせるのだ。それがことごとく知識人である。本質的に知識人は呪われているのかもしれない。プラトンの国家にも入れてもらえなかったし、キリストの革命でもパリサイ人《びと》としてはげしくしりぞけられた。（この点を誰よりも鋭く意識したのは武田泰淳氏であった。）

大岡昇平氏は二十年たっても戦争を忘れることができないでいる。むしろ、いよいよ濃化していく気配がある。厖大な資料を山と積んで一匹の紙虫《しみ》と化して食いぬこうという覚悟である。氏がお酒をすすりつつ、うつむきかげんになって、淡々と、しかし執拗に、レイテはこうだった、ミンドロはこうだったと話しているのを聞いていると、私はアフリカの夜の大波のような暑熱に浸りながらささやきかわしていたユダヤ人夫妻の声を思いだした。大磯の一室でひょっとしたら氏もおなじような会話を家族と交わしているのかもしれない。

全学連の娘さんがキッとなって、

「パパ、いつまで昔の話してるのよ⁈」

という。

大岡氏は、うつむいて、

「ウム」

といい、しばらくしてから、

「おれの義務なんだよ、これは」

という。

しかし、そういってみたところで、戦争の孤独の底知れなさは、どうつたえようもないのだから、氏は針のごとき眼光を微笑でかくしつつ書斎へ去る。テレビは淫祠邪教のたぐいの騒音を発し、新聞は雑巾に似ており、政党は分裂、迷走とどまるところを知らず、文学作品はチュウインガムを噛むようである。田園はまさに荒れている。

開高　……『野火』を読みかえしてみていろいろなことがじつによく配られているのに、あらためて感心しました。私は熱帯らしいものといってはインドネシアとヴェトナム、あとはマカオとシンガポール、それくらいしか知らないのですが、あの夕焼けのすさまじい輝きね、それから木や花のたたずまい、それがよくわかったような気がします。フィリピンにはまだいったことがありませんが、緯度、経度はよく似ているのではありませんか？

大岡　そうですね、レイテがサイゴンと同じくらいかな。

開高　もっとすごい。『野火』は抑制されすぎていると思ったくらいです。熱帯の夕焼けはもっと豪奢ですさまじいです。ジャングルもセミや鳥の声でいっぱいです。戦闘が終ってものの五分もたたないうちに夕立みたいな音がしてきます。私がそこを書けば定評ある大岡さんの自然描写がちょっとしのげるかもしれません（笑）。

大岡　僕はレイテは収容所の近所しか知らなかった。僕のいたのはミンドロの南部なんだ。

開高　植物相はあまり変りないのと違いますか？

大岡　むしろ中国系だね。フィリピンは大陸系なんですよ。ただしレイテは雨が多い。

とくに東はね。おなじフィリピンでも太平洋に面しているのと東シナ海に面しているのとでは雨季の模様がちがう。ヴェトナムも東向きですからね。やはり多雨性でしょう？

開高　そうです。レイン・フォレストです。熱帯性降雨林というやつです。

大岡　そうでしょう。ミンドロでは熱帯のジャングルという感じはないと思っていた。しかしレイテの山のなかにこのあいだ入っていったら相当なものだったよ。

開高　壁みたいなのですか？

大岡　雨のせいだね。おなじ熱帯でも雨の多い少ないで違ってくる。ヴェトナムもおそらくそのせいなんでしょう。フィリピンはトラもヒョウもいませんし、猛獣映画の熱帯じゃないんです。ミンドロには中国系の野生のアメ牛がいますよ。

開高　しかし、『野火』はよく気が配ってあると思いました。二、三行ですけれど、フィリピン女の民族ゲリラがでてきて、アメリカ兵にとめられても聞かないで、日本の降伏する兵隊をブチ殺してしまうというような場面がありますね。フク団の女ゲリラだと思いますけれども。役者を入れかえたらいまのどこかの国にそっくりだと実感がきました。

大岡　フク団はルソン島でしょう。レイテにはフク団はいなかった。

開高　どっちでもいいんです。詩と真実のうちの詩のほうを私は、いま、愛してるもんですから（笑）。

大岡　あれはね、むろんフィクションですが、俘虜のなかに女も銃を持ってたという先生がいたもんだからね——今度フィリピンにいって少しゲリラの文献を買ってきてわかったのですが、当時ヴィサヤ以南には農業組合もなかったし、コミュニズムは入っていなかった。レイテには米軍ご指定の、ゲリラ隊長がいて、あの段階では女は後方の看護婦とかサービスがかりだったはずなんだ。女性まで装備するのは挙国抵抗でないと出て来ないんです。

それから氏は抗日戦争当時のフク団の分裂、融合状況と現在の状態について話しだした。

少し文学から話がズレるが許していただきたい。去年、一人のアメリカ人の新聞記者と会ったときにフク団が十三年ぶりで復活して村長殺しを再開したという話を聞かせてくれたのである。フク団はフィリピンのヴェトミン、またヴェトコンと考えてよろしい反政府グループである。私は近頃ゲリラと聞くと耳がピンとなる癖があって、その記者から話を聞いたあと、フク団やフィリピンのことをいろいろと調べだしたのである。

大岡氏は『レイテ戦記』と関係のない現在のフク団のこともちゃんと調べていた。〝某外交筋〟の情報といって、フク団の活動分子は現在三百人ほどであるという聞きこみまでやっていた。私に教えてくれた記者はそこまでの数字は知らず、ただフク団が村長殺しを再開し、指導者はかつてのルイス・タルクの伯父と伝えられ、政府軍が掃討に入っても情報が筒抜けでモヌケのから、そして農民はフク団の暗殺行為をけっして憎んではいないという、初期のヴェトコンのロビンフッド活動にそっくりの話を知らせてくれただけである。何でもフィリピンでは二パーセントの地主が九八パーセントの面積を支配してスペイン中世さながらの搾取がいまだにおこなわれているという。キューバ革命が何人の青年で始められたかを考え、こういう不平等、圧制、また中央政府の腐敗、堕落ということがあれば、三百人は優に一国の体制を変えるにたる数字であると私は感じ、ヴェトナムのつぎはフィリピンかタイではないかという、茫漠とした予感を抱いた。

氏の説によると太平洋戦争当時、反米・反日のグループ、それから親米・反日のグループ、そして朦朧たる山賊、三つのグループがあったという。このうち第一の徹底的民族主義グループは一部が親日・反米に解消し、残部はルイス・タルクの指導するコミュニスト・ゲリラとなり、これは抗日民族統一戦線を張りつつも自己の勢力圏内では同時に農地解放をやっていたという。しかしアメリカに解放者を期待していた気配もあった。ところが日本軍は長年の日中戦争で腐敗していたので現地人を〝政治〟することができず、ことに敗色が濃くなると略奪をやりだし、〝アジアの解放者〟なるイメージが瓦解する。日本軍はレイテ、ミンダナオに増強をおこなって地方の町を占領はするが行政は混乱し、ゲリラへの恐怖がつのってめちゃくちゃになる。

開高　……ヴェトナムでは抗日戦、抗仏戦をやりつつ、同時にヴェトミン内部ではナショナリストとコミュニストが血みどろの暗殺合戦をやり、コミュニストがイニシァティヴをとってからは《フランスをやっつけろ》のスローガンに《地主をやっつけろ》のスローガンがくっついたらしいですね。一九五〇年頃です。それからは敢然とヴェールを捨ててヴェトミンは民族コミュニズム運動にエスカレートし、ディエン・ビエン・フゥとなります。

大岡　フク団はその後勢力を増して一時マニラを包囲する形になります。

開高　一九五三、四年頃ですね？

大岡　そうです。やはり毛沢東の中国での成功に刺激された動きで、日本でもあの頃は山村工作隊とか、いろいろあったとおなじですよ。アジア全体にひろがった運動があったと見ていい。フィリピンでは中間層のオポチュニズム傾向があってやがて敗退するが、今度ヴェトナム戦争でフク団はふたたび活発になってきたといわれています。

開高　フクのルイス・タルクはマニラ郊外まで肉迫しながらマグサイサイの善政に敗れて山から投降してきたそうですね。毛沢東やホー・チ・ミンとおなじことをやりながらアジアで敗北したのは彼一人でしょう。万感こもごもということではないでしょうか。マグサイサイはフィリピンの農地制を根本的に改革したのではないらしいけれど、フク団員の投降者にどんどんミンダナオかどこかの農地を与え、政府内の汚職をたたきつぶし、戦闘となるとまっさきかけて突進した。《土地なきものに土地を》というフク団のスローガンが崩れ、ルイス・タルクは投降した。政府が反政府勢力のやりたいことを先制してやったら人民戦争もけっして万能ではないという例をマグサイサイが示した。それを当時、アメリカ顧問として観察していたのがランズデール将軍で、グレアム・グリーンの『おとなしいアメリカ人』の主人公は彼がモデルだという説があります。けれどヴェトナムにはゴ・ディン・ディエムという頑固な屋根裏の哲学者がいて、これは徹底的にマグサイサイではなかったですね。そこにアメリカの失敗があって、あとは戦争が戦争を呼ぶ自動回転ということなのではないでしょうか。アジアではいつでも、農地問題につきるのではないでしょうか。

大岡　いまフィリピンでロビンフッド活動をやってるのは、たしかに指導層はかつてのフク団の生きのこりだが、手足となって働いてるのは若い人で、それが何もマルクス主義だのコミュニストの子孫だなどということは関係なく、ほんとのロビンフッドなんだ。農民はじっさいあんたのいうスペイン中世の搾取で困窮しているし、治安がとてもわるくて、自衛手段をとるよりほかない状態だ。警察がアテにできないからフク団に守ってもらうよりほかないのだね。農民を守ってくれるやつは誰もいないんだ。

マニラのホテルだってガードマンを雇って自分で守ってるくらいなんだよ。

開高 ……山賊ですか？

大岡 何かわからん。とにかく集団的に来て持っていっちゃうんだ。ミンドロの砂糖工場だって機械を持っていかれないように、ガードマンを雇ってる。

開高 みんなアメリカ人はアジアを知らないといってバカにするけれど、専門家はとっくに農地解放以外にヴェトナムの救済法はないと見抜いていますね。記録にちゃんとのこっていますよ。ただアメリカは自分の手でそれができなかったんです。もしやったら内政干渉になっちゃう。日本のような徹底的な農地解放を五四年以後南ヴェトナムでやっていたら、こんなすさまじい戦争にはとてもならなかったと思います。

大岡 日本では中央政権がしっかりしているから農地改革ができたのだが、ヴェトナムやフィリピンでそれをやったらどういうことになるかわからんという不安でしょうね。フィリピンの治安がわるいということは結局、中央政権がないということなんだ。ああいうふうにたくさんの島にわかれていますから、コミュニケイションの状態もわるいし、コトバもちがう、人種もちがうという状況ですからね。大統領はだいたいルソンから、大統領夫人は中部ビサヤ地区からというのが代々のきまりらしいですね。封建的なものがずいぶん残っているわけで、それがそのまま近代国家に移行するとしても、日本のような天皇制国家にはなれない。フィリピンでは民主主義がちょうどよかったのではないですか。そういう感じだ。しかし表向きは民主主義になっていても、じっさいは封建的で、スペイン風地主支配がのこっている。

政治の話がけっして好きなわけではないのに、なぜ私は政談にふけってしまうのだろうか。現代の空気は酸素と窒素と政治でできているから、人は呼吸さえすれば、政治を知らず知らず呑みこんで、一知半解の知識を舌にのぼらせてしまうということになってしまうのであろうか。

私が『俘虜記』を読んだのは（旧制）高等学校一年生くらいのことではないかと思う。それは闇市と、知識人たちの破廉恥きわまる変節と、ラッキー・ストライク、バクダン、パンパン、東京ブギウギ、バッテンボーの時代であった。バッテンボーというのは〝buttons and bow〟というボブ・ホープ主演の映画の主題歌をアメリカ女がうたうと、どう聞いても〝バッテンボー〟と聞えるので、誰も『ボタンとリボン』とはいわずに〝バッテンボーの歌〟といっていた歌である。それが夜となく昼となく町に流れ、兄さんたちはラバー・シューズにリーゼント・スタイルなるいでたちで肩そびやかし、ギッチョンチョン、ギッチョンチョンと、大阪は梅田、心斎橋、天王寺あたりをノシ歩いていた。ジャンジャン横丁へいくとおばはんが一升瓶から《ウイスケ》という奇体なものをコップについでくれて、何だ、これはウイスキーじゃなくてメチールじゃないかと不平をいうと、壁をよう見なはれ、はじめから紙に〝ウイスケ〟と書いてあるやないかと逆ネジを食わせられた。

私は『俘虜記』を読んで、まずその文体の凜々たる断言調におどろかされた。これほどデタラメ猥雑をきわめた崩壊の時代にこんな古武士的整序で自己を語る人がいるということに私は一驚を喫して眼をこすった。おそらくこれは私一人の感想ではあるまい。おなじ世代の連中にその後聞いてみると、みんなそうだというのである。徹底的な抑制、きびしい凝縮、削りに削った白木の木理《もくめ》を見るような緊密きわまる心理分析の操作、非情の省察のあとにとつぜんあらわれる多感の叫び、そのことにうたれたのだ。戦争そのものはこの作品では陰画として扱われている。それが噴出するように鮮明な陽画となったのは『野火』である。けれど『俘虜記』を初読したときの圧倒的な印象は作者の確信の堅固さであった。人の心の解体を描写するについてそれほど透明、堅強な文章を書いた人はその頃なかった。作家たちは肉の内在性に執して夢中になっていたが、大岡氏は冷酷な距離をおいていた。

『野火』は真空放電の火花を見るような作品である。ここにもサムライの、私たちをどこからともなくとらえてやまぬあの自己抑制の心情がはたらいている。しかし、木は木としておかれ、花は花として描かれ、死臭は死臭として嗅がれ、物と人とのあいだに直接の短い交感がある。これが現代文学にない触知感である。現代の作家たちはけっして事物に短く手をのばしてふれることがなく、まやかしのコトバ操作で〝疎外〟とか〝孤絶〟とかのアトモスフェールを作りだし、生を直視するぶざまな態度を嫌う。そこに文学的俗物主義の度しがたいペダンチズムが登場する。この浅薄な田舎者の無知にくらべれば傲慢のほうがまだしも罪が軽いと思うことがしばしばである。私は『野火』を貪り読み、ことごとく感嘆したが、ただ後半になって神が登場し、かつ主人公が人肉嗜食を試みようとしたときに、その右手を左手がおさえてしまうという工作に、理由のさだかでない不満をおぼえた。いまでもこの件りは私の体に入らない。何かしら不自然なのである。あれほど細緻なはずの大岡氏が右手のうごきを左手がおさえた瞬間のうごきのあとで、ただちにそれを解読するがごとく、

「汝の右手のなすことを左手をして知らしむるなかれ」

という聖書の一句を引用して行動を補強しようとしている。主人公の狂気はここからはじまるのだが、これは合理化の心性の越権行為ではないだろうかと思う。右手が人肉をそぎとろうとして行動しかけたときに左手が反射的におさえてしまうという描写だけなら、まだ私は唸って黙りこむしかなかったかもしれない。けれど、こうあざやかに絵解きされてしまうと、崩れるものがある。氏は少しばかり《やりすぎ》てしまったのではないだろうか。

そのような傷はあったにしても、『野火』はやっぱり私にとっては一つの啓示であっ

た。このような発想法と文体とで日本語で小説が書けるのだという〝解放〟と〝自由〟の感覚であった。あのデタラメな、めちゃくちゃの時代に、それは徹底的に自己の感性に沿うままのミクロの世界に沈潜すること、物を物として眺めること、いっさいの意味づけを拒む眼の強さ、ということなどを私にひしひしと教えてくれた。同時にそれは、自己を眺める眼を眺めている眼の透明なうつろさも教えてくれた。この視線に私は縛られている。この視線を意識した瞬間に例の、鏡のなかの自分を眺める自分、その自分を眺める自分の自分……あのしなやかな呪縛で身うごきできなくなってくる。（福田恆存氏の大岡昇平論はこの不幸をもっとも簡潔、率直に指摘し、きわめて正確だと思う。）

いささか古めかしくて万事新物食いのヌーヴォー・ロマン派には憫笑されるかもしれないが、『野火』をあらためて読みかえしているうちに、ヴィクトル・ユーゴーの詩を思いだしてしまった。アベルを殺したカインが荒野を放浪する詩である。カインは荒野を大いなる一つの眼に追いつめられて放浪し、耐えられなくなって石の部屋に入りこむが、そこにも巨眼は侵入してきて、じっと彼を瞶《みつ》めるのである。『野火』の主人公はランデ・ヴーのために教会に入ってきたフィリピン人の女を射殺してからたえまなく万物に眺められている意識を味わいつつ彷徨し、狂気にいたる。

原野をさまようカインの心のうごきを〝描写〟というよりは〝実証〟せずにいられなかった氏の正確への執心が『レイテ戦記』に再開されている。氏の実証に対する執心、知らずにはいられない執心は、対談してみて、じつによくわかった。フク団の現況を、さしあたって氏の仕事には関係がないはずなのだが、それでもたった二週間の旅行のあいだに調べられるかぎりのことを調べている。一つの山の頂上をきわめるために麓の全周を歩いてみずにはいられない登山家の心かもしれない。たまたまアメリカ人の記者に注入された知識があったためにそれにふれることができたのだけれど、私は内心、舌を巻いた。

ただ、氏には悪い癖が一つある。天誅組や平将門のことを書いた小説を読んでみるとわかることだけれど、あまりに実証にふけりすぎて、そのうちに《詩》を流産しておしまいになるのである。天誅組がいつまでたっても旗上げしないのだ。いまかいまかと読者は待っているのに氏はどうやら文献渉猟に熱中してしまって知らん顔なのである。何かしらそれは射ちおとされたキジを持って帰る途中で自分で食べてしまう猟犬に似たところがある。

大岡　『レイテ戦記』はずっと以前からやりたかった仕事だが、天誅組も戦争から帰ったときに、すぐやろうと思ったテーマなんです。考えてみると、あれもやっぱり敗走記なんですね。どうしても敗走記を書きたかったわけですよ。

開高　平将門もそうでしょう?

大岡　そうだ。やはり敗走だ。負けたということが昭和二十年代のわが民族の大問題のはずですが、現在四十年代でもそうだと僕は信じています。もっとも、この負ける話というのは『平家物語』以来、日本人の心情に直結していることです。判官びいきということもありましてね。それに負けた話を書いていれば、誰か読んでくれるというズルイ考えもあるらしい（笑）。でも天誅組は調べれば調べるほど、あれに参加した人間が小さくなってくるのですね。あれも結局はモミジですね。十津川のモミジのカーッと紅葉してくるなかを幕末全学連が事志と違って敗走する。

開高　あなたのファンですから、僕は天誅組も平将門も全部読んでいるつもりですけれど、実証、実証で、事実に執しすぎておしまいになる傾向があって、これは影響をうけちゃいかんと思いますよ。

大岡　それは僕が人間を信用していないからだ。

福田恆存氏は或る論の末尾に書いている。

「……しかし、私には大岡氏がこう言っているように思われる。一体、自己探求とは何か。そもそも自己などというものは虚像に過ぎないのではないか、と。『花影』が手掛りが無いのではない。その前に葉子という主人公が手掛りが無いのだ。我という手掛りも女という手掛りも無い。それは〈徒花〉であり、〈花影〉である。大岡氏が『俘虜記』以来の執拗な自己探求の果てに私達の前に提出した診断報告書は、そういうことを物語っているのではないか。これはあながち私の牽強附会ではあるまい。『常識的文学論』において、〈私〉や〈自己〉に執する東西の近代小説に対して、大岡氏は稍ゝ《やや》捨鉢的な疑惑の言葉を投げつけている。（後略）」（中央公論社版『日本の文学』巻末の解説）

いつかパリの《クーポール》でサルトルに会ったとき、私と大江君はあらかじめ質問を文章にして彼にわたしておいた。その質問の一つは大岡氏の疑惑と共通するところがある。《個人主義、心理分析主義がその人間解体の方向の極点に達した二十世紀文学において、その逆に、回復の方向、綜合化の方向において、いかなるイメージを持っていますか》というのである。

サルトルの答はこうだった。

「昨日のアメリカ文学と同様のショックを与える文学は現在見当りません。しかし、われわれ同時代の文学作品が、人間心理の分析を追求しすぎて、それを解体しつくし、逆にその綜合的なイメージを失ってしまったとは思いません。われわれは恐るべきことが平気で行われるという特殊な時代に生きています。核兵器とか、ナチスの大量殺人とか、植民地戦争における拷問とかの問題です。しかしそのような時期ほど、人間が自己との関係を正確に見きわめうる時期はありません。したがって意識における人間の存在は失われていないのです。時代は矛盾にみちているが、まさにその矛盾の故に、それを通じて、人間は自己をよりその真実の姿において知るのです。（後略）」

いささか教条の匂いのする答だが短時間のうちにいそいで答えねばならないのだから止むを得なかった。しかしこれは行動家の日頃の立場を誠実に反映している。アルジェリア戦争末期のパリで彼は老いてくたびれた顔をしながらも東西南北をかけまわり、デモにでかけ、プラスチック爆弾をアパルトマンに投げこまれ、頭のさがる実践ぶりであった。知識人の行動は政治や戦争の進行に対してはしばしば徒労にひとしいし、彼もどこかでそういう感想を洩らしているのだが、そうと知っても彼は孤独にヨチヨチと街頭をかけまわるのだった。紅茶をすすりながら部屋のなかで激烈、神秘、不可解な革命論をしゃべっているのではなかった。

エゴのミクロの世界を描きつくした作家はそこに踏みとどまっていられない衝動からマクロの世界へ移行せざるを得ないのではないだろうか。私の勝手な空想だが大岡昇平氏はだんだんと年代記の作家になっていくのではないだろうか。それは一つの至難で豊饒、かつ強力な文学である。エゴは虚像であるとしても年代記という集団的把握の方法によれば恐るべき力が定着され得るのではあるまいか。何もかもが洪水で流失してしまったのではなくて、まだ残されているものがあるのではないだろうか。『レイテ戦記』も『沖縄戦記』（レイテのあとで書くのだとのこと）もいわば年代記なのではあるまいか。

開高　『酸素』という作品が未完のままですね。第一部を発表なさった頃、『俘虜記』や『野火』のあとの新しい展開がはじまったと思って愛読したものですけれど、その後どうなっているのですか。

大岡　あれは戦争中から考えていた作品で、駐屯中にも書き、俘虜収容中もシナリオの形にしてあったんですが、あれが失敗したのはショックだった。戦争中、僕はスタンダール、バルザック流の社会小説の夢があったのだが、手をつけてみたらだめだったのは、つまりそれが外国種の理念だったからですね。準備してあったし、あの頃は神戸の酸素会社に勤めていたのだから、あの題材はよく知っているつもりだったのだが、書きはじめてみて、僕が自分のまわりにあるものを、ちっとも知らなかったということが明瞭になっちゃった。

戦争、俘虜という状況は、わり合いにわかり易いから書けたんですよ。しかし僕は戦争に行ったばかりに沖縄戦、被爆、終戦を内地で経験しなかった。この段階にもっとも日本的なものが現われていたのではないか。ぼくに戦後社会がよく見えないのは、この段階を知らないからではないか、と思っています。戦争中僕は軍部に対する反感から、日本的なものに背を向けて暮していたので、僕の知識は片輪だったんです。西欧的理念で、日本の現実を捉えるということはむずかしいんでね。戦争を描こうとすると、戦争自体のエネルギイや無惨さよりは、日本軍の作戦、軍隊自体の愚劣さが出て来る。例えば、僕は三十六年に『若草物語』という裁判物語を書いたことがある。これもうまく行かなかったので、単行本にしてありませんが、ごく単純な事件を題材にして、日本の罪と罰を書こうとしたのだが、日本の刑事訴訟法の特殊性、刑政の不備が出て来る。裁判自体は出て来ないんだな。これは必ずしも日本の特殊事情が悪いからではなく、ぼくの中にある裁判のイメージが、西欧的な本から得たものだからなのです。

『酸素』の失敗、僕の戦争小説の中にある不備は、みんなここから来ている、ということがこの頃わかったとこなんです。

現在また実に古い日本的なものが現われていますが、『レイテ戦記』の次に、沖縄戦の段階、戦場と内地の生活との関連を詳らかにすれば、古い日本的な政治形態、イデオロギイが復活した理由がわかるのではないか、と思っています。『酸素』を太平洋戦争前史として、完成出来るかも知れない、という希望を持っているんです。どうもあれをあのままおいといたんじゃ、僕の作家生活は実に片輪だからな。

対談が終ってしばらくしたら大岡氏から手紙が来て、つぎの点をゲラで加筆したいとあり、その一行に、

《戦争にいかなかったら何も書かなかったろう》

とあった。

不思議なものである。

戦争は双頭の鷲だ。

悲惨と豊饒の双頭の鷲だ。

誰を方舟に残すか

武田泰淳

武田泰淳（一九一二〜一九七六）
小説家　東京生れ　東京大学支那文学科中退　一九三三年、竹内好、岡崎俊夫らと中国文学研究会を設立　出来事の根拠と意味を追求する思想的な姿勢は戦後派の中でも白眉である　代表作『蝮のすゑ』『ひかりごけ』他杞憂〔列子・天瑞篇〕（昔、シナの杞の国に、天がくずれ落ちるのではないかと心配して寝食を廃する者があったという故事から）無用の心配。取り越し苦労。

――新潮国語辞典

人間が多すぎはしまいか。

このまま殖えていくと、どうなるのか。

あふれた人間はどうする。

某日、某中華料理店で武田泰淳氏と久しぶりで会い、そんな話ばかりした。私は経済学者でもなく、コンドーム学者でもなく、あっちこっちをほっつき歩いておぼえた朦朧とした恐怖を朦朧としたままにこぼしてみたまでなのである。それは杞憂だぞ、前途は明るいのだといわれたら、よろこんでひきさがるつもりである。武田さんも数学や定理や政策の用意は何もなかった。直感のみにもとづく議論である。ただし、すぐれた作家の直感というものは女のそれとおなじで、なかなかバカにできないのである。古来、たいていの名論卓説というものは分析の踏み台を直感の脚力で蹴って独創性を入手してきたのではないか。

問題はアジアであるらしい。

ジャカルタでもいい、シンガポールでもいい、広東でもいい。夕方これらの町角にたってみるとよろしい。おそろしい数の人が出現して、ぞろぞろと歩いている。夕涼みに家からでてきたというところなのだが、涼むどころの騒ぎではない。うっかり肘も張れないくらいの人ごみである。熱くて、濃くて、むんむん匂いをたてる人ごみである。そのあてどない大群集は道も見えないくらいにヒタヒタとおしよせてきて、あてどなくどこかへ消えていくと見えながら、ふと見れば、消えも流れもせず、ただゾロゾロざわざわしているばかりである。シンガポールとか香港とかの尖端部分には後背地の大陸や半島の特質がもっとも濃密にあらわれる。シンガポールの岩島にはびっしりと人がハエのようにたかり、モゾモゾとうごめきながら暮している。夕方になって波止場あたりへでかけてみると、岸壁の波がポチャンポチャン鳴っているところまで鈴なりで、人、人、人、人、こぼれおちそうである。いや、波すらも見えない。水には水でよごれたカサブタみたいな蛋民（水上生活者）のサンパンやジャンクがギッシリと浮かび、ドップリ、波がゆれると、湾そのものがまるで巨大な塵芥箱のように、もくり、とうごくのである。

私は中国粥が好きである。猫のゲロみたいだという人がいるけれど、豚の腸、牛の肝、肉団子、エビ団子、とろとろ混沌と煮とろかしあって、そこへゴマ油を一滴、二滴、できたら唐辛子も一箇か二箇入れてみると、こたえられない味である。ギザギザに欠けたドンブリ鉢へそれを入れてもらい、まっ黒になった竹箸で、地べたへペチャッと腰をおろしてすするのだ。ねっとりした熱帯の夜のなかで屋台のアセチレンの刺すような匂いを吸いながら汗みどろになって粥をすするのが汗を忘れるいちばんの方法である。ところがシンガポールの波止場でこれをやると、うっかり腰をおろすくらいの面積もないのである。となりに輪タクのおっさんがギッシリとすわって、ふうふうペチャペチャとやり、それがまたうしろからどんどんおされているような気がする。じっとしていると、岸壁からポチャンと水へおとされてしまいそうな気がする。立小便するすきまもないみたいである。ふりかえると闇のなかに、頭、頭、頭がもくもくとうごき、さながら盲目の多頭の巨獣がうごめいているようである。香港、ジャカルタ、サイゴン、バンコック、みなそうだ。多頭の裸足の巨獣が町いっぱいにふくれ、蔽っているのだ。

高温。多湿。米食。この地帯では女はまたいだだけで子供ができるみたいである。かつてネルーは、インドは暑いので昼寝の習慣がありますからどうしても人口が増えますと、単純・悲愴な演説をした。ヴェトコンの少年ゲリラには十四歳、十五歳というのがよくいるが、その子たちの母親は弾音のなかで妊娠し、弾音のなかで生みおとし、弾音のなかで育ててきたのである。村を焼かれた裸足の農婦が……チョーイヨーイ、チョーイヨーイ……と哭きながら国道をどこへともなく去っていく姿を見れば、きっと四、五人の子供をひきつれ、ずっこけおちそうな大きなお腹である。

あそこには五万人か七万人に一人ぐらいしか医者がいないから、戦争がなくても子供は二十四、五歳か、二十七、八歳ぐらいまでしか育たず、たいてい結核、アメーバ赤痢、その他、その他で蒸発してしまう。蒸発しなかった子は革命軍か反革命軍かに入って、弾音一発、チュンッと蒸発する。にもかかわらず母は黙々と生みつづけるのである。飢え、かつ殖える。殺し、かつ殖える。殺され、かつ殖えるのだ。人がいなければ戦争もできまい。とすれば、革命も反革命も子宮から排出されるのである。歴史をゆさぶっているのは子宮である。

エドガー・スノーの報告を読むと、中国は依然として農業国であり、近代化、工業化に熱中しているが、やっぱり人口の八割は農民である。可耕地面積を農民人口で割ってみると、その一人あたりの単位面積は日本の農民のそれよりまだ狭いという。これは愕《おどろ》いていい数字ではないだろうか。地大物博のあの黄土大陸も一人の農民には日本よりまだ小さい国なのである。その総人口は、スノーが毛沢東と周恩来にたずねたところ、一人は六億と答え、一人は七億と答える。日本全土の人口にあたる数の人間が頂点で消えたり、あらわれたりする。いったいどういう計算のしかたなのだろうか。スノーの概算によれば党首脳部はコントロールを全人民に奨励し、実行させようと努力しているが、にもかかわらず、総人口が十億に達するのはそう遠い日ではないという。北京大学の人口問題の学者にスノーがたずねたところ、生産の増加が人口の増加を補い、上回るでしょうと答えたという。しかし、いっさいの中国の問題に若い日の無邪気の、痛切な魅力を失うまでくどくど確言と分析と予測を与えてやるスノーが、この問題についてだけは、ただ学者もそういったと報告するだけにとどめ、自ら何もそれを裏付けようとしないでいる。この沈黙ぶりは私にはむしろ悲劇的に映った。スノーほどの専門家でもどう考えていいものか、迷ってしまったのだ。この沈黙の解決に中国の未来はかかっている。飢え、かつ殖え、殺し、かつ殖え、殺され、かつ殖えて中国は革命を成就したが、三反五反、百花斉放、抗米援朝、大躍進、人民公社、文化大革命、武闘大騒動、モスコーとの大論争、いっさいの政治やスローガンや大粛清にもかかわらず母たちは黙々と子供を生みつづけてきたのである。天地震動、何が起ろうが大陸は生みつづけ、殖えつづけてきたのである。最近一〇〇年をとっただけでもイデオロギイや政策のどんな右往左往にもかかわらず黄土大陸は不変に殖えつづけてきたのだし、殖えつづけているのだし、またこれからも殖えつづけていくのである。このすさまじい奔流こそはいっさいのうえに君臨する匿名の、無定形、かつ行方知らぬ大革命といえはしまいか。毛沢東派が何をいい、劉少奇派が何をいおうが、あらゆる中国の政治家はこの厖大な巨獣の影のなかにあり、ひたすら溺れまいとしてたがいの首をしめあっているのではないだろうか。日本が去り、蔣介石が去った。やがて毛沢東も去るであろう。しかし、つぎに誰が登場しようと、巨獣は一日の休みもなく子宮を破裂させせつづけるのだ。無量のその体重をになうこまねばならない。ゴビ砂漠が緑化されないかぎり日本よりなお狭く、ますます狭くなるばかりの土地に住む七億、八億の農民たちのその体重の総量！……ネパールかブータンか、どこかそのあたりである。山のなかに一つの村があった。その村は貧乏のどん底にあり、住民は結核に犯されていた。WHO（世界保健機構）が乗りこんで注射を射ってまわった。そうして何年かたって、またでかけてみたら、その村は住民が一人もいなくなってしまっていたという。どうしたのだ、と調べたら、肺病が治って、みんなが長生きできるようになったのはいいが、何しろ山のなかで畑の面積が限られているものだから、たちまち食うに困ってしまい、その村は幽霊村になってしまったという。

そういう事件が現実に発生している。

開高　北京大学の先生でバース・コントロールをしなくちゃいけないという説をたてた人があったけれど、革命の第二世代を抑圧するとは何事だといって批判された。ところが何年かたつとそれが復活され、いまは政府がコントロールをしている。締めたり、ゆるめたりしていますね。中国の為政者も正直いってどうしていいのかわからないでいるのではないでしょうか。

武田　わからないね。誰にもわかってないと思うね。だいたい人間ばかりの問題じゃないでしょう。生物全体がはたして現在の地球上で、どの割合で生きていったらバランスがとれるのか、それがそもそもわからないんだよ。人間は人口問題でも自分の都合のいいように考えてるけれど、絶滅しつつある生物は無数だよ。ことに体の大きいのがいけないんだよ。象がいけなくなってる。河馬もほとんどダメだ。犀ものびられないしね。魚まで危くなってきた。

開高　僕が北京へいったのはもう七年前ですけれど、一人の中国の作家に子供が何人いるかって聞かれたんですよ。そこで僕が一人きりだ。処女作以後絶版だ。乱作すると作家も作品も荒れるからって答えたんですよ。すると先方は、しばらく考えてから、喜劇にしては諷刺の勝ちすぎた表現だというんです。いいことというじゃないかと感心していたら、つぎがいけない。一人は少なすぎるといいだして、子供というものは一人は家のために、一人は民族のために、一人は国家のために、一人は自分と友人のために、少なくとも四人はつくる義務と必要があるというんです（笑）。友人のためにってのはどういう心境なのか（笑）。李英儒さんといってね。いま作家同盟の造反派の総元締になってる人ですよ。

武田　僕は人口問題で戦後いろいろ悩んだが、そのとき考えたことで、アンゴラ・ウサギの問題がある。アンゴラ・ウサギは自分の力でふえることは不可能なんだよ。戦争中は織物を作るのでアンゴラ・ウサギをふやした。そこでものすごくふえた。ところが戦後一、二年間は、いくら統計を調べてもゼロなんだ。人間は歴史上ゼロということはなかったよ。ところがアンゴラ・ウサギは人間が飼ってもムダだとわかったら、とたんに絶滅しちゃうんだ。それがまた一時、急上昇した。人間がふやすときめたからだ。それがまたテトロンとか何とかが普及してきたら急下降した。つまり生物の数というものがどういう運命で決定されるかということは、これはよくよくアンゴラ・ウサギのほうからもわれわれの運命を考えなければいけない。河馬は何にも悪いことをしないのに水たまりで仲よくしてたら人間が来て、河馬がいたら困る、河馬がいろいろな物を食って迷惑だといいだし、勝手に殺しちゃった。生物の存在、非存在というものにはゼロというポイントがあるんだな。それを最初に考えないと文学の問題にならない。誰を方舟に残すかということは結局ゼロにしないためにはほかのものを絶滅しても残すということなんで、その判断の基準は誰にもないと思うな。それは神にある。人間に判断がないから、神にある……。

泰淳氏の小さな眼がようやくピカリと光り、声に光沢《つや》がでてくる。これからあとわれわれは安楽死、自然意志、楢山、間引き、指導者の絶対孤独などについて話しあうこととなる。どれもこれもぬきさしならぬ話ばかりである。極限である。鳴動するアジアの大群集をめぐって泰淳氏はつぎからつぎへと極限的主題を紡《つむ》いだ。歯の抜けたあと穴にタバコをつっこみ、ゆっくりと煙をふかしながら、淡々と氏は絶体絶命の諸形相を話すのであるが、何しろ丸山真男氏が〝極限和尚〟とアダ名するくらいの難問と話術の妙手である。よほど眉にツバをつけて用心していてもついついその嘆くでもない、怒るでもない語り口にひきずりこまれ、フト気がついたら外堀も内堀も埋められていた、というところへ追いこまれている。

ノミのキンタマからあれよ、あれよというまに宇宙大の問題をひきだす非凡の抽象力、（しかも平談俗語、粉末のようなコトバで）そして美と破廉恥、兇暴と繊細、古代と現代、個人と国家、すべて極から極への往復運動のはげしさが氏の作品の魅力である。だいたい現代日本で作品のなかに臆面もなく《人類は》とか、《神は》などと書けるのは作家では泰淳氏、詩人では金子光晴氏くらいなものであろう。それでいて一人は《兵隊さんのおならはねとねとくさい》、一人は《恋人よ、ついに僕はあなたのうんことなり果てました》と書いたりする。対極的羞恥というのであろうか。張力に基づく創作法というのであろうか。

泰淳氏は作品のなかだけでなく、極限を酒の肴にもするのである。この春、用事があって、氏のアパートへいったら、昼の二時頃からビールを飲みだし、私がつい東方的大群集はどうなるのだろうかと切りだしたら、すかさず氏は食いつき、淡々と、陰々と極限話をはじめ、靖国神社へでかけて満開の夜桜のしたで焼きソバを食べながらもそれをつづけ、夜の七時頃に別れるまでそれをつづけていた。よほど血となり肉となっていなければこんなことはできないことである。思うに氏の体内のどこかには強振動を起す微震計みたいなものがあるのだ。それはたいていの会話では二日酔で昼寝をしていて起きっこないのだが、フト〝極限〟の匂いがすると、パチリ眼をさましてピンピン、チンチンと鳴りだすのである。そしてノミから出発してたちまち宇宙いっぱいにゆれるのである。およそ相手を絶体絶命の囲いのなかへ追いこむこと、その着想の妙、氏の右にでる人はいない。じつはこの対談も春の昼酒で一度やったことを蒸しかえして復習しているのだが、私はだいたい氏がどういう展開をするかを予想していたから、そこへ追いこまれないように幾つかの難問を用意しておいた。ところがこちらが歯止めするより早く氏は逸走してしまった。人類は他の生物の命を奪って生きているかぎりいっさいの救済を語る資格はない。豚もホーレン草もいけない。有機物を食べてるかぎりダメだ。無機物から抽出した宇宙食を常食とするようになってはじめて語る資格ができるのだ。それまでのいっさいの言動は有意識、無意識にかかわらず偽善なのだ。かならずどこかに致命的欠陥をふくむのだ、と氏はいいだし、私は座礁してしまった。（竹葉青酒がうますぎたせいもあるが……）

有限話でこういうのはどうだろうか。

或る年、泰淳氏はＡＡ作家会議でカイロへでかけた。一日に一度麵類を食べないことには落着けないという癖があるので、スーツ・ケースにぎっしりインスタント・ラーメンとドンブリ鉢と箸を入れていった。カイロのホテルでそれを食べようと思ったが、電話をかけるのが億劫であった。木下順二や堀田善衛のような英語使いを別室から呼んでくるのも何やらシャクな気がする。しかし、熱湯を持ってこいという英語ができない。

(氏はそういうのだが……)

そこでやむなくバス・ルームへ入り、お湯をどんどんたして、便器の蓋に腰かけてそれをドンブリ鉢にうけ、ツルツルすすった。

英語使いのハナをどうしても一度はあかしてやりたいと思っていた。何とかならぬかと機会を狙っていた。するとそのうち、機会がやってきた。アラブかアフリカか、どこか黒い国の作家が、或るとき話しかけてきて、お国には世界一短い詩があるそうじゃないか、と聞いた。俳句のことをいってるのだな、とわかった。一つ聞かせてくれないか、という。そこで名作を一つ教えてやることにした。

「ア・フロッグ・ジャンプド・イン・ザ・オールド・ポンド。アイ・ハード・ザ・ヴォイス」

といって黙っていると、黒い作家はしばらくして、顔をあげ、

「それでしまいか?」

と聞いた。

「イエス。ザッツ・オール」

といったら、黒い作家は、

「なるほど短い」

といって、どこかへ消えた。

開高　去年の春、インド人の新聞記者と話をしたことがありました。コミュニストではないが、進歩的な男です、この男がいうには、来年、つまり今年のことですが、インドはひどい飢餓に襲われる。その結果、会議派は後退して左翼が進出するにちがいない。しかし何をしてもこの飢餓は救いようがないのだ。おまけにロシアや中国が農業に失敗してカナダの小麦をドカドカ買いこむものだから、インド人のやせた腕をつっこむすきがない。数百万人が死ぬよりほかかない。これにくらべたらヴェトナム戦争なんか甘いもんだ。そういわんばかりなんですよ。この話は聞いててコタエた。数百万人ゴッソリ間引きするよりほかないというんだ。しかもインド人は枕もとを走るネズミを追っぱらう力もないまでに飢えながら、なおかつ子供をつくるというんです。とてつもないアジア的生産様式だ。

武田　そうだろう。インド人は方舟を考えてるよ。誰を殺して誰を生かすかってことを明けても暮れても考えてるだろうな。お茶を飲むみたいに人減らし、人殺しのことを考えてるのじゃないかな。

インドばかりではない。

過日、タス通信の記事を読んでいたら中国では文化大革命騒ぎで農村の生産が立ち遅れ、一億人がこの秋に飢えるだろうとあった。たった十行ぐらいでそういうことが報道されていた。いくら仲がわるいといってもタス通信ともあろうものがそうそうデタラメは報道するまいと、常識は考えるのだけれど、やっぱり大法螺を流すこともあるのだろうか。しかも一億というけたたましい数字のことである。かりに話を十分の一に割引いたとしても一千万人が飢えるということになってくるではないか。黄河も揚子江も氾濫しなくなったというのにそういうことが起るとすれば、もしそれが大法螺でないなら、いったい何のための革命だったのか。

開高　……夕方の香港を歩いてる。夕方のシンガポールを歩いてる。するとヒタヒタ、ヒタヒタ苔のごとき群集がおしよせてきて、うっかり右にも左にもいけない、ただおされるままに歩いていくよりほかないという気持に襲われますよ。どんより蒸暑いなかで考えてると、イデオロギイとかモラルなんかどうでもよくなって、一種の自然の意志みたいなものが働いてこうなっていくんじゃないかというふうな気持に襲われてくるの。武田さんはそんなことないですか。

武田　それはその気持に襲われないでも事実そうだと思う。それは自然の意志だぞ。

開高　われわれはいろいろなことをいいますよ。進歩だとか、科学だとか、革命だとか。だけどこの大群集の背後にあるのはどう手のつけようもない、コントロールのしようもない、何か自然の意志みたいなものがあるのじゃないかしら。

武田　あるのじゃないかしらじゃない。あるんだよ。だって地球上に生物があるということからすべてがはじまったんだ。地球を離れて自由に存在しているという人間を考えていたのがいままでのまちがいで、地球にしか住めない生物がひしめいているなかで、やっと人間が生きてきた。そのなかで人間同士が、今度は革命をやったり、何をやったりしているという、全地球的な現実を考えるということと、いま人口問題で心配になっていることと、非常に結びついてるわけよ。それは根元的な問題ですよ。それは旧約聖書の世界以前の、もっと前の世界からすでに決定されてたわけなんで、だから恐ろしいわけです。

開高　核爆発はピカッと来たらそれでおしまいだと思いこんでるから本気で考えたことなんかないけれど、子宮のほうはそういかない。これはもう春夏秋冬のべつに爆発して子供をヒリだしてきて、ジリジリ、ジリジリ、底深いところから肉迫してくる。眼に見えて迫ってくる。息をするのにいちいちとなりのおっさんに息をしていいですかと聞いてからでないと、というような混《こ》みようですよ。人口増加なんて生やさしいもんじゃない。爆発ですよ。品のわるい言葉でいえば核爆発ですよ。

（註・この〝核〟は音読みではなく、訓読みしてください。）

泰淳氏は檜山の思想は地球物理学的に見て非常に正しいのだといった。生れてくる子を殺さないのがヒューマニズムである。けれど、もし耕地の生みだす食糧以上に地球が人でいっぱいになるとすればヒューマニズムのために人は窒息するということになる。人を生む思想が人を殺すことになろう。ヒューマニズムは再検討されねばならなくなってくる。全人類のためにはよろこんで死にますという哲学と感覚が浸透されねばならなくなってくる。ただし、或る民族、或る階級だけが泣く泣く間引きして、ほかのやつらはのうのうとヒューマニズムを楽しむという不平等が存在する状況では、それは犯罪である。人口論を徹底的に究明するためには同時に地球上における平等論を徹底させねばならないと氏はいった。まさにそのとおりである。オーストラリア一つをとってみてもわかる。あれはほとんど大陸といってよいくらいの広大な面積にわずか東京都に一本毛が生えただけの千二百万人が住んでいるきりである。しかし大陸からこぼれおちそうになっているインド人や中国人を大量に養子迎えしましょうといってオーストラリアが港を開放する日はいつのことやら。イデオロギイか民族か国境かに瓶は密封されている。もはや未知の新大陸はない。砂漠と海があいているだけである。核武器製造の費用が砂漠の緑化と海の干拓にそそがれないものか。あるいは空気からパンをつくりだす研究とかにそそがれないものか。

ときどき考えることがあるのだが、人口何百万の時代にはこんな思想が支配した、人口何千万の時代にはこんな思想が支配した、というような観点から歴史を再検討してみてはどうだろうか。人の肘のつっぱれる面積と思想の質、民族性、文化などは底深く相関しあっているのであるから、そんなことができるとして、徹底的にさぐってみたら、何かの手がかりがでてくるかもしれない。

泰淳氏の作品で私がたいへん惜しいと思う短篇が一つある。『誰を方舟に残すか』という短篇である。二つのアメリカ映画とノアの方舟のことが主題になっている。三つ、どれもみな極限話である。一つはジャングルに不時着した飛行機の乗客のうち誰をジャングルに捨て、誰を飛行機に乗せて救出してやるかという映画。一つは海を漂うボートから誰を捨て、誰を残すかという映画で、捨てられたはずの乗客がみんなじつは救出されていたというドンデンがついている。この二つをマクラとしてからノアの伝説が登場する。三つの挿話が三つともドンづまりに立たされた誰かが、誰を殺し誰を生かすかの選択に迫られるという話で、さすが〝極限和尚〟にふさわしい着眼点の鋭さなのである。これは枚数をたっぷり使ってゆるゆると書いていったら巨大な作品になり得たであろうと思われる。

方舟が大洪水をよこぎってアララト山頂にたどりついたあと、或る日ノアが酔って素ッ裸で寝ている。それを三人息子のうちの次男のハムがかいま見、兄と弟に告げる。兄と弟は衣を持つとうしろ向きに天幕へ歩いていって父ノアのかくし所を見ないようにしてかけてやる。ノアはあとで事を知って激怒し、急所をかいま見たハムを厳罰に処し、ヤペテ、セム両人のふるまいを賞め、ハム一族を二人の奴隷、奴隷の奴隷にしてしまう。問題はなぜノアが急所を覗かれてそれほど激怒したかにある。

おそらく聖書学者や民俗学者は人体の陰部についての古代の禁忌の諸習慣を引いていろいろということだろうが、泰淳氏の創作、武田旧約は原典に伏せられた箇所を掘り起して極限で充塡してある。この箇所は熟練の技である。ノアが酔ってひとりごとをいうのである。それが極限的ひとりごとなのである。〝生きのこった人類の指揮者であり、支配者であり、審判者〟であるノアは孤独と懐疑の圧力に耐えかねて、呻きを洩らす。ノア一族だけを救って全人類を黙殺したのはエホバの意志であったとしても、それは果して〝良き種子〟であったかどうか。セムは愚直だが政治性がまるきりない。ヤペテは目はしがきくが陰険だ。ハムには才能があるが、才能が繁栄の邪魔になることもこの世にはある。この三人に人類の未来が托されていいのか。この選択は果してエホバがしたのか、おれがしたのか。ここから悪の種子が芽生えたら洪水のなかに全人類を見捨てた大事業は大徒労であったということになるではないか。悪の芽をふくまぬ種子、腐ることのない種子などがあるだろうか。方舟に乗れた者と乗れなかった者の一体どこがちがっていたのか。

このひとりごとをハムが聞いた。武田旧約の卜書(武田旧約には卜書がついている)によると、ハムは〝考えぶかい、聡明な美少年である。芝居では、えてしてこの種の若者が問題をひきおこしやすい〟とある。純潔で感じやすい、素直な少年である。その少年が大審問官の父の迷いに迷ったひとりごとを聞いて兄と弟のところへかけつけ、〝ぼくは父上のかくし所を見たよ〟という。指導者の迷い、自分一人が反芻するよりほかない孤独の苦痛、それが指導者のかくし所だと、武田旧約は暗示している。このあたりのやりとりは含むところ深く、微妙に暗示的である。それでいて作者の註解ではノアはハムを悪の種子としては見ていなかったであろう、ハムをノアが厳罰したのは「決定」や「審判」の絶対性をゆるがせにしないための全く政治的な必要からであり、演技的な裁きであった、ということになっているのである。そう〝であろう〟というのが結語になっている。

行政上の措置としてハムが処断されたのだとすると、ハムはいけにえの小羊であったということになる。指導者をもっともよく理解していた、もっとも優秀な人物がまさにそれゆえに指導者によって処断される。作者はそういいたがっているようにも見える。また作者は、およそ〝選択〟の行為は善をめざしつつかならず悪を結果するといいたがっているようにも見える。必要悪と不必要悪の境界は朦朧として神も人も霧のなかに佇むばかりである。過ちなき政府はないと血で書きつけたサン・ジュストはこのノアの呻きをついでいる。いや、その他もろもろ、手と足の指全部を折ってかぞえても足りない、おびただしい数の東西南北の指導者たち、これからもますます出現しつづけるであろう聖なる狂気者たちの原型がこのノアであったか……。

武田　……あの場合のハムはいちばん心のやさしい、われわれとしては頼みがいのある造反派であったわけなんだ（笑）。ほんとうに全部の責任をひきうけて新しい社会を建設する造反派だったわけだ。その造反派であったからこそ、父親のかくし所を見たわけだ。ほかのやつらはボンヤリしていいかげんなお世辞をいったりしているが、真の造反派というのはかならず父のかくし所を見る。かくし所を見たというところに旧約の深い意味がこもっている。何ともいえない、深いところがね。だからそこを見られたノアは大家長としては絶対に許せないというわけだ。しかし、では三人の息子のなかの、どういう性格の人間がのこってノアの血液をうけついだら幸福だったかということは聖書は語らない。そこがいま問題だ。その問題が解決されないかぎり人口問題も解決されない。ではどういう人間を残すか。どういう人間を生まないか。どうしたらそれがわかるかという、その問題を、東京大学で研究してもらいたい。

なぜかしら〝東京大学で〟といったあと泰淳氏は薄笑いし、フッ、フッ、フッと声をたてた。あっちこっち抜けおちた歯の穴が暗い洞穴のように見え、そっと横顔をうかがうと、たいへん失礼を許して頂きたいのでありまするが、何やら古い掛軸に見る木食仙人や鉄拐仙人の笑顔にそっくりであった。

さて、いよいよ方舟に誰を残すかという話がはじまった。泰淳氏は小説家も文化人もインテリも入れてやらないという。小説家はカビ以下である。カスである。ブンカ人は〝気持が悪い〟から入れてやらない。インテリはムダな論争をしていて意味がないから入れてやらないという。

武田　河馬とか、象とか、ああいうのはかわいそうだよね。小説家を方舟に残すくらいなら河馬のほうがいい。河馬はかわいそうだよ。河馬というのはほんとうに正直でいい人ですよ。河馬は何もわるいことをしない。何も論争しない。しかし、まあ、いまのところはインテリがいないと困るね。僕が死ぬまでインテリがいてくれなければナ。インテリに食わしてもらってるんだからさ。だから悪口はいいませんよ。だけれどもほんとうの心は、僕は河馬に通じている、ほんとうは。

開高　武田さん自身はどうなさいます。方舟のなかに残るのか、大洪水のなかに消えていくのか？

武田　僕はね。ワーッと洪水が流れてくるでしょう。そのときに人がいっぱい乗りたがってるときに、それをかきわけてまで乗るということは、これは日本の武士道にかけても拒否しますよ。そのとき乗ったらダメですよ。それは、きらわれているということを知らないんだから。それをはずかしいと思わないという人がいたら、その人は何のために生きてきたかということになりますよ。いくら僕が卑しくても棺桶に片足つっこむのはいいけれど、方舟となるとな、これはね、いけないよ。

開高　私は洪水のなかで溺れながら武田さんみたいなことをいいつつも、ほんとは乗りたかったんだよ、というようなことをいって、波間はるかに消えていくかもしれないなあ。

武田　ダメだぞ。それは絶対、洪水というものの恐ろしさを知らないから、そんなノンキなことをいうているのだ。洪水をリアリスティックに描く才能が日本の作家には欠けてるんだ。ぜんぜんダメです。とどろきどころじゃない。かそけき水の流れさえ彼らは描くことができないじゃないか。あれでよく文学者といえたもんだな。

いつもは当るをさいわい賞め倒すはずの泰淳氏がこのときはむきだしの言葉で誰と名ざすことなく天下泰平の現代日本作家を罵った。〝万物に対して多情多恨であれ〟と氏はかつて書きつけたことがあったが、その眼から見れば孤島の楽園の作家たちはべつにどうってことのないことをどうってことなく書いてウツツをぬかしている。

ところで、〝指導者の孤独〟は泰淳氏が好んで書いてきた主題だが、この言葉を見るたびに私は思いだすことがある。スメドレーが描いた昔の毛沢東の肖像画である。遠い根拠地の洞穴で彼女は毛沢東に出会うのだが、そのときまるで大きな影を見た子供のように彼女はすくみ、おびえてしまう。朱徳に対しては彼女は仔犬のように全心をひらいて慕い、親しみ、のびやかにふるまうが、洞穴のなかでむっくり起きあがってきた毛沢東の姿には酸鼻をきわめた孤独、暗澹たる陰惨を感じて、恐怖で凍ってしまうのである。

七年前に文学代表団を上海で毛沢東は謁見したことがあるが、その一員だった私は彼の顔をしげしげ眺めることができた。彼はたえまなしにタバコをふかし、まるまると太り、低声だが愛想よく話し、大きな体でゆったりとくつろいでいた。日なたで憩う象のようなところがあった。安保闘争をしている日本人を賞讃し、自分の著作のことをたずねられたときは年とってからは書くものに昔のような独創性がなくなったといって悲しそうないろを小さな眼に浮かべた。

毛沢東のことを書いた文章をいろいろ読んでみるが、彼に孤独の陰惨を感じたのはスメドレー一人のようである。スノーも俊敏だが寛容な楽天的革命家として彼を描いているし、たいていそのようである。彼に〝孤独〟や〝暗澹〟の影を読んだ人はいない。私も彼のヒゲ一本もないふくよかな横顔にそんな翳りをこれっぽちも見なかった。スメドレーは神経症を病んだことのある人だが、繊細さと強靭さについてはなみなみならぬものがあり、信じてよい眼力をそなえていた。それに〝女の直感〟というものは猫属のようなとらえようのない鋭敏さと的確さを特長とする。だから男たちのとらえられなかったものを彼女一人が嗅ぎつけたとしてもちっとも不思議ではない。

スメドレーの文章に閃めくような影をたった一回おとしてから孤独な毛沢東はどこかへ消えてしまった。たえてその姿を見た人はいないのだ。農民たちと茶を飲む毛沢東、天安門で手をふる毛沢東、いつも笑っている毛沢東しか見られないのである。武田旧約によればノアは天幕のなかで素ッ裸で倒れ、指導者であること、選択者であることの重圧に耐えかねて呻吟する。毛沢東の天幕はどこにあるのだろう。のしかかるようであったその孤独と陰惨はどう噛み砕かれたのか。そのかくし所を見た一人のハムはいるのか。〝行政的措置〟をとられて奴隷の奴隷とされてしまったのであろうか……。

さて話はつぎからつぎへと極限の峰をつたい、谷へおり、とうとう絶対境へたどりつく。ついに泰淳氏は、いっさい生類の命を奪うな。食べるな。豚もいけない。ホーレン草もいけない。無機物である。無機物から抽出した宇宙食を食べよといいだしてしまった。豚はヒレがうまいだとか、牛はロースだとか、そんなことをいってるかぎり永遠に〝悪の種子〟は繁茂しつづけるぞ。だいたいうまい物を食うとか、何か食ってうまいなどと口走ること、そのことが傲慢ではないか。味のある物を食べるということがどうして正しいのですか。何かそこには危険なトリックがあるようだ。とりたての魚を食べて、これはイキがいいなどといいながら死刑に反対している。いけない。とてもいけない。

開高　宇宙食、ねえ。

武田　そうですよ。宇宙食ですよ。どうして豚が鳴いているのが悲しくなくてね、ヴェトナムの人が泣いてるのが悲しいのかわからない、豚を殺す人の気持になったら。豚を殺す人の身になったら、あの豚を殺す気持、息の根を止めるわけですよ。豚はべつに殺してくれとも何ともいっていない。ノドを掻っ切るということとおなじ。それをある人に、一部におしつけておいて、自分たちはおいしい物を食べる。そういう精神があるかぎり、きっと戦争が起りますよ。豚を殺しちゃいかん。我慢しなくちゃダメですよ。

開高　性慾も食慾もですか？

武田　そう。性慾も食慾もだ。アレをストップするのはつらいですよ。アレをそのままやっちゃったらいいと思うこともあるよ。それをまた我慢してだな。我慢するなら食欲も我慢してね。いま性欲を我慢するのは偉いが、食欲を我慢するのはバカだといわれていますが、そんなバカなことはない。

開高　性欲のほうが果実を生むことなく官能を十全に味わえますが、食物のほうはつらいなあ。眼、耳、鼻、舌、胃袋、徹底的に僕は縛られてますよ。この呪縛からは逃げられません。さいごのさいご、雲古ちゃんにしておしだす瞬間まで楽しんでしまうんだから、これが宇宙食だとなると、これはつらい。とてもついていけそうにない。

武田　人間が生きておられるということが、非常な傲慢なことなんだから、謙遜に考えればだよ、そんなに満足して暮らさなくたっていいじゃないか。

泰淳氏はゆっくりと、淡々と、めんめんと話す。下降し、下降し、ふいに上昇し、とつぜん右を斬り、ひらりと左を斬り、現象をとめどなく粉末にし、かと思うと綜合し、単純きわまるコトバでこねあげ、造型してすえつけてみせる。かくて人類はチャップリンの喜劇みたいな丸楽を常食としなければいけなくなった。食べる楽しみもなくなった。雲古する楽しみもなくなった。しかし、地には平和、真の平和がきた。人は奪わず、殺さず、奪われず、殺されず、よき地によき人がよき数で住むようになった。

泰淳氏は思想と感覚をとめどなく砕く。

開高　……とにかく膨脹と爆発はどんどんつづいてアジア、つまり地球の下半身は人でギュウギュウ詰めになり、上半身も上半身なりミシミシしてくる。どこもかしこも人で埋って海もなくなり大陸もなくなり、岬も島も消えちゃう。こうなると資本主義、社会主義にかかわらず集団化の感覚に走らざるを得なくなってくるでしょうね。いっぽうで遠心分離機にかけられたみたいに粉末化しながら、いっぽうで練《ね》り人形みたいになっていく。すでにもうはじまってますね。

武田　そこだ。よく蓋物なんかが地面にコロがってるでしょう。その蓋をとってみると、いっぱい虫がたかってる。あれは意味がわからない。あれだ。あの恐怖が昔からある。蟻のようなものね。蟻に対する恐怖心があった。蟻は死体を埋めつくすんだ。死ねば虫がたかった。つまりそれは脳のなかに虫が巣食うことだってある。全然われわれにそっくりですよ。白い虫がウジャウジャ前頭葉からこっちの裏側までくっつくんだ。これがいちばん人間の恐怖だね。いつのまにかビッシリと異物がくっつくんだ。この異物の密集という観念が昔からの恐怖なんだ。オデキや細菌に対する恐怖だよ。いつのまにか全身にひろがって占領される。これがある。その恐怖が逆に反映して地球上が人間の細菌だらけになっちまう。いくら戦争をやってもダメだ。戦争すればするだけ人がふえる。これじゃ神様がイヤがるのも無理ないよ。なんてこの気持の悪さ。この前頭葉の蓋をあけてみたら、丸いところは全部いつのまにか人間という虫で食われている。それが起るというのが、つまり神の怒りという意味だった。大洪水で流しても流しても、あとには悪の種子がのこって芽をふき、ハビコリ、ウジャウジャと、もうそれは……。

誰を方舟に残すか?

不穏な漂泊者

金子光晴

金子光晴（一八九五〜一九七五）
詩人　愛知生れ　早大英文科、東京美術学校、慶大英文科を各中退　ヴェラーレン、ボードレエルに親しむ　フランス象徴詩の影響をうけた『こがね蟲』をもって詩壇に登場　代表作『人間の悲劇』他しばらくぶりで金子光晴さんに会ったら顔がすっかりおじいさんになっているのでおどろいた。さながら寒山拾得である。やせて、皺が寄り、眉が長くのびている。薄くて赤いくちびるがかたくなに一文字に閉じ、なみなみならぬ癇癖の強さ、皮肉、叛意をたたえているところは変りがなく、話をはじめるとやがて眉のなかで眼がよみがえり、いきいきと光ってうごき、ときどき持ちまえの茶目気分が閃きはじめる。そうなるといよいよ《金子光晴》の顔となる。けれど、静止したときには、かつて目にしなかった寒山拾得がいたるところにあらわれる。その横顔は、いわば、高徳の破戒僧である。

七十歳の顔のしたに十七歳の少女の膚がつづいている人がいたら、けったいなことではあるまいか。詩人はそれがかねがね自慢で、今日はヒョイと腕をまくってみせた。うぶ毛一本もない膚である。青いまでに澄んだ、絖《ぬめ》のようにしっとりした膚である。白い肉がつややかにしまり、老斑も黒子もなく、歳月の毒や滓は一点もとどめず、ピンと張っている。たじたじとなりながらその少女の膚を眼で追っていくと、首まで来てから、とつぜん寒山拾得が顔を出すので、また、たじたじとなっちまう。こういうのは何と呼ぶ体質なのだろうか。

金子 みごとでしょう、え？
開高 むしろ不気味ですよ。
金子 いつか病気になって医者のところへいったら、おまえは顔はまずいが尻《けつ》がいいっていわれましてね。女みたいだって。だけどこの年の女でこんな膚したのはいないよ。
開高 貸したんですか？
金子 いや、あの趣味だけはないんだ。あれはいまもってわからない。僕のことをジュネにたとえる人がいるけれど、それはまちがいでね。あの趣味はわからないんだよ。

金子さんの詩がお孫さんをいつくしんだ『若葉のうた』を別として老年になってからもたえまなく迷走と混沌で疼きつづけている事情のうらには若い下部が老いた上部をつきあげて、どうしても日本的回帰の枯れかたを許そうとしない、という体質があるのかもしれない。胆汁質とか粘液質とかで人間を分類した哲学者を呼んできて意見を聞いてみたい気がする。

東京でも大阪でも、日本全国、いたるところに焼跡があった頃、私は（旧制）高校生だったり大学生だったりした。学校には籍をおくだけで、奨学金をもらいにいくか試験をうけにいくかのほかは寄りつかなかった。その頃の学生の十人のうち六、七人までがそうだったように、何とかして生計をひねりださねば餓死してしまいそうな気配だったから、パン焼見習工や旋盤見習工など、手あたりしだいの仕事をして、ようやく息をついていた。そして金が入ると、食う物を節約して酒を飲んだ。うまいから飲むのではなくて、オトナになりたいばかりに飲んだり、とにもかくにも飲むので飲んでしまうのだった。米のかわりにキューバ糖が配給されると、それを水にとかして一升瓶に入れ、パン屋でくすねたイーストをまぜ、毛布にくるんで押入れにつっこんでおくと、奇怪な味のする酒ができた。マッカリ。ドブ。バクダン。焼酎。それからジャンジャン横丁には《ウイスケ》という人を食った怪酒を飲ませる店もあった。繁昌ぶりを誇るために南京豆の殻を床いちめんに散らしてある小屋で、そこに敗戦で粉砕された大人たちがひしめき、血みどろの牛の肝臓を唐辛子にまぶしては焼酎で呑みくだしていた。彼らは兵隊靴や半長靴で南京豆の殻をザクザク、ばりばりと踏みしだきつつ、茫然としたり、黙りこくって殺気を肩からたてたり、喧嘩、口論、殴りあったりしていた。コドモが一人くらいまぎれこんでも誰もとがめなかった。

いまになってふりかえると、焼跡は優しかった。焼跡には折れた煙突だの、ねじれた水道管だの、赤錆の鉄骨の林、崩れのこった盲いたような壁だのしかなかった。大阪でも東京でもそこに雨が降ると雲から地表に達するまでの長い、垂直な雨足が一本一本眼に見える。まるで吉野の檜林に降るような雨が降った。凄惨な夕陽がゆるゆると地平線におちていくのがかなりたくさんの駅のプラットから見られた。そのような大自然はその後、北海道の北部の原野にしか私は見たことがない。荒地はやがて家、道路、ビル、工場、壁、塀などで包囲され、分断され、こまぎれとなり、埋められて、消えていった。彼らが追放される頃になってようやく私は彼らの清浄さや優しさにとらわれていることをさとった。錆鉄と石の無機質の原野には乾いた雑草がすりきれた脛毛のように生えていたが、膿むこともなく、腐ることもなく、赤裸、無垢、知恵もめぐらさねば言葉を工夫することもなく、人の眼のいろを見て喋ったり、鼻息をうかがったりなどを知らなかった。それほど純潔で優しい物はなかった。荒地がじりじりと埋立地へ追いつめられて海へ蹴落され、蒸発してしまってから以後は、ひどく生きるのがやっかいになった。人の心にある荒地はどう肉眼で見ることもできず、面積もわからず、手でまさぐりようもない。

ボードレエルの詩を読んでいると無機物で造られた輝ける理想都市が描かれているが、華麗にもかかわらず堅硬な触物感があって、エリオットの『荒地』よりはるかに私をうった。死海周辺のネゲブ砂漠の荒涼もさることながら東・西ベルリンの廃墟を見たときはさらにゆりうごかされた。そういう光景に出会うとにわかに懐しさ、優しさがこみあげ、水のように音楽が湧きたって心が浄化されるのを感ずる。もし私が大金持なら日本の都会のどこかに地平線が目撃されるほどの面積を買い占め、モロトフのパン籠を降らして当時の焼跡を再現し、自然公園として指定、保存しておきたいと思うくらいである。マラルメと中原中也と金子光晴をごちゃまぜに愛読している女と同棲するようになってから詩人の作品を知ったが、眼を瞠った。私がむさぼり読んだのは青年期の初発の官能をうたった作品ではなく、中年になって諸国をつらく放浪してから帰国後に発表された作品であった。私と同年輩や、さらに一世代上の〝戦後詩人〟たちが仕事をはじめていたが、まだ彼らは神経のそよぎに身を托していて、めいめいの心の、それからさきはどう墜《お》ちようもない固い岩盤に達する方法を見いだせないでいた。私は彼らに共感をおぼえたが、詩句はまだまだヤスリにかけるとボロボロ崩れおちるところがあるように感じられた。私自身が崩れるままに崩れていくよりほかない身分なので、繊弱の肥満を避けたかったのだろうと思う。血族は懐しくもあるが、何かしらたがいに眼をそむけあいたくなるところもある。金子さんの骨太さ、放埒、図々しさ、破廉恥、向う見ず、激情と倦怠の絶妙のバランス、べらんめえと詩語の組合わせのみごとなリズム、あらゆる要素が膚にしみこみ、好ましくて、何の不消化も起さなかった。

『鮫』、『女たちへのエレジー』、『マレー・蘭印紀行』、『落下傘』、『鬼の児の唄』、それらの集に脈うつ、ときにはつぶやくような、ときには朗誦するような日本精神批判の傑出ぶりについて、いまさら私がいうことはないだろうと思う。唯物史観によるジャガイモみたいにゴロゴロした紋切型用語の果てしない羅列であの戦争を批評、分析することが流行していた時代に『寂しさの歌』を読んで、孤寂が戦争をひき起したのだという批判を知ったときは、古畳から足のうらへジクジク這いあがってくるような説得力と、いきなり脳天へ鉈をうちこまれるような衝撃力と、二つの異種の力を味わって、ぐったりなってしまったことをおぼえている。後年、伊藤整氏が名著『小説の方法』でブルーノ・タウトの桂離宮についての論文を採用しつつわれらが朦朧の純粋追及癖を追求、分析しはじめられたとき、博引傍証の氏にも似合わずどうして金子さんの詩が採用されないのだろうかと、遠くのファンはいらいらしていた。

ファンとしてもう一ついわせていただくなら、めくら千人のこの世である。あの頃の金子さんの作品は、いくつとなく版と出版社を変えて出版されているのに、ことごとく逸品中の逸品の『マレー・蘭印紀行』をおとしてしまっている。この紀行文と、きだみのるの『モロッコ紀行』(ただし、初版の、それ)は昭和の日本知識人の書いたもっとも優秀な紀行文だと私は思う。散文だから詩集に入れないなどとケチなことはいわずに、朝の起きがけに洗った眼か、いくらか疲れて何でも入ってくるものは入ってくるままにまかせるという心にあるときに、読みかえしていただきたい。それは乞食暮しで南方の島から島へ流亡しつつ詩を断念した詩人がちびた鉛筆でためつすがめつ単語を選び、磨いて、書きとめた、無償の傑作である。牛車に乗ってボルネオの奥地へ入ってゆくからゆ、き、さ、ん、たちの悲痛な骸骨の物語が官能にみちながらしかも筋がたつまで洗いさらした言葉で綴られている。

何のために山に登るのかが本人以外にはどう理解のしようもないように、何のために旅をするのかも理解されない。港の船のドラ、空港のコール・サイン、夜ふけの駅のラウド・スピーカー、たしかにあれらの音や少女の声のなかには旅人だけが知っている旅の目的の全一瞬がある。汽車に乗りこむ。飛行機に入る。船室にスーツ・ケースをかつぎこむ。さて、そこで全一瞬は翳りはじめる。あとは多少、毛色の変った日常の連続である。ヒゲを剃る。チップを払う。夕食の予約を申込む。交通公社の係員とホテルの番頭のあいだをパチンコ玉のようにあっちこっちひっかかりつつ、とどのつまりは東京という穴へもどってくるために人びとは出発するのである。昔は変貌するために人びとは旅に出発したが、いまは途中下車として出発する。けれど金子さんの旅はそうではなかった。望まないのに母国にとって不穏、危険、衝撃となるものを避けようなくつかんで帰ってきてしまった旅であった。自ら選んだ旅として東京からパリへつくまでに二年も三年もかけた作家、詩人は昭和文壇にいない。アチラで食うや食わずのままゴロツイて、餓死しそうになり、またえっちらおっちらと日月をかけて、通算十年、日本に沈黙を守った作家や詩人もいない。外国にはこういう人たちはザラにいて、そのうちつぶされのこった人が母国に帰りつき、文壇を不安がらせ、ゆさぶって、新陳代謝をしたようである。それがわが国に皆無であるということは、つまり、いかに私たちの感情生活の帯が狭いか。いかに作家や詩人たちが異物を恐れているか。どれほどにか長屋や箱庭の暮しに淫しきってしまったことか。あれだけ昭和文壇は自国、異国のつぎからつぎへの多様なる意匠にいろどられながら、ついにボヘミアンはたった一人しかいなかった、といえるのではないか。

『詩人』という自伝に金子さんの放浪の赤裸ぶりがでている。奥さんの森三千代さんが戦後に書いた『巴里アポロ座』という小説にもでている。「新潮」に森さんが書いた短篇、「人間」であったか「群像」であったかに金子さんが書いた短篇にもその頃の消息が描かれていた。森さんの描きだすところでは詩人は気の弱い、こらえ性のない、とりとめのないインテリ乞食のダメな男で……ということになっている。けれど、オーウェルのパリ放浪も、ヘンリー・ミラーのパリ放浪も、常識人の眼からすれば、ことごとく気の弱い、こらえ性のない、とりとめのない、瞬間の純情に生きた、ダメなインテリ乞食のそれである。いったい棒で叩かれてクラゲのように形なくのびちぢみする術《すべ》を身につけないで放浪など、できるものか、どうか。

暗いパリに凍てつくような冬が来ると感ずると、コオロギは羽根も足もすりきれたままバターの塊りをかついで、カタツムリの殻のなかを巡るようにして一段、一段、螺旋階段をのぼって、屋根裏部屋にたどりつく。窓も天窓もないような暗くて、冷たくて、じめじめしたゴミ箱。テーブルに買ってきたバターの塊りをおき、ペロリと舐める。それから棒パンをひときれ嚙《かじ》る。ベッドにひっくりかえる。夜が明けて翌朝になると、またバターをペロリと一舐めし、棒パンをひときれ嚙り、ベッドにひっくりかえる。考えるでなく、思うでなく、書くでなく、企むでなく、明けても暮れてもバターと、パンと、水。一冬じゅう、ずっとそうやって、ただベッドで眼をあけたり閉じたりしながら、うつらうつらと時間を肩越しにうっちゃっちまう。春になって街へでていくと、日光や風が膚にヒリヒリと痛くて、体が葉脈のように透《す》けてしまった。

開高　あんな寒い石の都でバターとパンだけというのを続けていらっしゃると、思想とか感覚はどういうふうに変化してくるものですか？

金子　そりゃあ頭は冴えますよ。一時、頭は冴えて、カーンとしてくるんだ。冷たくてカーンとしてくる。冴えるけれども、僕らは何もしているわけではない。物を書いてるわけじゃなし。そんな気持もないから、まったく無駄な話ですよ。だいたいその気がなかったですよ。物を書く生活にもどる気がね。日本がイヤでイヤでならないからとびだしたんだから。まア、おそらくヨーロッパからは出られまい、ここで一巻の終りかという気があったしね。

開高　冴えてくるというと眠りっぱなしなんですか？

金子　そう。冴えっぱなしの眠りっぱなしですね（笑）。

開高　トロトロと？

金子　はじめは冴える。それから少しにぶくなってくる。眠りっぱなしになる。何か外へでようとしても足がたよりなくなってくる。妙なものですよ。紙きれみたいになっちゃうの。

リヨンの町に昔の中学校の同窓生がいると聞いてでかけたところが間違いだとわかった。行きの汽車賃を持ってパリを出たきりなので、途方に暮れた。けれど、たまたま紙と筆を持っていたのでデパートへでかけて絵具を一つくすねたところ、水彩ではなくて油彩だったので、指でなすりつけて描いた。描いたのは風景画で、嵐山の画だった。医者なら買うかもしれないと思って目のくらむような高い石段をのぼって売りにでかけたがことわられた。あっちこっち持ってまわってローヌ川の河岸にもやっている川舟のなかまで訪れたりもした。もちろんことわられた。慈悲心のない奴らに訴えてもしょうがないと思ったので教会へいき、牧師に会ってみると、ニベもなく同郷人のところへいけといってシャット・アウトを食わされた。

どんなに金がなくて苦しくてもアジアにいるときはあまり心配がなかった。中国へいったときは日本人相手にエロ本を売った。ガリ版で二百冊ぐらいも刷って、宿で待っていると夕方になって阿片やピストルの密売をしている、鼻のないようなのがやってくる。一度にわたすと金を持ってこないのがわかっているから十冊ぐらいずつわたしてやる。すると鼻ポンは翌日夕方にあらわれ、メキシカン・ダラーのチャラチャラしたのを持ってくるので、ひきかえにまた本をわたしてやるというあんばいだった。

香港では画を売った。

上海ではアナキストと組んで〝リャク〟をやった。アナキストたちは日本を追われて、どうしようもなく大陸をゴロゴロと流れ歩いていた。秋田義一はドクロ盃といって蒙古の処女の頭蓋骨の内側に銀を張った物を持ち歩いていた。日本人で中国人を使って紡績会社を経営したりしているのがいるので、秋田義一といっしょに画を持ってリャクにでかけた。秋田義一が応接室で画を買わないかといってやんわりジワジワと凄む。こちらはそれをよこめで眺め、はじめからしまいまで何もいわずに恐ろしい顔で立っている、というぐあいだった。

香港、シンガポール、ジャカルタ、各地で春画や風景画を売って歩いたが、どこへいっても偉い絵描きなんだというふれこみで一等旅館に泊る。どんなに金がなくても横柄な顔をしてドッシリしていなければいけない。ペコペコしたり、ビクビクしたりしてはいけない。日本人の銀行の支店長とか商社などを訪れて画を買ってもらう。そのときも横柄に、ゆうゆうとかまえ、けっして弱音を吐かないことである。画が売れなくていよいよ困ってくると親分のところへ泣きついた。元は女衒をしていていまは土地の親分になったという日本人である。下町一帯に顔がきいて太ッ肚であった。部屋にフトンが積んであって親分はそのうえに大あぐらをかき、よこに妾のような女がはべっている。窮情を打明けてどうぞよろしくおねがいしますと頭をさげると、親分はよござんすと引受け、たちまち四百枚売ってくれた。引受けるのもあざやかだが、サバくのもあざやかであった。港から港、島から島へ、そうやって渡っていき、ヨーロッパまでの船賃を稼いだ。デッキ・パッセンジャーで苦力たちと甲板でゴロ寝して金を節約した。奥さんをさきにヨーロッパへやることとしてシンガポールの岸壁で別れた。これが最期で、ふたたび会えようとは思えなかった。岸壁と、船と、両方からおたがいの悪口を投げて別れた。コンチクショウと叫ぶと、イーッ、鼻曲りッと答え、そこでバカヤロオッと罵りかえす。そのうち船が遠くなり、顔が小さくなり、声が聞えなくなってしまった。

開高　私なんか驚くのは、金子さんのお書きになったものを読んでいて、まあよくもこんなところまで落ちこんで、それからまた言葉を組みたてるというふうな仕事にもどれたもんだ。その精神力に参ってしまうんですけれども。

金子　それはね。少し何か自慢らしき話だけれどもね、だいたいあのあたりまでいった奴は、みなダメになるのよ。

開高　そうだろうと思いますよ。スリ切れて粉になってドブへ落ちたきりになっちまうのじゃないかしら。

金子　そう。そうなんだ。ところがあれだ。僕はね、主義主張というものでもないが、体質的なものかもしれないんだが、いつも八分目しかやらないんだよ。何事も全力をうちこまない。八分目でやめるんだよ。

開高　あれだけやって八分目ですか。

金子　八分目なんです。余力を二分残すんです。それが知らず知らずたまって詩になっちゃったんです。意識してじゃないんですけどね。日本に帰ってからは態度を変えました。外国では何をしてもいいけれど、日本では謙遜でなくちゃダメだと思ったんです。だから何もいわなくなった。喧嘩もしないで、おとなしくなった。

開高　それですみっこで白目をむいてニヤリと笑ってたんですか？

金子　ニヤリとしてやってたんだ（笑）。

謙遜しておとなしくなって死刑ものの「おっとせい」などという詩を書いたのだから、うかつにのみこめない。

『鮫』という詩集はいうまでもなく不穏思想で編まれている。当時は小林秀雄と三好達治と四季派の全盛期であった。金子さんは新宿裏の連込み宿にころがりこみ、茫漠として寝たり、起きたり、カレー・ライスを食べたりしていた。精神、肉体ともに困憊していた。この頃の金子さんの横顔については山之口貘が淡々として絶妙なスケッチを書きのこしている。友人にカレー・ライスをおごってやろうとしたが金がないので、ちょっと待ってくれといって質屋へ入り、はいていたズボンをぬぎ、べつのズボンにはきかえて、何食わぬ顔してでてきたというような、いい挿話がある。三十七、八歳の頃のことであろうか。

帰国して三年目にようやく一冊の『鮫』が出版されることとなる。不穏な旅の不穏な果実が熟することとなる。その頃の詩壇の主流であった四季派の詩を金子さんはアンリ・ド・レニエの亜流ではないかと感じたらしい。そう感じたのでは、これはもう、不同調、不同調、また不同調となるだろう。雲と沼ほどの距離ができてしまった。痛罵がたたきつけられることとなる。

おお、やつらは、どいつも、こいつも、まよなかの街よりくらい、やつらをのせたこの氷塊が、たちまち、さけびもなくわれ、深潭のうへをしづかに辷りはじめるのを、すこしも気づかずにゐた。
みだりがましい尾をひらいてよちよちと、
やつらは氷上を匍ひまはり、

……文学などを語りあつた。

うらがなしい暮色よ。

凍傷《しもやけ》にただれた落日の掛軸よ！

大阪の南郊の百姓屋の古畳に寝そべり、明日どう食べていいかわからず、厭人癖に憑《つ》かれてフラスコのニュートラル・アルコールをすすっていると、この詩集の鞭を鳴らすようなリズムが波うったことをおぼえている。私は衰頽しきったまま呼応した。『南方詩集』にたゆたう光と香りと音のゆたかさには恍惚とさせられた。漉《こ》しに漉された語群は白い頁のなかで空気を固めたり、ひらいたり、のびのびとうごいた。作者がカンやまさぐりで語を投げださず、容易ならぬ博識の曲者らしいのに思わせぶりやハッタリでメタフォアを使わないのが爽快であった。屈折をかさねたあげくの簡潔は深かった。嘆息。悲傷。嘲罵。沈思。揶揄。白想。いずれも。

のちになってこの人が当時どのような旅のしかたをしていたかを知ってから、もう一度、舌を巻いた。『巴里アポロ座』はパリ時代のこの人の手のつけようのない滅形ぶりを貴腐の香るリリシズムで描きだしていた。パンとバターで全身が葉脈のように透けてしまうほどの衰頽に金子さんがおちこんでいた頃の話である。それにくらべると私の崩壊などは食いとめようがないとしても幼稚園みたいなものだった。よく私は梶井基次郎と金子さんを心が弱ったときに読みかえして疼痛を散らしたものであった。そうなってくると生きかたの問題なのである。いったい私にそこまでの衰頽に到達する意力があるのか、ないのか。かりにそこまで堕《お》ちたとして言葉を手がかりとしてふたたび這いあがれる意力があるのか、ないのか。ブタの尻尾の煮こみを食べながらあばら屋の昼下り、よくそんなことを考えた。言葉を粉末にしたところでどうしようもない。現実に自分を言葉を失うまでに砕いてしまうようなところへおとしこんでみなければ何事も開始され得ない。たちすくみながら私はそんなことを考え、無気力、また無気力だった。

開高　金子さんの詩にはよく雲古がでてきますね。それがうまいんだな。南方放浪時代の詩にも雲古にカッカッと照りつける日光や、そのいがらっぽいような匂いのことなんかね。じつにうまい。

金子　インド人の雲古を見たことがありますか。赤いんですよ。唐辛子のためでね。それからフランス人のは田舎で見たらまッ黒だったね。こりゃコーヒーのせいだね。

開高　ロシア人やギリシャ人のは見ましたけれど……。

金子　マレーでも雲古は手で拭くんですよ。あれをやったことがありますか?

開高　いや。まだそこまでは。まだ自分の肛門にじかにさわったことがないんです。

金子　僕はやったです。雲古のあの手ざわりというものはじつになめらかな、キメのこまかいものでね。

開高　健康なときの雲古ですか？

金子　健康なときの雲古。それは御婦人の顔に塗ってもおかしくない。じつになめらかなもんです。やってごらんなさい。左の手でね。やってごらんなさい。ほんとにそうですよ。なめらかなもんだ。化粧品だってあそこまではコナせない。機械じゃちょっと無理だ。

開高　化粧品の専門家がいうのだからこれは信じていいですね。

金子　とけていますよ。

開高　そんなに微妙なもんですかねえ。

金子　僕は自分の物は何でも一応、知ってますよ。探れるところはみな探った。肛門のなかがどうなっているか、そういうことまでみな探ってあるんです。

開高　指を入れて探ったんですか？

金子　ええ。指を入れて。それを鏡に映したり、雲古がでるところを鏡で見たりもした。知らないのはおかしいよ。

開高　やるなあ。

金子　女の子に雲古させてね、それを見たりした。だから非常に親しいんだ。きたないと思ったことがないの。
開高　金子さんの恋愛詩の冒頭に、恋人よ、僕はついにあなたの雲古となり果てました、あなたはピシャンッと戸をしめてでていきました、というのがありましたね。あいう恋愛詩は古今未曾有じゃないでしょうか。
金子　ないでしょうね。
開高　下から見上げた恋愛詩なんてはじめてだ。あ、やっちゃったという感じがした。
金子　みんなにイヤがられちゃってねえ。
開高　そうですか。
金子　じつはね、僕はいま詩を書いてるのですがね。その詩のなかで、とにかく町を歩いていてもどこにいっても、雲古ばかりがおしよせてくるという感じを書こうと思ってるけれども、どうも、ちょっと気がさしてね。言葉がね。それをまた医学的な言葉で書くとよけいイヤだしね。やはりソノモノで書くよりしようがない。そんな詩は教科書などに入れてもらえないでしょうねえ？
開高　そりゃもう、とても……。
金子　困ったものだと思ってねえ。
開高　だいたい雲古は非常に繊細な人が羞恥心のあまり、テレかくしで書いちまうのじゃないでしょうか。そんな感じがする。イタチの最後ッ屁みたいな感じ。弱者の武器……。

金子　それが僕となると、もう羞恥じゃなくてね、日常でね。ちょっと変態ですかね。

開高　女がイヤがることはたしかだナ。女は戦争と雲古の話には乗ってこないですね。男は大好きだけど。女は乗らないですね。あれはどういうことでしょう。

金子　それは大いに考えていいテーマだな。

詩人はどうして生計を得るか。

金子さんは放浪から帰ってくると《モン・ココ化粧品》という会社で仕事をした。月給は五十円。それで生活を再建し、詩を書くゆとりも得たのだった。《モン・ココ》という会社は戦後の《ジュジュ》という会社の前身である。この《モン・ココ》は金子さんの命名で、フランス語では《かわい子チャン》ということになるのだけれど、命名の由来、ヒントについては奇抜な挿話がある。けれど、高名な某氏の私生活がからまってくるので、書くことができない。

放浪時代に洗練した画才をふるって金子さんは化粧品の絵や箱、何にでも手をだした。いまでいうパッケージ・デザイナーである。戦後もそれをつづけた。戦後はあまりに生活に窮したあげく《マドモアゼル》なる染髪料の会社を建てようとした。これは女の髪を、金とか青とか赤とかに染める薬であったが、さて、会社を建てて宣伝にかかったところが売れ行きがよくなくてポシャッてしまった。また、《ハップ》というのにも手をだした。肩へ貼るコウ薬である。ブリュッセルにいたとき風邪をひいて気管支熱になったら肩へカラシの薬をぬって水をパッパッとふりかけ、湿布をしたら、とてもぐあいがよかったことを思いだしたのである。それを日本でやったらどうだといってるうちに資本家がつき、一時はさかんになったが、ペニシリンができて、またしてもポシャッてしまった。けれど、カラシのクリームはポッポッと温かくなるので、シベリアへ持っていったら軍需品として一山あてられるかもしれない。実験してみようと思いたつ。金子さんはすッ裸になり、全身へカラシのクリームを塗って、冷蔵庫に入った。

何かしらいつもそのようである。

孤絶に面するときはパンとバターだけだった。徴兵忌避のためには息子さんを部屋に閉じこめて松葉でいぶしたり、雨にうたせたり、リュックサックに本をいっぱいつめて夜なかに駅まで走らせたりした。知りたいとなると肛門に指を入れる。肉体の使いかたに独特の気質があるようだ。

開高　放浪から帰ってきて日本と日本人を金子さんの眼で眺めたらガリヴァーみたいな気持におなりになったと思うんですが、戦争中もコツコツと詩を書いていて、それは洞穴のなかへ石を投げこんでいるようなお気持でしたか？

金子　まあそうですね。あのときの情勢としては何しろ情報といっては日本側のしか入ってこないでしょう。だから、半分は日本が勝つんじゃないかという気持が強かったので、勝てば自分のものは永久に埋没だ。そのつもりで書いてましたよ。ですから一種の楽しみのようなものもあった。発表はできないけれどね。ほかに楽しみもないしね。

初期、中期、後期というふうに金子さんの作品歴を眺めていると、不死身に脱皮をつづけている、安住のできない人のイメージが浮かんでくる。どれほど疲弊して足がにぶくなってもかならずよみがえって走りつづける長距離ランナーである。『こがね蟲』の読者は『鮫』の出現に眼を瞠り、『鮫』の読者は『人間の悲劇』の登場におどろくのである。繊弱から激怒までのあいだに丘や野や川のある広大な面積が広がっていて熟練の技でカレイドスコープが見られる。一瞬に崩壊し、一瞬に成型され、不信と信頼が交互に編まれる。デトピアはユートピアの一種の形式である。方向がちがうだけである。心の渇きだけが問われるのである。

開高　たいへん失礼なことをお聞きするんですが金子さん自身があれはちょっといい詩だなあと思うのはどの作品ですか？

金子　自分ではスッキリとした詩が好きなんです。たとえばニッパ椰子の詩ね、ああいうのが好きなんです。後口《あとくち》がよくてね。南方の風物で忘れられないのはニッパと川ですね。いいもんです。蕭条としていてね。

赤鏽の水のおもてに
ニッパ椰子が茂る。

満々と漲る水は、
天とおなじくらゐ
高い。

むしむしした白雲の映る
ゆるい水襞から出て、
ニッパはかるく
爪弾きしあふ。

こころのまつすぐな

ニッパよ。
漂泊の友よ。
なみだにぬれた
新鮮な睫毛よ。

なげやりなニッパを、櫂が
おしわけてすすむ。
まる木舟の舷と並んで
川蛇がおよぐ。

バンジャル・マシンをのぼり
バトパハ河をくだる
両岸のニッパ椰子よ。
ながれる水のうへの
静思よ。
はてない伴侶よ。

文明のない、さびしい明るさが
文明の一漂流物、私をながめる。
胡椒や、ゴムの
プランター達をながめたやうに。

「かへらないことが
最善だよ。」
それは放浪の哲学。

ニッパは
女たちよりやさしい。
たばこをふかしてねそべつてる
どんな女たちよりも。

ニッパはみな疲れたやうな姿態で、
だが、精悍なほど
いきいきとして。

　聡明で
　すこしの淫らさもなくて、
　すさまじいほど清らかな
　青い襟足をそろへて。

『女たちへのエレジー』のなかの《南方詩集》にある詩である。熱くただれた傷口を切開して冷たい水にさらしているような爽涼がある。こんな静かな場所がまだ東南アジアのどこかにのこされているだろうか。

南方をテーマにした詩にはチビた鉛筆を舐めつつ金子さんが楽しみ楽しみ作ったのが多く、こわばらずに耳を傾けられる。名作「洗面器」は投げ節風に書かれているが、あの調子には思わず拍手したくなるようなものがある。漉しきった苦悩をふりかえってさりげなく苦笑している、また、ひとりで頭を掻いている人の顔が思い浮かぶのである。ボウフラが女にうたいかけているこんな詩はどうであろうか。

　インビキサミよ。淋しかろ。
　おいらもやつぱりおなしこと。
　あがつてきてもゆきばなく。

したへおりても住家なく。
宙をぷらぷらするばかり。
インビキサミよ、かなしかろ。
夜昼おいらが待ちくらす
蚊になるあすの夢もない。
にくむあひての張りもなく
螫す針もない。毒もない。

やがておいらに羽がはえ
自由自在にとぶときも、
ダルボケルケの血を吸つた
祖先ゆづりの管槍で
名のりをあげるその時も。
インビキサミよ、インビキサミよ
おいらがおぬしをさしながら

世のはかなさを知るだらう。
にがいその血のびいどろで
おいらの腸迄透《す》けながら。

ほの暖い陽の射す病室の窓ぎわでこんな詩を読んだあと、白くて硬い枕カバーに頰をおとして、そのまま気遠く眠れてしまえたらさぞや気持がいいことだろう。ろくに使いもしないうちに風邪をひいてしまった良心にくよくよしたり、嘘ばかりついて歩いたり、たがいの打算や虚栄が見えすいているのをみあったり、いつくしみあったり、そんなことはいいかげんよしにして……。

開高　何ですってね、金子さんはときどき家中で芝居して遊ぶんだそうですね。いつか田村隆一が話してくれましたが、竹にタバコの銀紙を貼りつけて刀にして、国定忠治をやってたって。忠治とか、板割の浅とか、それぞれ役をきめてね。金子さんが徹夜で台本書いて眼がまッ赤になったとか。

金子　そんなことはめったになくて、たいていでたとこ勝負でね。台本なしでやるんです。家中で遊ぶんです。16ミリをとってくれる人がいて、これはかなりあるんですよ。カルメンとかね。

開高　誰がカルメンなんですか？
金子　そりゃあ僕です。僕がカルメンです。牛は女房です。紙で角《つの》を切りぬいて頭につけりゃいいんです。田村がドン・ホセでした。キッスしようとしたら、田村の奴、イヤがって逃げやがる。そんなことをイヤがってちゃいかんのだ。
開高　庭でやるんですか？
金子　庭でやってフィルムにとるんです。
開高　おもしろそうだなあ。
金子　いま西遊記をやろうと思ってるんですが、僕は孫悟空なんだ。僕が孫悟空になる。これは適役なんだ。
開高　和尚さんは誰ですか？
金子　和尚さんは田村君かな。
開高　悟浄じゃないでしょうか？
金子　ウン。それもいい。トガってるから。
開高　私が猪八戒をやってもいいですよ。金子さんと田村さんのあとをついて歩いて、あれがおいしい、これがおいしいと大阪弁で叫んで歩いたら……。
金子　ウン。いいな。招聘しましょう（笑）。

カゲロウから牙国家へ

今西錦司

今西錦司（一九〇二〜一九九二）
人類学者　京都生れ　京大農学部卒　世界的な〝霊長類研究家〞として知られ、生物社会学の分野に大きな功績を残している　主な著作に『棲み分け理論』『人類の誕生』などがある今西博士の名を知ったのはかれこれ十年ほど以前のことである。『日本動物記』という本を読んで知った。これはたしか四巻本で、光文社から出版されたのだったと思う。憂鬱で苦しんで字も書けねば人にも会えないでいる私に富士正晴氏が手紙で推奨してきた幾冊かの薬用書籍のなかにそれが入っていた。憂鬱の発作に抵抗するには鳥獣虫魚とか、失われた大陸とかの本がいいようである。

富士氏は昔から京都のいろいろな学者と接触が深いから今西博士の人格や業績をよく知っていて私に推奨してくれたのにちがいない。氏は茨木の藪のなかの藁家に棲息し、私が知った頃は大阪の毎日新聞社の図書室にジャンパーを着てトグロを巻いていた。まだ「近代文学」があった頃で、氏は『贋・久坂葉子伝』を連載していた。私は子供と女房を抱えて行方に暮れた青い大学生で、何をする気もなく、何をしたくもなく、やみくもに冷罵の衝動に憑《つ》かれていた。頑強、佶屈、含羞、繊鋭な富士氏は私が図書室に顔をだすと、のべつに手をうごかしてペラ紙にいたずら書きしながら古今東西の文学を語り、諸人物をかたっぱしから冷罵した。数時間たって黄昏がくると、氏は、ああ、しんどといってたちあがり、私を新聞社の社員食堂につれていって、一杯十エンのすうどんをおごってくれた。蒼白な蛍光灯に照らされた荒涼たる食堂でそのすうどんを食べていると、孤独と焦燥がこみあげ、声にだして泣いてしまいたいことがあった。

氏のことをもう少し書いておきたい。貝塚氏や桑原氏をはじめ京都の学者たちは氏の文才と画才を深く知っているが東京の大半のジャーナリストは氏を完全に知らないでいる。ごく少数の開いた眼を持った人だけが氏の藪のなかの佶屈を惜しんでいる。中国大陸の戦場を主題にした氏の短篇には繊鋭な語感と秋の川のような暗愁がみごとに彫りだされている。けれど、同時に眼を瞠るのは氏の画才である。氏が人と話をしながらのべつに手をうごかしてペラ紙を費消しているのは、じつはデッサンなのである。その手が筆をとり、朱の皿をつつき、墨の肌をつつきしだすと、愕くような画ができる。或る年、某国から帰ってきたら、銀座の文春画廊で氏の個展があり、いってみると、発起人の一人、鶴見俊輔氏が入口にたっていた。空也上人の地蔵和讃を主題にした一幅があり、それは悲愁が発揚という力を抱いた秀作だった。

今西博士のことを知りたくて桑原武夫氏に会い、いろいろな話を聞いているうちに、富士氏のことにふれ、私があの絵を買いたいと思ったが何となくいいそびれたということをいうと、桑原氏は即座に答えた。

「あ。あれはええ作品や」

そして、私の顔を見て、

「いま僕の家にあるねン」

といって深笑いした。シマッタと思ったがもう遅かった。〃アナキスト坊主〃という異名のある橋本氏がよこにいて、とろりとしたようなくせにどこかキンキンした声をだし、あれは僕が買《こ》うたのに桑原先生がとってしまいよってン、と文句を並べたが、どうやらそれも遅かった。

富士氏がすすめてくれた『日本動物記』はいい作品だった。ウマ、ウサギ、サルなどの野外観察記録だから動物文学というよりはフィールド・ノートとして分類すべきものかもしれないが、なにげなく東京の本屋で買って和歌山の岬のさきまで憂鬱の追及を逃げたあと、デコラに蛍光灯の三文観光旅館に入り、読みにかかったら、やめられなかった。何でもいいから力を注射されたい。いまこの字も書けねば人とも接触できない病いから逃げだせるのなら何でもいいからすがりたい、という状態に私はあった。ピンク色の壁、ピンク色のトイレ、おきまりのつれこみ旅館のベッドのなかで私は一週間をぐずぐずとすごして四冊を読みあげた。ときどき文体の背後にある一つの徹底的な精神の徹底ぶりに息がつまったこともあったが、とどのつまりはさいごまで読んでしまった。本が私を岬に閉じこめたのか、私が本を岬に閉じこめようとしたのか、あとになってよく思いかえすことがあるが、いまでも狂気は朦朧としている。

この四冊の記録を読んだあとにのこされた感銘は明晰であった。人の視線と心が追うのは脳の発達がめいめいバラバラのウマであり、ウサギであり、サルである。観察者はウマに同化しようとし、ウサギに同化しようとし、サルに同化しようとする。彼らの行動を歯車の回転のように注視しつつその真因は類推と感情移入と直感の閃きによって究められようとする。帰納法と演繹法にたつ科学としての論理的思惟で想像され得るあらゆる条件を挿入しつつ同時に消去し、そしてさいごにのこされる謎は、謙虚に、けれど凜然と、直感に賭け、そのあとに一つの仮説、堅固な仮説を築く。それを準備するのが仰天したくなるほどの歳月をかけた観察である。データの豊饒である。忍耐と孤独の深さである。博士はカゲロウの生態をさぐりたいばかりに十年間も河原の石をただひっくりかえして歩き、都井岬の野生ウマの観察だけでも四年をかけ、そのあいだは、ただ一匹のこのウマ、一匹のあのウマが、ヒョイと日なたへかけだしたのはメスがほしかったからか、ブヨから逃げたかったためか、そんなことばかりなのである。あらゆる瞬間、あらゆる季節にあらわれるウマの反射はとどのつまり〝種族の維持〟という推論に帰結されていくにすぎないかと見えるのに博士はめんめんとウマの私小説を書き、ウサギの私小説を書き、サルの私小説を書いてやるのである。

徹底的に現実に食いついて記録していくと、対象がついに解体して一個の抽象となっちまう。『日本動物記』四巻がその絶品の例である。たとえばウサギの記録を読んでいくと、やがてウサギが解体しはじめ、一つの記号と化しはじめる。オヤと思って文章を追ううちに、テリトリーのなかをチョコマカつつましく気まぐれにかけまわっているだけのはずのウサギが、文章のなかでは、牙も爪もある猛獣のように見えてきたり、おそろしく人間くさく見えてきたり、また、ウサギそのものと見えてきたりするのである。観察者の眼と心の位置が変化しないのに一つの対象がこれほど多様に、あざやかに、かつ優雅に、かつ残忍に変貌する。うごかしようのない現実がうごかしようのない抽象と変貌して、いきいきと自由にふるまっている。この非情と自由の感触をたえて久しく私は文学作品のなかで味わったことがない。文学作品のなかでは非情はたいてい感情の小児麻痺としてあらわれ、自由は白痴としてあらわれる。『楢山節考』が登場したとき、私はその文体にある透明さ、そこにある酷薄と温情の感触が、どこかでいつかふれたことのあるものだと感じながら、しばらく正体がつきとめられないでいた。いまではそれが今西博士の認識法に接触したときにうけたもの、それに酷似したものと、おぼろに類推している。（博士と対談したとき私はそのことをいった。博士は深くうなずいたけれども、何もいわなかった。）

博士とその弟子たちはサルや史前期人類という、科学と文学のあいだにまたがってひろがる朦朧として広大な原野を〝和魂洋才〟でかけまわっているように見うけられる。欧米開明派が日本未明派をココゾとばかりにバクゲキするアニミズムが堂々と大手をふって歩き、〝洋才〟である科学に不思議な栄養をあたえていた。添寝せんばかりにぴったりサルにくっついてその箸のあげさげを綿密微細に記録したフィールド・ノートを読むと、しばしば私小説そっくりの感銘をうけるのである。文壇で首をしめられかかっている私小説が自然科学界ではあべこべに世界のトップを切るという現象がいつのまにか発生しているらしいのである。それとなく耳を澄ましていると、サルを勉強したければ日本語を勉強しろと欧米の学者はいいだしたという噂が入ってきたりした。

桑原武夫氏が短いけれど含みのゆたかなエッセイのなかで今西博士の人と学問のスケッチを試みている。それは『人間素描』以来のあいかわらずの腕の冴えを見せた文章だが、こういう一節がある。

「カーペンター博士が来たとき、これまた私が案内役をつとめたが、私と二人きりの時間が小半ときあった。博士は今西グループの仕事を最高に評価したが、自分たちアメリカの学者は、霊長類の研究で、論理を通して推論することでは、率直のところ、日本人にけっして劣るとは思わない、しかし、今西や伊谷の示すあの洗練された微妙な発想は、これはおどろくばかりだ、どうしてそうなのか、日本人全体の性質か、それとも今西、伊谷などという個人のパーソナリティーの問題だろうか、あなたはこの学者たちと親密らしいので、ちょっと聞いてみたい気がするのだが、と言った」（今西錦司博士還暦記念論文集『人間』への序文）

このカーペンター博士なる人物は〝世界のサル学の大先達〟と評されるその道のとてもえらい人らしい。

私は小さな説を書いてメシを食っている人間で、ただアマチュア・ファンとして今西博士の文章を読むにすぎない。それでも、カーペンター博士が何をいいたがっているかは、それとなく察しがつくような気がするのである。『日本動物記』を読めば、ほぼ察しがつくのである。

会うまえにサグリを入れてみると今西博士はたいへんな武断派で、近頃は鳴りをひそめているが一頃は弟子をポカポカ殴ってまわったという。酒も飲まず、予兆も見せず、いきなり猿臂をのばしてブン殴るヘキがある。殴られなかったのは梅棹忠夫一人で、あいつは要領のエエ奴《やつ》や、とその情報通が教えてくれる。異様なる体力と博識に加えて老年に及んでも子供くさい衝動を抱き、キリマンジャロに登ったときは頂上と聞いてやにわに弟子をつきとばしてかけだし、頂点に達して泡を吹いて倒れたが、それは六十二歳のときだった。サルと原始人とオンナに目がない。それも若くて足の長いオンナである。足の長いオンナを見ると博士はたちまち餌づけしたりフィールド・ノートをつけにかかったりする。それも年齢を知らぬヘキである。英語の本を大声だして音読し、その発音ははなはだ幼稚であるが、恐ろしいのはその本を全部丸暗記してしまいよるこっちゃ。

情報通はおびえた目をする。おおむね博士はアジア土着派といっていいが、マイン・カンプ派のようなところもあり世界国家派のようなところもある。しかしアフリカと聞くと眼が細うなる。アフリカの足の長いオンナと聞いたらますます眼が細うなる。山男やが美食家や。顎が長いので花王石鹼というアダ名がある。気ィつけや。

情報通はそのほかにもこの世界的学者について、なお、ああだ、なお、こうだと、はなはだ冒瀆的、人間的、奇妙、滑稽、けっして品はよくないが栄養たっぷりという知識を吹きこんでくれた。それを私はどうしてかすっかり忘れてしまって、八坂神社の近くの懐石料理屋へいった。

会ったときの博士は眼鏡をかけてにこやかな老紳士であった。それはほんとに隠逸を愛する高邁、かついんぎんなエスクワイアのように見えた。飲みつつ、食べつつ、話をはじめると、博士は眼鏡をはずし、背広をぬぎ、ワイシャツの袖をたくしあげた。博士の学説にふれて私が或る前提条件をいいまちがえると、瞬間、それまでのにこやかさが消え、そりゃチャイルドの説や、わしはそんなことというたおぼえがないデ、と峻烈な声をだした。けれどそのあと、ふたたびにこやかになった。博士の顎はたしかに長くて、張っている。頑強にしゃくれている。眼は小さいが痛烈に、かつ深く光る。どこかパイクに似たところがある。パイクはライギョに似ているが、暗鬱、孤独で、不敵、貪婪また傲然たる面構えの猛魚である。カエルを襲うと一嚙みでズタズタに裂いてしまう。密生したタヌキ藻のかげにゆったりとひそんでいるが、獲物を見つけると瞬間的、かつ破滅的な行動にでる。あっけなく釣りあげられるが巨体を跳ねて頑強に抵抗し、何時間でも水のないところで生きのび、首を切りおとされてもまだ何度も息をつき、いつ死んだのかわからない。私の直感にいわせれば博士はパイクである。

見ろ。わしゃもう隠居ですねンとはじめはしおらしいことをいっていたが、飲むうちにどんどん若返って、眼も膚も張ってきたではないか。

開高　人間が自然から分離したときが一大革命であった。つぎにバッタを拾って食べるんじゃなくて穀物を栽培し、その余分の穀物を倉へ集めるようになった。穀物がよく実るようにというので人間は神殿を作った。神殿と神官と穀倉の番人、つまりここにはじめて手で働かない人間というものが出現した。こいつらを中心に古代国家が形成され、それは何万年、何十万年とかかった革命だった。それ以後二千年かそこらのあいだに無数の革命があったが、ことごとくヴァリエーションにすぎぬとおっしゃっていますね。

今西　おおまかにいうてそうや。少なくとも国家というものが一つの社会の要素としてできて、そこで政治とか文化とかいうものがでてくるわけです。この形はいまだに踏襲しておる。もちろん近代化はしておるが、役割そのものは全然変っとらんではないか。いったいこれは変るものか、変らぬものかということが一つの問題や。しかし、ぼくはこの国家の役割ちゅうもんはものすごく長くかかって人間が発見した最良の方法としてここまで来たもんであって、国家や民族は何らたよりにならんという意見の人がいるが、どこを押したらそんなことといえるんやろと思《おも》て、その点が非常に不思議な気がするねン。

開高 神官と倉の番人、これがやっぱり人類史上にあらわれた最初の知識人でしょうか。

今西 もう一つボスちゅうもんがおるわ。これも知識人かもしれんデ。国家という革命をやるまえの時代に群れのリーダーとか、家長とかがいたわね、これが知識人や。ぼくらの感じからいくと神官は知識人であるが、政治ボスとか軍事ボスというものは知識人のなかに入らない。知識人とは何ぞや、という定義が問題だけどね。そうすると神官というものは一体どういうものかということになるね。これは何かやっぱり神と人間との媒体として存在しておるのであって本を読んだからというて知識人になれるわけのものやない。そもそも原形の知識人は何かそこで宇宙を見ぬく、というとちょっと語弊があるけれども、何かふつうのものの感じられないような真理を会得できたようなものが当時の神官やないか。それからいうたらいまの時代の、本ばかり読んどォる連中なあ、あんなもんが知識人であってたまるかい(笑)。困ったものですわ。

開高　地球は回ってるぞといいだした男がいるし、ミシン作ったら女が救われるデといいだした男もいるし、万国の労働者よ団結せよといいだしたものもいるし、それぞれ、同時代の社会にとってタブーと思えるような衝撃力を持ちこんできて、それで社会の新陳代謝をはかった人たちがいますね。これをまア大知識人とわれわれ感じているんですけれども、古代社会といいますか、古代国家ではこういう人たちはどういうことをやってたんでしょうかね。

今西　私もそこになるとじっさいサルみたいな観察や何かでかためておりませんからようわんけれど、やっぱり今年は旱魃やデ、とか、洪水がくるデ、とか、そういう予言みたいなものをやったんじゃないですか。その伝統はいまでものこっておると思うのです。だから科学というものはやっぱり予言ができなかったらほんとの科学になっておらんということがいえるわけです。科学が法則を求めるということは結局法則に立脚して予言ができるということになるわけですね。

神官と倉庫番はやがて神殿と倉庫を守るために軍隊を持ち、官僚を持ち、どんどん牙として肥大していった。博士はその生態系を、スーパーオイキア、超個体的個体と呼ぶ。超個体的個体の最終的特徴は捕食性にあるが、捕食性も、自己増殖という性質も、超個体的個体の性質は数千年の文明史中、巨獣化こそすれ、何の変化も起さなかった。軍を制するものが国を制し、国はいよいよ牙をとぐことに余念がない。産業革命の結果として大工業を経営する会社組織、これに融資する金融組織が発生したが、それらも一つのスーパーオイキアという形をとり、次第にその方向にむかって完成されつつある。けれどこのスーパーオイキアは教会というスーパーオイキアとおなじく牙を持たない。牙は国家を代表するスーパーオイキアにかぎられている。

「人間は数千年まえ、自然からの独立に成功して、古代文明社会をうちたてたとき、人間として可能な社会の型をすでに打ち出していた。革命を何度やっても、いつもこの型からぬけられていないし、新しいものをつくったと思っても、それはすでにあった型のイミテーションかヴァリエーションにすぎなかったことが、これを明らかにしているかのようであります。そうするならば古代文明社会の成立は、それをもって人間社会の完成とまではいわないが、その基礎をうちたてた、という意味で、人間の歴史にとってじつに大きなエポックであったということを、ここにあらためて認識すべきである、ということにもなるでしょう」(『人間社会の形成』NHKブックス)

この本は通俗解説書として見られ、あまりふりかえられていないようだが、薄いけれど非常に充実したいい本である。今西博士が長い論文を書き、そのあとに門弟たちとの一問一答の紙上討論がついている。なぜ博士がマイン・カンプ派などといわれるのかと思ったがこの討論でうかがえる点があった。虫や獣の社会の超個体的個体制とのアナロジーを強めすぎたために博士の論文は軍事的征服の意味を強調したい感が見られる、個を超えようとする宗教の情熱も人間社会にはあったのだからそこをもっとすくいとるべきではなかったかと梅棹忠夫がたずねると、博士は、牙だと答える。最初は宗教中心で出発するがやがては牙を持った帝国となる。生きのこるものはつねに牙を持った帝国であった。征服された社会は牙の未発達の不完全重層社会であったと答える。つぎに上山春平がおなじ点をつく。産業革命の結果、社会は牙のないスーパーオイキア（会社）への依存度を大いに高めたから、ひょっとすると強弱・勝負《かちまけ》の原理にたつ牙は真偽・損《そん》得《とく》の原理の発達で無用化してしまわないとは必ずしも断言できないのではあるまいかと、上山は問う。すると博士は国家というものの罪深さを嘆きつつも〝いつの日か生態系としての国全体が一つのスーパーオイキア化しないものとも断言しがたい〟と答える。

「そうなっても、あるいはそうなればなるほど、国はその生存権を主張して、ますますその牙を鋭くするかもしれない。私は国際連合の機能に期待しないわけでも、また世界連邦の実現を歓迎しないわけでもないけれども、上山君の示唆にあるような国が牙をはずす日は、まだもうすこしさきになるのであろうかと思います」

桑原武夫氏は博士のことを〝(織田)信長性は大いにあるが、この信長はいわば本能寺をうまく切りぬけ、家康的でなければならぬと思っているふしがある〟と書いている。さすがに鋭くて深い。生物の事実としての〝マイン・カンプ〟は冷酷に直視するが、博士はそれをぜったい推奨しているわけではなく、むしろそれを語るときの透明な語調のなかにはペシミズムの響きが感じられる。

開高 神官と倉庫番の出現以前の時代にも人間社会には知識人がいて、それは家族では家長、村では村長やったということなんですけれど、サルの社会にも大知識人というもんはいるんでしょうか。共同体にパンチを浴びせるような実践行動にでる異端者、そういう役をするサルはいるのでしょうか。近頃はヒトもサルも研究がどんどん進んで、けじめがつかんようになってきた。昔は人間はサルとはちがうねんゾという自信が人間にもあったらしいけど、近頃自信らしい自信なんか何にもありません。むしろサル以下やということをひけらかすのが大流行してる。西欧文学では外界は知覚できないという主張がもう半世紀ぐらい主流になってます。

今西 ボス・ザルを知識人というたら大仰に聞えますけどなあ。やっぱり頭のよい悪いはあるねン。これはもうテストができて判明している。家系的にもやっぱり頭のいい家系はいいサルをだしよる。ただあいつらはほっといたらすぐ雑婚してしまいよるんでなあ。人間が気ィつけて優生学的結婚をやらしたらどこまでのびてきよるか、ひょっとしたら電車の運転ぐらいはサルにまかせたらええというあたりまでいきよるのとちゃうか。これは将来の楽しみです。ボス・ザルはボンクラではぜったいにできない仕事や。ことに大群のリーダーになるやつはやっぱり腕力も知性も徳も抜群だ。あいつらの世界はジャングルの掟で支配されとるのやろというのは非常にアサハカな考えで、やっぱりそうやないんや。サルを治めるにもやっぱり徳がいる。それが呑みこめておらなんだら一群の将にはなれん。生れるときにすでに将たる才を持って生れてくるやつもいるし、小さいときからボスのそばで育って門前の小僧習わずして経を読むというやりかたでマナーを体得するやつもいる。これはいつもボスのそばにいられる有力なメスの子弟、つまり有力家庭の子弟に多い。ところが発情期がくるとそれまでの関係は全部御破算になるから昔の日本の盆踊りの晩みたいに誰とヤッてもええ、ということになり、タネがあっちこっちへ散りよる。すると冷飯食いの周辺ザルのなかから将来リーダーになるやつがでてくるわけや。つまりコルシカの貧乏人の小倅がナポレオンになるわけや。毛並か、教育か、実力だ。ぼくらがコウと睨んだやつでリーダーになると思《おも》たのがよくリーダーになる。そういうことがあるのやデ。

開高　先生がごらんになって人品骨柄卑しからざる、覇道、王道兼備の人物と見たサルがサルの群れのなかでも結果として指導者になりよるということですか。すると人間の眼がサルの眼と一致するのですか?

今西　感情移入の問題です。どこまでこちらがサルの気持になれるかということや。自分がサルになった気になって観察しなければほんとのところはつかめない。これがアメリカあたりで日本独特の方法と評価されているわけやね。人間の眼というのはなかなかええもんやねんデ。半ば神に近いもんなんやデ。

とろりとやわらかい関西弁で博士はつぶやき、断定した。その断定には満々の確信があるらしい気配であった。無数の冷眼の観察に基づいたあとの爽快で短い結語である。サルと人間との大脳の構造の差、脳容量の差、それからサルの社会が人間の社会と酷似しているところから人間の眼のうらでは他のどんな動物に対するときよりもいきいきと深く想像が働いてこの鋭い洞察を生むのではないかということ、それは一つの組織が他の組織を触覚したのではないかということ。サワラの味噌漬をついばみながら私はいろいろなことを考えた。しかし、これが本日聞いた首席の名句であるという感動にとらわれていた。それはなにげなく小さいが、えぐりたてるような迫力があった。よほどのことが蓄積されていなければこのような言葉は吐けないはずのものである。

カゲロウ、イワナ、野生ウマ、ウサギ、サル、チンパンジー、ゴリラと博士の道は河原の石から峰へのぼっていく。一歩一歩たしかめつつのぼっていく。めざす峰でキャッキャッとはしゃいでいるのはヒトである。その組織である。全身牙そのものと化しかねない超個体的個体である。しかし私はどちらかといえば国家の行方についての博士の憂慮、すなわちカゲロウから発してついに原爆へたどりついた憂慮の言葉を聞くよりは、かつて薄暗い憂鬱に閉ざされたまま岬の三文旅館で博士の観察記録を読んだ日のほうがなつかしい。

今日、私は懐石料理屋の奥座敷で庭の水の音を聞きつつ博士から戦争衝動はそれぞれの民族の度しがたい業《カルマ》であるかもしれぬこと、アフリカの黒人とアメリカの黒人がもし心底から握手しあえばとてつもない事態が発生するかもしれぬこと、日本人はどんどんアフリカへでかけてどんどんOMANKOをして黄と黒の偏見なき混血児を生産して文明に新しい衝撃力をあたえるべきではないかということ、ヨーロッパはむしろシュペングラーの夜の洞察に沿って衰頽しつつあるのではないかということ、日本は今後コッからくぬらぬら大国のあいだをたちまわり、むやみに興奮して射精してはいけないことなど、むしろグッとこらえて冷静に畳の目をかぞえて暴発、早漏を抑えるように心をいたさねばならぬことなど、いろいろ暗示された。博士の用語にははなはだ性用語が多かった。それは紛糾錯雑した事態に対しておびえることなく直面する勇気を、未熟でハヤリやすい若者に教えさとすため、穴居時代以来、鬱蒼の顔貌の老人が焚火のほとりで使ってきた、あの簡潔で親密なる、グサッときて快活なる炉辺方式であった。

顎のつよい人は精がつよいという。

博士は異国と異民族に接近する最短かつ最強の道は深部皮膚接触であるといった。ヒトは古風きわまる動物だからアテウスが大地に倒れて土と接触するたびに力を得てたちなおったように濡れた粘膜と接触しないと森にも獣にも大陸にも入っていけないものなンやという。君は外国へよくいくがどないしてるねンとたずねる。そこで私が日本ゴム工業の世界に冠たる繊鋭の達成をクドクド弁じはじめると、博士は、とつぜんライギョの眼にあらわな侮蔑の光りを浮かべ、間接接触は衒学的偽善にすぎんデ、といった。そしてかたわらの背広をひきよせ、胸のポケットから、もうしじゅう持ち歩いたためにヨレヨレになってしまった薬袋をとりだしてみせた。それはクロロマイセチンである。一時間前に一錠呑み、一時間後に一錠呑め。そんなことも知らんのか。といって博士はあわれむがごとく私の顔を一瞥した。

「ここは京都で、アフリカやないけど」

私が力弱くいいかけると、博士はバッチリ、

「男にはいつどこで何が起るかわからんよってナ」

といった。

博士の文章は、観察記録がとくにそうだが、どれを読んでもじつに透明である。垢や

臓物がないのである。爽やかに乾いている。ときどきむきだしの剛健なユーモアがとびだす。それから局外者の私には知りようのないことだが、博士の文章を読んでいると、ほとんど傍若無人にのびのびしていて、学界にどう思われるだろうか、こう思われるだろうかと右見たり左見たりしたあげく衒ってみたり、謙虚ぶってみせたりという気配が、どうも感じとれないのである。何かしらそこから吹いてくる風は独立、自尊の気風である。思惑と指紋でベトベトに穢れた文壇の文章ばかりを読んだ眼にはそれがとても気持がいい。おそらくそれは博士が即物の人であることからくるのだろうと思う。よほどの生の蓄電が生む透明にちがいない。しばしば非情なまでに透明である。

「あれは直立類猿人や」

一人の京都の学者がそういった。

「弟子たちはめいめいあの先生の悪口をブウブウいうてるんですが、それでも何やしらん魅《ひ》かれてついていくんです。人格ということになりますか。教組の魅力かもしれませんな」

もう一人の京都の学者はそういった。

今西博士は直感とアニミズムの和魂を科学という洋才と両立させてみごとに駆使してみせた。それはどちらが右手でどちらが左手なのかわからないくらいである。私小説精神が科学という注射をうけて異様なまでのいきいきした力動にみちた世界を築いているのを岬で知って私は愕然としたものだった。〝私小説には思想しかないといってよい〟という伊藤整氏のにがい逆説がここでは爽快な正説と化したかのようであった。志賀直哉のハチや島木健作のカエルを凝視する眼とおなじ眼がここに不思議な、鮮烈な頁を書いているのだった。とっさに私は盗みたいという衝動をおぼえた。せめて身ぶりだけでもしてみたいと思うほどそれは強くて圧倒的であった。そこにある認識方法が文学に導入できるのではないかと睨んだ富士正晴氏の直感は正確であった。将来もし私に僥倖があればこれから何かを汲みとって一つ作品を書くことができるかもしれない。全身の皮膚を貼りかえることができるかどうか、そういう離れ技ができるものとしたうえでの朧ろな期待である。

〝いつの日か生態系としての国全体が一つのスーパーオイキア化しないものとも断言しがたい〟という博士の憂慮はたとえばオーウェルが『一九八四年』で描きだした〝超《スーパー》大国家《ステイト》〟のような事態の発生をさすのだろうか。そこからほんの一歩で洞穴時代に入れることはハクスリが『猿と本質』で描きだした。人間はざっと百万年かかって国家の創設という史上空前の大革命をやったがこれをしのぐつぎの大革命は国家の廃棄であろう。ここ数千年間にめちゃくちゃにたくさんの革命がおこなわれ、ありとあらゆる種類の仮説が〝聖なる狂気〟のうちに血で試されたが百万年間に費消され、かつ生きのこったものを超えることはいまだにできないでいる。数千年のエネルギーで百万年のエネルギーは超えられないということなのだろうか。われわれの手もとにのこされた仮説で賭けたい気持、未知なるものへの情熱を私に起してくれるものといえば無政府主義しかない。数千年前の古代の道路の万人の心に漂い、現代の道路の万人の心に漂い、たえて日光のなかにひきだされて形をあたえられたことのない燭台の灯。子宮のなかでの独白。

手と足の貴種流離

深沢七郎

深沢七郎（一九一四～一九八七）

小説家　山梨生れ『楢山節考』で第一回中央公論新人賞受賞　姥捨伝説に想をえたこの民話的小説は、戦後の近代主義的風潮に倦みはじめていた文壇に一大反響をまきおこした　代表作『笛吹川』『千秋楽』他深沢七郎氏が高雅な生活をしている。

埼玉県、菖蒲町というところは関東平野のまっただなかにある小さな町で、広い空のしたに落ちている。その町はずれに一本の古い用水路が流れ、畑が広がっているが、深沢氏はそこに小さな家を建て、畑を耕やして暮しているのである。平野は文字通り平べったく、どこまでも平べったく、ポッリ、ポッリと木立にかこまれた農家が干潟に似た冬枯れの畑に孤島のように散らばっている。となりの農家とはよほどの大声をあげてもとどかないくらい離れている。寒風がひょうひょうと鳴って走っていく。矯《た》められてもいず、折られてもいず、削られも濁されもしていない風である。ここでは風は風であり、雨は雨のようである。

一軒家のまえに杭が一本うちこんであり、板が貼りつけてあって、何やら書いてあるので眼を近づけたら、「ラブミー農場　深沢七郎」とあった。垣も庭もない。広い畑のなかにとつぜん一軒の家があるだけである。裏のほうにはプレハブの物置小屋が見える。農場主はここへきて百姓をはじめてから二年になるが、はじめのうちはその小屋で暮していたらしい。いまは二人の青年と二匹の犬といっしょに家で暮している。二人のうち一人は元ガード・マンで、もう一人は帝国ホテルのコックさんだったそうである。農場主のいうところではこの青年はホテルでいろいろな病気の予防注射をかたっぱしからうけたので体が悪くなったが、ここへきてやっと元気になった。何か流行病が発生したり、噂がたったりするとホテルでは従業員、ことにコックにはきびしく予防注射をする。それをこの青年はいちいち正直にうけているうちにおかしくなった。陽にあたらないのもよくなかったのだ、という。

家は二間きりしかない。一間は台所と居間兼用のリヴィング・キッチンで、赤いカーペットが敷いてあり、壁にギター、応接三点セット、そしてバーのような物が仕切りとなっていてその内側で元コックさんがうごきまわるのである。立派なガス・レンジが並び、電子レンジも備えてある。この家は奇妙な家で、キッチンとトイレだけがむやみに豪華である。トイレは小は小、大は大でべつの場所にわけて設けてあり、大は大でごていねいに和式、洋式の両方を設けてある。試してみると水は威あって猛《たけ》からず走り、たいへん好もしいのである。農場主は痔持ちなので洋式を好むが、ふつうなら週刊誌か新聞を持っていくところ、ギターを持っていって、たっぷり時間をかけてトチチリチン、トチチリチンとやる。トイレだけに四十万エンかけたのだから高邁である。キッチンとトイレだけにこう凝《こ》ったのはヒトは煎じつめれば一本の管にすぎぬ、だから端と端をせいぜい可愛がってやろうという意図であるやもしれぬ。プレハブの物置小屋に住んでいた頃はいちいちスコップを持って哲学しにでかけ、凝縮と炸裂が終ると穴を掘って埋めることにしていたが、原稿を依頼にくるお嬢さんにはこの自然主義は激しすぎた。二間きりしかない家の二間めに入ると陽あたりのよいすみっこの掘りゴタツでチャンチャンコみたいなのを着た農場主がネコ背でギターをひいているという光景である。農場主は両眼をひらいてはいるけれど、じつは一眼がとっくに視力を喪ってしまったので、物象はおそらく正常でなく眺められている。けれどギターは卓抜にひける。三十年ほど昔に知人が作曲した『紡《つむ》ぎ歌』という曲を農場主は殊のほか愛していて、それは私の耳にも秀作とひびいた。冬枯れや梅雨《つゆ》の季節に畑へでることがなくなると農場主は壁にもたれてギターをひいてすごす。

開高　心がきれいになりすぎて字が書けなくなるのじゃありませんか。

深沢　ええ。よく晴耕雨読といいますけれどね。私の場合は晴耕雨音ですよ。ただ土いじりすると指が太くなっていうことをきかなくなりますね。それが残念といえば残念で……。

開高　いつか岩波新書を一冊書きに岩波書店の別荘にいったことがあるんですよ。熱海の伊豆山にあるんです。小さいけれど、とてもいい別荘でしてね、そこに岩波茂雄さんがイタリアの大理石で作った風呂があるんです。僕はだいたいが風呂嫌いなんですけれど、イタリアの大理石の風呂につかったらどんな気持がするだろうと思ってでかけてみたら、座敷から海は見えるし、トンビはピーヒャラと鳴くしで、すっかり気持がよくなっちゃって、寝てばかりいた。一週間いて字が一字も書けなかった。熱海の町へ本を買いにでかけて、五貫目か六貫目ぐらい読みましたかね。でも字は一字も書けないんです。こりゃいけないと思って新橋へ帰ってきて、あそこに観光ホテルという監獄みたいに暗い安物のホテルがあるんですけどね、そこへ泊ったらやっと字が書けるようになりましたよ。つれこみホテルだからとなりの部屋の面白い音が聞えてきたりしてね。何かこう垢がつかないと字は書けないんじゃないかしら。

深沢　そうでしょうねえ。そういうことがあるかもしれんなあ。私なんか百姓をはじめたら、白菜や大根、つまりオカズがそこらに生えてるもんだから、いってとってくりゃいいということになって、生きていくぶんには大して金がかからんもんだから、怠け者になっちゃった。畑仕事はつらいことはつらいけど怠け者になる面もあるんですよ。

開高　ギターの作曲だって都会でギュウギュウやられて暮してるほうがいいのと違いますか？

深沢　うん。そりゃね。何といっても感覚は磨かれますからね。ここじゃにぶりますよ。勉強になりませんよ。

農場主は土いじりで太く節くれだった指でギターをひきだし、突如として、嗄れ声で檜山節をうたいだした。声は野太いけれどそういう歌にはぴったりで、たいへんいい。

おとっちゃん　でてみろ
かれきゃしげる
いかざあなるまい
しょこしょって

夏はいやだよ
道がわるい
むかで長虫
やまかがし

かやの木ぎんやん
ひきずり女
あねさんかぶりで

ねずみっ子抱いた

農場主はつぎに『紡ぎ歌』というのをひいた。それを作曲した人は五年かかって作ったあとレイテ島へいって戦死してしまったそうである。これは曲だけで歌詞はついていない。しかし小石や豊かな藻の上下を速く走る谷深くの小さな川のような純潔と澄明があり、ときどき歓びの一搔き、二搔きが入り、簡潔と華麗が可憐さのうちに流れて、膚に沁むようであった。最初のスタンザで望郷の主題があざやかに浮揚し、最後までつづく。それが単調と感じられないのは深い沈潜が可憐のうしろにあるからだ。くたびれて火照って汗にまみれた足を靴からぬいてせせらぎに浸しているような快さが沁みこんでくる。私は秀作だと思ったのでそのことをいうと、農場主はうれしそうに笑い、もう一度ひいてくれた。小柄で色が白く、はにかみやすくて寡黙な帝国ホテルがトンカツと野菜サラダを持ってそろそろと入ってきた。

農場主は二人の青年といっしょに三反とちょっとの畑を耕やして暮しているのである。農閑期になると原稿を書いたり、ギターをひいたり、巡業にでかけたりする。その方針がようやく身につきかけたところであるという。〝農場〟と門標には壮大にうってでたが、三反は〝百姓〟としての最小単位である。じっさい寒風のなかを歩きまわってみてもそれは〝農場〟というよりは畑なのである。しかしズブの素人だと三人でかかってもそれは手に負えない広大さと魅力をひそめていて、やっぱり手と額に正真正銘の汗をかかねばならない。農場主は古式農法をやりたくて、そのイメージを頭につめこんでここへやってきたのだったが、一年間、鍬でコツコツやってみたところが、とうてい機械にはかなわないとわかったので、いちばんサイズの小さい耕耘機を本の印税で買いこんだ。耕耘機でやったほうがいい作物がとれるとわかったのである。それは鍬とはくらべものにならないくらい土を深く耕やし、均等に土を深く柔らかく消化《こな》し、均等に空気と肥料を沁みこませ、だから均等に立派な野菜を生みだしてくれるのだそうである。その耕耘機はヘンな名だと思うが〝豆トラ〟というのだそうである。農場主は、しかし、鍬のイメージを忘れたのではなく、ただ道具を変えただけで、精神はまったくおなじだと考えている。つまり、園芸家ではなく、オレは百姓なのだゾという気概なのである。

このあたりの農家は、古式農法に憧れてやってきた農場主を少なからずおどろかしたそうである。誰一人として鍬を使う者がなく、耕耘機で畑を耕やし、肥料は化学肥料を使い、野菜の消毒には消毒機を使い、イチゴはビニール温室で育てるのである。そして彼らは専門大店式に白菜なら白菜、キャベツならキャベツ、それだけをテーマにして創作にはげむので、ホーレン草を食べたいなと思うと町の市場へおかみさんが買いにでかけるということになる。農民が町へ野菜を買いにくるという事実に農場主は眼を瞠った。彼は自力本願、自力更生が農法のアルファであり、オメガであると思いこんでいたので、自分で味噌を作れない農家がザラにあると知ったときは、またおどろいた。そこで農場主は奮起し、豆をまいて豆を作り、わざわざコウジを買ってきて自分で味噌を作りにかかった。しかし、いまでは、彼は、そういう農家の変化が時代や大都市の変化とともに生きのび、生きのこるための知恵からでたものなのだと考えるようになり、けれどやっぱり農民は農民であって、「一のこやしはあるじの足あと」、つまり毎日、星とともに早起きして畑の作物を見てまわる土への同化の歓びがすべてを決定すると人びとが感じ、土の芯まで根を張って生きている事実、ゆるやかで着実な土の輪廻とともに生きている事実には何の変りもないのだと知って、安堵もし、また感動もし、憧れをおぼえたのだった。ただし彼は、やっぱり百姓は自給自足であるべきだというイメージが捨てられないので、キャベツ、コマツナ、ダイコン、ゴボウ、ホーレン草、コカブ、ナス、キュウリ、サトイモ、レタス、ピーマン、パセリ、イチゴ、たった三反の畑をまるで植物園みたいにする農法に敢然、うってでたのだった。音楽でいえばオーケストラ、小説でいえば全体小説ということになろうか。

だいたい世間の噂によると創作はべつとして農場主はフーテンであるとか、ニセキチガイであるとか、男色の気配であるとか、いろいろな説がある。じっさいエッセイや放浪記などを読むと正常人ならどう逆立ちしても書けないような、ちょっと名状しがたい味、或る欠落からくる味、奇ッ怪なるユーモアがあって、ウソともマコトとも判決しかねるキチガイぶりなのである。かれこれ十年ほど以前に私はどこかの喫茶店で会って短い会話を農場主と試みたことがあるのだけれど、そのとき農場主はギターを持っていて、『巨人と玩具』というあまり出来のよくない私の小説をとりあげ、何とエロティックな題をつける人なんだろうと思いましたよというのであった。内容はべつとしてこの作品の題、どこから見たらエロティックに見えるのだろう。農場主はまじまじと眼を瞠り、ほんとに感に耐えないような声をだしてそういうのだった。奇敵あらわる。私はそれとなく用心することにしたが、どちらの方角に向って用心していいかわからないのでうろたえた。こういうのを大阪弁ではウロがきたという。ウロンとなるからウロ、ウロタエルからウロである。ウロがきた。あるいは空洞《うろ》が発生して茫然となるからかもしれない。『言わなければよかったのに日記』と題する農場主の随想集は正宗白鳥や石坂洋次郎や武田泰淳などを訪ねて歩く奇文集で一読三嘆、抱腹絶倒という本である。日本文学もようやく爛熟してきた、これはとほうもなく鋭いナンセンス文学のはじまりかも知れないゾと私は考えたりした。『東海道中膝栗毛』にしても『八笑人』にしても、その他たくさん、昔の日本には痛烈なナンセンス文学があったのだから、水脈が絶えたのでなければいつか爛熟と出会えばとびだすはずなので、現代日本を昭和元禄と見ようが昭和化政と見ようが、奇文学がでないうちはまだまだ爛熟の発熱ぶりは軽症と見ていいのではないかと私は思うことがある。そこへ日劇ミュージック・ホールからギター片手に農場主がやってきたので、さては、と心ひそかに思った。ところが『風流夢譚』の事件が起って作者をまったく誤読した陰惨、陋劣、硬直が発生し、つぎつぎと連鎖反応があり、これではとても化政、元禄などというものじゃないとさとらされた。いまは爛熟の時代ではない。ホンの上皮がただれているだけである。あるとすればホンコン・フラワーの爛熟があるだけである。いったいホンコン・フラワーが爛熟するものかどうか、そこが問題だが……。

あのときの新聞社が遁走した農場主をどこかでつかまえてインタヴューをした。その記事を読むと農場主は気の毒なことになった人に申訳ないといって手放しで号泣したらしいのだが、ややあって記者が、

「これを機会に筆を折るのですか？」

とたずねると、泣きくずれて顔を蔽っていた農場主が、キョトンと顔をあげて、

「筆を折るってどういうことですか」

とまじまじたずねかえしたというのである。たしかそういう記事がでていたと思う。私はそれを読んで、やるな、と思った。これはただのネズミじゃないと思った。日頃思わせぶりなことをいうえらい人はわが国には多いけれど、イザとなれば腰砕けになってしまう。竿頭の急場で即座にこういう逆転の応答をやれる人はまずいないようである。ニセキチガイかホンモノキチガイかはあいかわらず判定に迷ったが、私は一種、非凡な

ものをおぼえて、ひそかに脱帽した。

ところが今日の農場主は、あくまでも正常であった。謙虚、朴訥、簡素、まっとうすぎるくらいまっとうであった。去年、某新聞に連載された『ラブミー農場繁盛記』というエッセイをとりよせて読んでみても、五十歳をすぎて自分の畑を持ち、思いきり手と足をはたらかして大地と格闘、また添寝できるようになった清浄な歓びがしみじみと書きつづられ、また農民たちに対する讃仰の念が深くつつましやかに語られていて、語気はおだやかであり、観察は正確であり、かつての奇想や欠落は姿をかくしているのである。陽と土と汗と野菜が、二年間に浄化してしまったのであろうか。文学や政治の話はごめんだが畑の話ならという申入れがあったので、私は氏についていたましく思うところがあるし、いま或ることに心を奪われていることもあるしで、もっぱらギターと畑仕事と雲古の話だけけして帰ったのだったが、ちょっと眼をこすりたくなるくらい氏は正常、正直《せいちょく》であった。解脱してしまったのだろうかと、ふと怪しんだほどであった。それは転変に富まねばならぬ作家の生涯の一時期から一時期への端境期の様相なのだろうか。

あらためて氏の創作を読みかえしてみて、私は『笛吹川』に感銘をおぼえた。『楢山節考』には世話物の甘い呻吟があるが、『笛吹川』は異様な秀作である。ゆっくりと字をたどりながら読んでいって私はいくつかのことに新しく気がついた。この小説は信玄と謙信が争いあっていた時代の雑草のような貧民の一家族の勃興と衰滅を描いている。

アリの国の戦争のように人びとは殺しあい、殺されあい、しかも子を生みつづけるという物語である。読んでいて気がつくことは、形容詞らしい形容詞がほとんどないこと、登場人物の男女老若のけじめがまったくつけてないこと、徹底的に詩と自意識を漉《こ》した散文でつづられていることである。腐りやすいか、腐りにくいかという眼で小説を判定するとなると、小説のなかでまっさきに腐るのは形容詞からである。これがまず公理である。生物の死体はまず眼と内臓、つまりもっとも美味な箇所からまっさきに衰え、崩れ、腐っていくのだが、ちょうどそのように小説は書きあげられた瞬間から形容詞から腐りだし、風化しだす。ところが『笛吹川』は青血にまみれつくした物語であるのに形容詞らしい形容詞がほとんど配られていず、色彩も匂いも描写されていず、しかもそういう配慮をしたことに読者を気づかせない筆致でつづられている。この非情な無視、非凡な無視は、全編をつらぬく人の殺しかた、殺されかたの描写にもよくあらわれ、行使されていて、老若男女のけじめがまったくつかない。殺し、殺されるのはただヒトなのだという徹底的な認識となる。作者がいかにあっさりとヒトを作中で殺し、土に埋めていくことか、そのつつましやかな傍若無人ぶりは、ちょっと類がない。自意識で蒼ざめ、内省で首をしめ、いつも独白で二日酔いになっているわれわれにこの爽快なまでの苛烈さは一服の稀な清涼剤ですらある。

或る古代ギリシャの叙事詩人が航海記を書き、その一節を或る高名なイギリスの詩人が畏怖の讃嘆で批評した。船が女怪《シレーヌ》の群れる孤島に接近すると、不思議な歌声が風にひびいてきたので、撒《ま》き餌《え》された魚のように水夫たちがボートにのって探索にでかけたら、女性が渚にあらわれてバリバリと頭から食べてしまう。水夫たちはいそいで本船に逃げ帰り、帆をあげて移動し、さんざん死んだ仲間のことを想って飲んだり、食ったりの大騒ぎを演じたあとで涙を流す。イギリスの詩人はその一節を抽出して、現代のわれらにはこんな剛健なリアリズムは作れないといって嘆いた。この有名な挿話を連想したくなるくらいのしなやかさと剛健のリアリティーに『笛吹川』は達しているのである。形容詞ぬき、詩ぬき、内的独白ぬき、自意識ぬきで、達しているのである。この小説は徹底的に具体的で徹底的に抽象の透明に達している。徹底的に現実的な固有なるものに衝突する抵抗の快感を味わいつつ私は読みつづけていって、殺戮と生誕のとめどない輪廻を感触し、この小説は終止もなく開始もないのだとさとらされて本をおく。サルトルはカミュの『異邦人』を読んでヘミングウェイの文体で書かれたカフカだと、フランス人独特の卓抜な瞬間的の分析と綜合の判定を下し、過つことがなかったが、『笛吹川』が正確なフランス語に訳されていて彼が読んだとしたら、何というだろうか。それを聞きたいと私は思った。ヌーヴォー・ロマン派は内界が外界に根拠をおきつつ外界は同時に内界の反射であるという永遠の二律背反をただ言語のついにくちびるの内にとどまるしかない消化と反芻のうちに失楽園《デトピア》物語を書きつづっていくのだが、そして日本ホンコン・

フラワー派はそれらについて感動なき神秘の密教語を吐きちらして翌朝にはケロリと忘れて味噌汁に舌つづみをうつのだが、『笛吹川』に充満する第一の現実の痛切と第二の現実の透明な抽象ぶり、その徹底ぶり、観察の精緻と洞察の深さ、表現の苛烈な簡潔は、ちょっと類がない。これはどんな抽象小説よりも抽象小説だし、いたるところ実体にみちていて、まぎれもない現代小説である。作者は知りつくしたうえで書いているようにも見えるし、何も知らないで書いているようにも見える。そこに謎を感じる楽しみがある。これくらい腐りにくい要素で編んだ散文は例がないし、貴重である。

農場主は眼を細めて野良仕事の楽しみをあれこれ話しつつギターをひき、『紡ぎ歌』のあとで『くちなしの花』という曲と『噴水』という曲をひき、三月に東京でリサイタルを発表しようと思うがどれがいちばん好きかとたずねた。私は『紡ぎ歌』と答える。これは一度も発表したことがなくて不安なのだが安心したと農場主はいう。そしてギターをひくように小説を書きたいという。

深沢　音楽というのは、おなじ節が二回出て、一回出てきて、そうして繰返して、それから、またこういうふうに見えて、また別のものがこう出て、最後におなじものが出るという形式ですね。(話しながら三種の節をそれぞれに分解し、ジャランジャラン、ビリビリビリ、トチチチリリリリとひきわけ、最後にそれらを組みたてて一曲をひいてみせる。）このまんなかをトリオといいますけれども、小説なんかでも、そういう形式を使いたいですね。おなじようなものが二回出てきて、また別のものが出てきて、それからまた最初のもの……だいたい小説は最初としまいでおなじようなものが出てきますけれどもね。

開高　そう。そうです。そうですね。

深沢　音楽の形式というのは『楢山節』なんかヴァリエーションのような形式ですけれども、こういうものを小説に利用したら……小説には何を書くという規程がないですね、形式の。どうして勉強するのかしらと思うのですけれども、みんな書きたいことを書いているわけでしょう。そのなかに、その人独特の形式が出てくるかと思うと、そうではないですね。文体はその人のものだけれども、また或る形式ができあがっていて、小説にも何かいい小説の典型的なものがあって、そういう形式にみんな……音楽の形式は、いい曲があると、その曲の形式をとって形式ができあがったのですね。作品ができてから形式ができたわけで、小説のほうはいつになっても形式ができてこない。それだけむずかしいのですかね。小説のほうがゴタゴタしているのですかね。

開高　そうだなア。子供の歌に『むすんで、ひらいて』というのがあるでしょう。小説というのは無限に「むすんで、ひらいて、むすんで、ひらいて」でやってるような気がしますね。そういう小説がありますね。それから抛物線みたいに、はじめ静かで、それからうごいて、静、動、静と、こう落ちついていくのもあるし……。

深沢　それは形式ですね。

開高　そう。形式ですね。いちばん古典的な方法だけれども。ジョン・フォードの映画でもそうでしょう。そのリズムが気持よくて酔っちまうんで。

深沢　あれはドラマの展開がヤマになっていますね。

開高　動の部分ですね。ところどころちょっとリズムを破壊するそぶりを見せたりして……。

それから農場主はギターの話、スパニッシュ・ギターの話、若かったらスペインへいって百姓をするんだが、という感想を話したりした。私はスペインへいったときに聞いたジプシーだけの楽団の深夜レストランの話、新宿に新しく開店したフラメンコのレストラン・シアターの話などをする。私は永いあいだギターをバカにしていたのだけれど、マドリッドの《サンプラ》という店で朝の二時頃にジプシーがひくギターを聞いているうちにとつぜん眼を瞠ったことがあった。ギターは恐るべき威力を持った楽器だと痛覚する瞬間があったのである。それからは軽蔑を一掃した。そのときのギターは地平線のかなたから雷鳴が迫ってきて頭と肩をのりこえて消えていくような印象をあたえた。あの楽器がそれくらい強力になり、凄みを発揮するのを、それまでに私は聞いたことがなかったので、噴水が体内いっぱいに充満するような感動をおぼえたときは思わずたちあがりたくなったくらいである。ジプシーの歌と踊りもよかった。熱した土から哀愁と肉慾が発散して部屋いっぱいにたちこめ、うごいた。新宿の《エル・フラメンコ》のもい い。ジプシーの女たちが踊るのだが、なかに山のように太ったお婆さんがいて、彼女が床を踏み鳴らしつつ踊りだすと、山塊が雪崩《なだれ》をひきおこしたような壮烈さが閃くのである。壮烈なるスペインの精粋を見るようである。

深沢氏をその店に招待することを約束した。

話しこんでいるうちに平野に陽が落ち、夜が冬枯れの畑を浸し、富士山が黒い三角の影を淡い茜《あかね》の雲に映してしばらく漂っていたが、それも消えた。風が風、雨が雨なら、夜は夜である。広大な静寂が家を浸し、ひしひしと包囲した。ここの夜は濁ってもいず、搔き傷だらけにもなっていない。生無垢の夜である。深沢氏は笑いながら、ここで夜なかにテレビのチャンバラを見ているとその時代にいるような気がしてくる、いま家のそとで起っていることがブラウン管に映ってるのだという気がする、だからチャンバラがひどく迫力をおび、ほんとに斬りつけられそうな気がしてくるといった。なるほどこの夜は広くて深く、また古く、かつきびしく冷たい。どこかでチャンバラや切腹をやっていてもおかしくない。

晴耕雨音はまったく高雅な暮しである。私も文字や穢れた孤独にくたびれてきたらやってみたいと思う。いまは血のなかに毒がよどみ、また毒に鼻をつっこみたい焦燥があるので、とても土に根をおろせないが、いつかこういうことをやってみたいと思う。戦後、少年時代、私はギラギラ輝いたり、闇におぼれたり、ゆれうごいて一瞬もとらえようのない自身が抑制できず、自身に自身の肩へ爪をうちこまれてふりまわされるままだった。もしあのとき学校にかよって本を読むだけだったら自殺したかもしれなかった。自殺したいという衝迫はしたくないという反衝迫よりも強くて濃く、ナイフ、ロープ、薬、川、屋上など、さまざまな手段と場所を考えることそのものが決行を遅らせる楽しみと化したこともあった。しかしイーストでむれたメリケン粉の温かくて軟らかい、ぐにゃぐにゃした山や、精緻をきわめながら頑強無比の旋盤のバイトに手が触れ、それが物の形を変え、人に求められる物を作りあげることには、圧倒的な歓びもあった。メリケン粉の山やバイトに触れる手から腕をつたって体内へ湯のように降りそそぐものがあって、それは純潔で広く、よくほどけてくれる官能であった。どれほど物と添寝したつもりでも剝落はしばしば起って、それが起ったときにはもう私は砕けてすくんでしまっているので、窒息しそうになりながら私は蒼暗な水族館のような町工場の油臭い一隅で必死に旋盤台にしがみついたものだった。道具、物、手というものがなければ、いまになって思うのだが、私は生きのびられなかっただろう。

野良仕事にはバイトでしゃにむに鋳物を削りあげていくあの快感とはまったく別種の

歓びがあるだろうと思う。鋳物にも顔があり、呼吸があり、策略にみちた抵抗があるのだが、植物の葉や根や花の訴え、独立、抵抗、満足ぶりには、ヒトを共存一体の静かな、持続しつづけさせる熱狂にさそいこみ、背骨の芯まで浸透する哀憐と讃仰があるだろうと思う。重要なのは手と足のこの感性であり、官能である。政治の強制力が加圧されるとこの素朴で深刻な歓びも官能を損壊された、酸に浸されたような苦役と化してしまうが、私たちはあまりに頭と言葉と自身に憑《つ》かれすぎているので、土に指をつっこんで何かをまさぐるときの、あのとめどなく広がる寡黙な寛容を忘れすぎてしまった。戦後の日本の無数の議論を思いかえしてみるがいい。人びとは革命を論じ、絶望を論じ、オートメーションを論じ、実存を論じたが、ついに誰一人として、極左から極右まで、ヒトの持つ古く執拗な手の労働の官能の威力と感性を論じなかったではないか。いっさいは頭と言葉で操作されただけではないか。それも左・右を問わず横文字の誤植、修正版ではないか。

ラブミー農場主とは話がまったく変ってしまうが、政治が古い腐敗に耐えかねて何か人間改造を叫びだすときにはきっと手と足が呼びもどされる。かつての皇道ナショナリズムもナチスもロシア社会主義も中国社会主義もイスラエルも頭だけ局部肥大した人間に手と足をあたえようとする哲学それ自体の叫びには変りなかった。いまの日本の論者たちが左・右を問わず手と足についてひとこともふれようとしないのは、そこまで脳水腫がまだ進行していないことの証拠であろうか。

流亡と籠城

島尾敏雄

島尾敏雄（一九一七〜一九八六）

小説家　横浜生れ　九州大学文科卒　第一八特攻震洋隊の指揮官として一九四五年八月十三日特攻戦の発動命令が下ったが、発進命令のないまま十五日に敗戦を迎えた

代表作『死の棘』『島へ』他

奄美大島へいってきた。

この島は想像していたよりもはるかに大きいのでおどろかされる。空から見ると山が波また波をうってかさなり、ひしめいている。それもしたたかに獰猛な顔つきの山である。飛行機の窓が湿った古綿のような乱雲を裂いて落ちていくと、島というよりはむしろ陸の一部といった様子の山濤《やまなみ》の起伏がすでにあり、展開があって、眼を瞠らせられる。この島のことを書いた文章にはきっとハブが登場する。世界でも指折りのその猛毒ぶりが述べられ、どうにも絶滅のしようのないことが述べられている。このアトム時代に何をまた牧歌的な悲鳴だろうぐらいに私は思っていた。つまり、ナメていたのである。けれど、現地へいってみると、島のおよそ十分の八は山であり、ハブの根拠地であって、都であるはずの小さな名瀬市もすぐ背後の山の影に入ってしまいそうである。山におしまくられた人びとがかろうじて渚に踏みとどまり、フジツボのように集落して作ったのがこの市だ、というふうに見えてくる。

ここは亜熱帯である。飛行場から名瀬へいくかなり長い道はくねくねと山腹を縫い、その山の地相、植物相は内地にそっくりなのだが、野にはパパイヤの木、バナナの木、蘇鉄の木が散在している。またその野のすぐうしろになだらかで孤独な海岸があり、陽が輝くとトロリとした南海特有の碧がひろがる。バリ島の海岸、キャプ・サン・ジャック（ヴンタウ）の海岸、シンガポールの海岸などがたちまち思いだされ、私は濃いざわめきにみたされる。きっとこの海にも巨大なエイやイセエビが棲み、潮がひくと礁があらわれてウニや貝類、さまざまな海の果物の生《な》っているのが見られることだろう。大人や子供がはだしで礁をわたっていき、小さな、または大きな水たまりのふちで火を焚いてそれらの果物を焼くのではあるまいか。そして沖に落ちる夕陽は燦爛、豪奢をきわめ、あらゆる光彩の乱費を惜しむことなく精力をふるって叫び、空は炎上する王都のように見えるのではあるまいか。

島尾敏雄氏につれられてハブを見にいき、いろいろと教えてもらったが、聞きしにまさるものであった。暗褐色の斑点のあるこの苛烈きわまる梟雄はさして大きくもなく、太くもなく、長くもないが、サーベルのような二本の牙をかくしている。彼は孤独な山の鎌である。一匹でしめやかに歩き、どこにでも音もなくあらわれ、前途をよこぎるものはカケスでもネズミでもアマミノクロウサギでもかたっぱしから丸呑みし、ちょっとでも体に触れるやつがいたら一瞬、鞭のように躍り、そのあとゆうゆうと消えていく。その毒は徹底的であって、血清もあまり効果がなく、つねに最悪の事態を想定しておけという見地からすれば、咬まれたらまず手足のどれかを切りおとすか、死ぬもの、と考えたほうがよいというのである。タクシーの若い運転手に、マムシとくらべたらどうだろうと聞いてみたら、おっとり笑って、ここらじゃマムシのことなど誰も話にもしませんという答であった。ハブの毒は冷酷、執拗であって、たとえ咬傷からまぬがれることができたとしても人体にとどまり、蛋白を分解しつつ広がり、深まり、前進しつづけるので、癩のような腐敗が起る。また、さまざまな後遺症を起すといわれている。まるでスターリンである。

生態研究所の金網を張った木箱のなかに一匹、とりわけ太いのがいたが、彼はとぐろを巻いて、カッと鎌首をもたげたまま、微動もしない。舌もチョロつかせず、首もうごかさず、まるで剝製のようである。金褐色のその瞳は黄昏のなかではどろりとした黄茶に見え、むしろ盲いたように見える。こいつは捕えられてもう十日にもなるがああしてジッとしたきりです。ネズミを入れてやっても見向きもしません。研究所の人がそういう。ではどうなるのですと聞くと、餓死するまであのままでいます、という答であった。虜囚の辱しめをうけず、というわけだ。そういうことを知らされてみると、この蛇の無差別で破滅的なまでの貪婪さも食慾というよりは何かしら超越的自我に憑《つ》かれた果ての行動であるかのように思えてくるのである。あとで鹿児島のデパートで世界のさまざまな生きた蛇の展覧会を見にでかけ、もう一度、ガラス箱のなかにいるこの曹操の先祖を明るい蛍光灯のなかでしげしげと見ることができたが、そのときにはもう私はとらわれていて、その醜貌に気品と魅力をおぼえていた。

島尾敏雄氏は元気そうに見えた。いっしょに自動車に乗って村を見にいき、高倉を見にいき、ガジュマルの木を見にいき、午後遅い海岸を歩き、料理屋でブタの耳を食べ、幾つかのことを避けつつ気まま気まぐれにおしゃべりをし、よく笑いあった。その日は島に珍しく内地型の冬と雨があって、料理屋ではガス・ストーヴ、旅館では電気ゴタツ、戸外を歩くにはレインコートというありさまで、名瀬の町は両極端は一致するの定理を体現したがっているかのごとく北海道の小さな田舎町にそっくりの荒涼を見せた。島を愛惜することわが背骨のごとくである島尾氏はしきりに関西言葉で弁解して、ここ二、三日は例外である、こんなことはない、珍しい例だが不満であるといいつづけた。私は私の亜熱帯記憶にくっついてあの草木の氾濫、あの夕焼け空のエクストラヴァガンツァ、あの日光の豊饒、人の素朴さ、深さ、謙虚と辛辣、ベタ惚れするかと思えばベタ憎みするあの抑制なきひたむき……とかぞえつづける。

或る山の或る切尖《きっさき》を曲ったところで、ちらり、冬空のしたに白い波をたてて騒いでいる海が見える。

島尾　海がえらい荒れてるなア。今日なんか舟に乗ったらしごかれるでエ。ゴツン、ゴツンぶつかるやろ。

チャーリキ、チャーリキ
スチャラカチャン
切られて切られて
血がだアらだら

こんな歌知らんか？

開高　知らんなあ。どこの歌です？

島尾　神戸で子供のときによう歌《うと》てたんや。大阪の子はそんな歌うたえへんかったか。

開高　知らんなあ。

チャンチャンバラバラ
砂埃り

と違《ちゃ》うんですか？

島尾　違《ちゃ》うねんな。

チャーリキ、チャーリキ
スチャラカチャン
切られて切られて
血がだアらだら

そういうねン。

開高　聞きおぼえ、ないです。
島尾　そうか。
開高　はじめてです。
島尾　神戸は大阪とちょっと違《ちや》うよってナ。

そう。〝ちょっと違《ちや》う〟。微細で繊鋭な日本では町が一つ違うと、不良少年までが違ってくる。彼らこそ神経の最先端だから町の気概をもっとも濃く反語的に体現する。三ノ宮や御影あたりをアパッシュめかして歩いているやつらは〝バラケツ〟と呼ばれ、ナンバ、梅新あたりを傲然としのび足で歩いているやつらとは、おなじ傲然、おなじしのび足、おなじソフィスティケーションの口ぶり、身ぶりでも、大いに微細に異って、それはなかなか言葉に替えにくいが、この道に挺身したことのない私には、うまい分析ができない。しかし、島尾さんの作品の或るものにはバラケツ気質と思われるものの一端がクッキリと覗いているところがあって、ナルホドと思わせられることがある。ロマン派だ、ジツゾン派だというまえに批評家は一度神戸へいって不良少年を観察したほうがいいのではないかと、私には思える。

島尾さんは南海に去ってからもう十二、三年にもなるのだろうか。出版社のパーティーで一度、いつも偉大で蒼ざめた坂本一亀氏のまえで一度、せかせか立話をしたきり、今度、それも一つの午後、一つの夜、一つの午前をつぶして話しあったのが稀な遭遇である。それ以前は氏が神戸から転居してきて小岩に家をかまえた頃、ウィスキーを持ってそこへいったこと、二、三度、「現在の会」の集りで池袋と新宿西口の煮込み屋や沖縄料理屋で暗澹と泡盛を飲んだこと、それ以前は『贋学生』を出版された頃、六甲の家へいって薄暗い応接室でお茶と黒砂糖を食べたこと、そのちょっと以前は「VIKING」の合評会で六甲山の中腹のたいへんな美少女のウェイトレスが一人いる喫茶店でお目にかかったこと、これらが記憶の破片であり、忘れがたいところのものである。幾葉かの葉書や手紙――錯乱して衰亡していた私には忘れられないカンフル注射であったが――これも脳皮に痛くのこっている。

島尾さんの顔は私の眼のなかではちっとも変っていない。眼が大きくて沈みながら敏感にうごき、眉が濃く、膚が蒼白くしっとりと湿った感じで、鼻にはちょっと陽気なところがあり、顎がしぶとく頑強なところ。この顔は青い少年であった私がニタニタした中年にさしかかって、あらためて見なおしても、二、三の細部についての修正を補すほかは何一つ決定的な変化をしていない。いたましく陰惨な作品を読んだあとの読後感で氏の顔を点検しようという意地悪な心で眺めても、十五、六年も昔に六甲の喫茶店で濃いコーヒーの香りのなかで首から姓名を書いた大きな紙を紐で吊してはにかみつったちあがった、にがみ走った長身の、敏感すぎる眼をした、いい男の原型は、少しも変っていないのである。じめじめとくすぶったような、それでいてどこか執拗、頑健に楽天的で、真摯でありながらひょいひょいと軽快な跳躍を見せて人を笑わせる気配。しっとりとからみつくように柔らかく複屈折をしながらもけっして瓦解してはいないらしい気配。柔軟、繊鋭でありながらうっかりそれだけを感じこんだらうっちゃりをくらわせられそうな骨太と不逞さをかくしている気配。こうしたことは少しも変っていないように思える。

その頃、『単独旅行者』と『格子の眼』という二冊の本をだした島尾さんは、紙のなかでは渋い華麗さとでもいうべきアトモスフェールをしのばせた、いじらしい小品を書く作家だった。文章は練達で、菌糸のようにはびこり、ひろがる膚の感覚を追いつづけ、特攻隊員を主人公にして異境のロマネスクを書く唯一の作家といってよかった。『孤島夢』や『島の果て』や『出孤島記』など、私はいまでも好きである。それらは人の地声にもっとも似た音色をたてる何かの楽器で奏でられる小曲のような親密さを持っている。また、私小説の文体でシュルレアリスムを描く試みもきわめて独創的であった。これは安岡章太郎や吉行淳之介についても見られることだった。兵役、空襲、戦後の飢餓などで骨の髄までしごかれたはずのこれらの作家が水ッ腹をかかえつつシュルレアリスムというロマネスクを書きつづけた事実に私は注意をひかれる。めいめい遅いか早いかの違いはあってもいずれはそれをいっせいに放棄することとなる事実にも注意をひかれる。（〝放棄〟といってよいか、〝揚棄〟といってよいかは問われるべきところであるが……つまり、それは若い唄声だったのかもしれない。）

河出の書き下ろし叢書で『贋学生』を出した頃に私は一度六甲口の自宅に島尾さんを訪ねたことがある。奥さんが静かにでてきてお茶と黒砂糖をおき、私はその黒砂糖をポリポリ嚙《かじ》ったのをおぼえている。どんな話のやりとりをしたかはすっかり忘れてしまった。けれど島尾さんが自分の作品を評して痔病か慢性下痢症の体質の人間の文学だとつぶやいたことをおぼえている。それが痔だったか、慢性下痢だったか、何かもっとほかの病気だったのかがさだかでない。また、『贋学生』を自評して、あれは紫色を字で書いてみたかったのだとつぶやいたこともおぼえている。その後さまざまな作家に出会ったけれど、自作の動機や主題を説明するのに色彩を持ちだした人にはまだ私は接したことがない。私はひどくおどろいて、六甲口から阪急電車に乗り、梅田へ帰ってくるまでいっしょうけんめい考え、また感じようとあせったが、わかるようでもあり、わからぬようでもあって、困惑した。電車からおりて梅田の改札口を通りしなに、どういうわけか、理由なく、ひょっとしたらかつがれたのじゃないだろうかという考えが頭をかすめた。なぜかはわからない。またそのことをいまでも理由なくいきいきと思いだすことがあるのも、これまたなぜかはわからない。

開高　あの頃は「VIKING」の同人はみんなアダ名をつけたでしょう。島尾さんはたしか〝島尾カフカ〟、庄野さんは〝庄野サローヤン〟ということになってたと思う。

島尾　そうやったかな。おぼえてへんけどな。庄野君はサローヤンでええかも知れんね。ぼくはカフカとは関係ないということになってるねんけどな。

開高　カフカが日本でブームになったのはあれよりもうちょっとあとのことで、あの頃は一冊もでてなかったような気がするんです。カフカという名前そのものがまだ珍しかったというような有様やったと思うんです。としたら、英語かドイツ語で読んでたんやろうか。

島尾　いや、『審判』だけが一冊訳されてましたデ。どういうものか『審判』だけはヒョコッとでてた。日本語になってたわ。

開高　何や。そうかあ。

島尾　いうて損したなあ（笑）。

その後しばらくして氏は東京へ攻め上る。どうしてか氏は私のことを可愛がり、小岩に住んでから顔が赤くなるような私の習作を佐々木基一氏に手渡して「近代文学」に発表の労をとったり、自分も入った「現在の会」に入会させたり、坂本一亀氏にかけあって新人に書き下ろしをやらせてはどうだと斡旋したりしてくださった。氏は何食わぬ顔で葉書や手紙をくださったのだが、あとで考えるとその頃は惨憺たるアリジゴクに陥ちこんでおられたので、錯乱した無名の青い一学生にかまっているゆとりなどなかったはずである。いまその頃のことを思いかえすと、感謝しようにも言葉を失ってしまう。

小岩の家に一度だけいったことがある。商店街や町工場のあるごみごみした低湿地帯の小さな、薄暗い家だった。たしか真夏のギラギラした日だった。私が手土産に持っていったウィスキーを氏はカンカン照りの縁側に立膝をしてすすった。それもグラスではなくて、氷金時などを入れる、赤や青の色のついたあの安物のガラス皿に入れてすするのだった。その後私は無数の場所で酒を飲んだが、皿でウィスキーを飲む人にはまだ出会ったことがないのである。あれはどういうことだったのだろう。氏が不精してコップをとりにいかなかったのか、コップもないほどの惨苦に陥ちこんでおられたのか。私は自身に憑かれすぎていたので眼に力がなく、耳もおぼろだった。何を話したのか、どうにも、いま、思いだせない。おぼえているのはギラギラ射す夏の午後の日光のなかで氏が立膝をしながらガラス皿で生ぬるいウィスキーをすすり、なぜか、ぼそり、

「人まじわりしたら血がでる」

とつぶやいた声である。

島尾　あの頃はつらかった。

開高　そうでしょうね。

島尾　もうあかなんだなあ。

開高　あのころのことを書いた小説をこないだまとめて一挙に読んでみたんです。短篇集でちょいちょい読むだけは読んでみましたけど、まとめてたてつづけにそれだけ読むちゅうのは、はじめてです。そしたら、もう、つくづく生きてるのがイヤになってしもた。誇張やないんです。ほんまにイヤになってしまいました。つくづく、もう。

島尾　参ったか。

開高　参った。

島尾　小岩の思い出はわるいわ。作品にもあまりさわられとうないという心境や。

けれど、どうしてもその世界を避けて通るわけにはいかないので、書きつづける。どうにもペンが重くてしぶってしまうが、いたしかたない。

島尾さんは連作長篇としてあれらの暗澹たる痴愚の作品を書いている。あちらこちらの雑誌に作品は短篇としてバラバラに発表される。それらは独立したものとして読むには末尾がいつも次作につながるよう、鎖をつなぐべく輪の口をひらいたままにしてあるから、どうしても弱い。しかしこれらをまとめて一挙に読んでみると、輪は輪へつながっていって、果てしない泥濘の視野がひろがる。徹底した痴愚と狂気が微風もなく暴風もなく、疾走もなく閃光もなく、ただそれのみが低い声でとめどなく語りつがれていく。まるで呪文である。しなやかで、しめやかで、じっとり膚へ菌糸のようにはびこり、ひろがってくる文体で、妻と首を吊る松の枝をさがして歩いたり、線路めがけてかけだしたり、町を泣きながら歩いたり、隣室から子供に覗かせておいてコードを首に巻きつけたりする衝撃的な挿話がつぎからつぎへ語られていく。クレッセンドもなくデクレッセンドもなく造型を断念した造型という唯一の工夫でめんめんと語られていくのである。一つ一つの挿話はまぎれもない現実としてそこに凄惨に提出されてあり、はじめのうちはえぐりたてるような絶望にさそわれる。二匹のサソリが暗い小箱のなかでからみあい、咬みあったまま、リズムのない踊りを踊る。そのリズムのなさがたまらないのである。しかし凄惨がドラマとしてではなくていくつもいくつもつづいていくことを発見すると、絶望する気力も尽きてくる。絶望するということは或る種の意力を行使することだが、島尾さんは読者からさいごの幻覚まで奪ってしまうのである。あらゆる作家は十人が十人、どんな陋劣、陰惨、絶望も、それを文字に移すときは、或る楽しみをもっておこなうのだが、島尾さんも厭悪をどこかで楽しみつつ書いている。傷口に塩をすりこむあのヒリヒリした楽しみである。その気配がうかがえるのでさらにやりきれなくなる。ストリンドベルヒもサルトルもセリーヌもそれぞれの文体で徹底的破壊にいそしんだが或る種の抽象的命題をめぐっての考察をおこない、そこに読者が想像力をはたらかしたり、推論をしたりして肉なるものから飛翔できるスプリング・ボードがあった。しかし島尾さんは肉なるものにしか執着しないから、私は一秒も飛翔することができないのである。ただもう読まされるだけなのである。ついには戦慄すらなく、暗澹すらなくなってしまう。ただ字が並んでいるだけだ。私は眼をそむけ、本を伏せ、タバコに火をつける。そのとき島尾さんの文学は成就しているのだ。『兆』という小さな作品で氏は主人公の作家に文学覚悟を語らせているが、この部分は氏が書いたどんな論よりも私にはうなずける。

「……然し屈服はしません。恐らく成功はしないでしょう。その成功はしないということが、即ち私の小説の存在を主張してくれるのです。その時始めて私の小説は一個の存在となり、価値が転換して、私は認められるのです。成功不成功というようなことじゃないのです。そこでは一切のものが否定されそして肯定されるのですからね。庶民、じゃなかった国民いや人民、つまり人々ですね。人々の人民がですね、要するにですよ、小説などはつまらないことなんです。それは文字というものの暴力ですよ。現実は文字を必要としません。従って小説など不要です。そのことを私は自分の小説で実証するのです。そのためには凡そくだらないものを書かねばならんのです。人々が小説など全く読まなくなるようにね。(後略)……」

私が主婦連の会長なら悪書追放の第一号に島尾氏の作品をあげる。エロ、グロ、暴力小説なんてモノの数ではない。いっさいの幻覚という幻覚をとめどなくジメジメべとべとと腐らせ、流産させてしまう島尾氏の作品くらいマイ・ホームにとっての脅威はないはずである。芸術選奨など、とんでもない話である。日本人を文学なる幻覚に近づけまいとしてひたすら挺身しようという人物に、賞如きで微塵も浮かれちゃわない、それどころかいよいよ読者追放に精魂かたむける人物に、何ということをする。本気で作品と魂胆を読んだことがあるのかね。

この論は狂気の連作がはじまる以前に発表された作品のなかで書かれ、ストーリーとしては主人公の作家が友人のいかがわしいらしい左翼評論家に述べるということになっていて、何かしら〝革新〟とか〝革命〟とかが背後に顧慮されているらしい気配がある。このあとにすさまじい作品群を書くことになる運命を島尾さんが予感していたかどうかはわからない。けれど結果としてはみごとに的中してしまった観がある。〝変革〟、〝革命〟、〝庶民〟、〝じゃなかった国民いや人民、つまり人々ですね。人々の人民〟というようなことをぬきに、この生そのものと氏の文学とのかかわりあいが、短く明晰にここに定着されているような気がする。それを作品のなかで際限なく実現してしまう氏の執念、タフさ、どこかに覗く楽天性、ふてぶてしさに、私はやりきれなくなりながら感嘆をおぼえる。

哀傷と愛に達するために島尾さんは破廉恥のデルタをわたっていくが、日本の作家、ことに昭和の作家たちは破廉恥を活性汚土として生を確認しつづけてきたようである。西欧の作家たちは夜ふけの密室で魔と握手した瞬間にふるいたつように見えるが、魔は大陸から日本列島へわたってくるあいだに海のどこかで溺死してしまったらしく、どこにも棲息していない。そこで日本の作家たちは破廉恥の栄養ゆたかな、鼻持ちならぬ汚泥へ体を躍らせて生の拡大、培養、繁殖を計る。そこで不具のための不具、破廉恥のための破廉恥という姿勢が生れてくるが、ブランデーのためのブランデーというものはあるとしてもそれはブランデーにブレンドされなければ意味がないのだから、文学の母基とはなり得ないのではあるまいかと思われる。世間ではよくその種のものが誤読されて拍手を送られているように見える。

或る水族館へいったときにナマコが腸を吐きだすのを見たことがある。水槽のなかを棒でつつくと、ナマコは歯も鰭もなくてただゴロンとよこたわっているしかしようがないからなのか、やにわに腸を口から吐きだしてしまい、それは汁のように煙のようにガラス箱のなかを漂った。あらしのあとで海岸へいくと、その海岸のナマコというナマコがいっせいにコノワタを吐きだして渚にゴロゴロしていることがあるそうである。これをナマコの〝吐腸現象〟というのだそうである。それで彼は死ぬのかというと、しばらくしたらまた内臓ができてくる。コマぎれに刻まれて海へほりこまれてもその細片からまた再生してあのモクモクした体になるくらい不死身であるのだそうだ。島尾さんの作品もこれに似たところがある。外圧の変化に氏はきわめて敏感で、何かの予兆の微変を察知した瞬間に腸を吐きだしてしまう。それでいて不屈なのである。氏の愛する原像が幾つかあるが、その一つはアリジゴクであり、その一つは死にそこねた特攻隊であり、また一つは口に手をつっこんで内臓をつかみ、手袋をひっくりかえすように体全体をひっくりかえしてしまって清冽な小川のなかに浸り、襞々にこびりついた穢汚を水の流れるまま洗いさらしたいという希求である。これは歳月をおいてまったくおなじといってよい口調で二つの作品に登場する。ひところの武田泰淳氏の作品に〝臓器感覚〟という評語をあたえた人があったような気がするが、島尾さんの作品にもそれがいえるのではあるまいか。胃や腸がずりおちてくる感覚についての形容語がいかに多いことか。それがまた不安や焦燥にとらえどころのない内分泌の苦渋感をあたえ、朦朧としながらもからみついてくるような現実を巧みに滲みだしている。臓器で作品が書かれているのである。

私がウィスキーにおぼれることをやめて、ようやく宿酔の顔をあげ、小説をふたたび書いてみようという気持をとりもどしたとき、島尾さんはもう流亡と錯迷の果てに南へ去ってしまっていた。どういう錯迷であったかについては酒瓶のなかにうずくまっている私の耳にもいろいろと異様な挿話がとどいたが、私はそういうことはついぞ聞かなかった。ただ氏の作品を読むだけである。これら痴人の告白のうちどこからどこまでがフィクションで、どこからどこまでがノン・フィクションであるのか、私にはわからない。氏の作品のみならず、すべて文字で書かれたものにノン・フィクションがあるとは私には感じられない。文字を書くことは一つの選択行為であり、人工であり、詐術である。それが選択行為であるからにはすでに誇張、歪曲の文学的意図が含まれている。少年時代の私にはそれが耐えられなかった。私は文字に鉱石のような不動、不変の純粋を求めて狂いそうになったことがあった。私自身が一瞬のすきもなくゆれ、うごき、流れ、変りつづけるのに、おそらくそれに耐えられなかったからこそ、文字に不動と不変を求めたのだった。中島敦が或る深い断念のうちにかろうじてユーモアという陽炎をあたえて事態を伊藤整氏のいう〝芸による救済〟形式とリズムで救出しているのを知ったときは、よほど愚行、乱酔、貧苦で力を殺《そ》がれてからのことだった。

少年のときにたまたまストリンドベルヒを読んで私は茫然自失し、何日もふらふらしていたことがあった。サルトルの『嘔吐』を読んでたちすくんでしまったこともあった。セリーヌの『夜の果てへの旅』をそれより早く読んでいたら私はもっとたちすくんでいたにちがいないし、おそらくはそれへの抗毒素から『嘔吐』がもっと軽く読めたのではあるまいかということがある。けれどこれらの作品は翻訳文学であって、スーパーインポーズで映画を見るようなところがある。スーパーで映画を見ても茫然自失する感動が生れることはしばしばなのであるから、痛烈な一つの幻覚としての現実であることに変りはない。けれど島尾さんの作品群は日本的な、あまりにも日本的なものを言葉の膜が裂けるまでにたっぷりと吸収した日本語で書きつづけられてあるので、避けようもなく、逃げようもない。雑巾が濡れしょびれてそこにあるようにそれがそこにある。それほどに濃い、まぎれもない質があたえられている。この連作が終るのを私は待つだけである。

「……この日本の国の眠くなるような自然と人間の歴史の単一さには、絶望的な毒素が含まれている。桃源郷などといえば誤解を招くが、ぼくがいいたいのは、もうわれわれには見失われてしまった「生命のおどろきに対するみずみずしい感覚」をまだそのように残している島が、この不毛の列島の中に残っていたということだ。
　日本国中どこを歩いても、同じような顔付と、ちょっと耳を傾ければすぐ分ってしまうような一本調子の言葉しか、ないということは、すべてのものを停滞させ腐らせてしまわずにおかない。そこでは鉄面皮なおせっかいと人々をおさえつけることだけが幅をきかす。おそろしく不愉快なひとりよがりと排他根性。違ったものがぶつかり合って、お互いに骨を太くし、豊かな肉をつけるという張合いから、われわれは見離されていた。いや沖縄を再発見するまでは」（未来社刊『離島の幸福　離島の不幸』「沖縄」の意味するもの」）

　このようにあらわな、短い、凛とした剛毅のリズムで文章を書くことをかつて島尾さんはしたことがなかったように思う。昔、金子光晴が日本と知識人を痛罵したときの声音に似たものさえ感じさせられる。敗走に敗走をつづけて南の島にたどりついてからは、激しい切断の意志が氏によみがえって、頑強な砦を得たように見える。こんなに健康になっては小説が書けなくなるのではないかと思われるくらいである。しかし、氏のことである。不思議な新しい花をどのような手段によってか咲かせるであろう。文学作品を読みすすむときの大きな快感の一つは鮮やかな、強い異質物がちょうど川のなかの石のように定着されている、それとぶつかる抵抗感ではなかったか。そこにたちどまったときに私は眼を瞠らせられ、何かを発見しているのではあるまいか。私は私にとっての〝異質物〟を見失っていはしまいか。いや、見失ったと思いこみすぎていはしまいか。

島を発《た》つ日の朝、図書館の館長室で夫妻としばらく話をした。奥さんは元気そうに見えた。あれこれと島の変遷が話題になったが、彼女はかつて少女時代に島にみちみちていた精たちがどんどん姿を消していったことを悲しんでいた。かつては鬱蒼としたガジュマルの木に島人にとっては半ば信仰、半ば実在と感じられる〝ケンムン〟という精が棲み、人を見ればナゾナゾをふっかけてきて、答えられないとやにわに腕力をふるうので、そこを通るときは口に呪文をとなえねばならなかった。あの木にも、この川にも、いたるところに精がいて、歌をうたったり、人をおどかしたりして遊んでいた。一つの丸木橋には女の股のしたをくぐりぬけるという趣味を持った愉快な精が棲みついているので、そこをわたるときにはその精のための呪文をとなえつつ、いそいで膝をピッタリくっつけあってわたってしまわねばならなかった。山では夜になると峰から峰へたくさんの火の玉が大きいのから順に行列をつくってとんでいくのが見られた。神や仏が掃除せず、ラジオやテレビの新興宗教が消毒しなかった森と野と海岸は古代そのままだった。女学生のときに古事記を読んでいると、どうしてもいまこの島のことが書いてあるのだとしか思えないのだった。そのケンムンも、股くぐりの精も、毛深い時代の大きく稚い笑いを忘れてしまい、いまは居場所もわからず、呪文を知っている人も減るばかりである。

夫人　いったいどこへいったんだか……。

開高　ナゾナゾをふっかけるんですか。

夫人　ええ。いろいろとね。

開高　テレビに買いとられたんですよ。

夫人　そうでしょうね。

島尾　いまのこの島は古代と現代があって中世がないんや。そんな感じやデ。戦争中にぼくが特攻隊できたときは古代だけやった。いまは現代が洪水を起してるわ。古代は後退するいっぽうや。ケンムンも消えてしまいよるしなあ。さびしいことや。

夫妻は微笑しつついたましそうなまなざしで窓を眺めた。冬空のしたにパパイヤがうなだれてたたずみ、その実は青く、小さく、固い。海はまだ白い波をあげて騒いでいるのではあるまいか。

惨禍と優雅

古沢岩美

古沢岩美（一九一二〜二〇〇〇）

画家　佐賀生れ　商業学校中退　岡田三郎助に師事　ダリの影響をうけ、宇宙的寂寥のなかに人間のもつ理知と情念の相剋に充ちた画風は異彩をはなっている　代表作『死の誕生』

マーケットや町工場やマッチ箱のような家がひしめく、ゴタゴタした板橋区をアア曲ってみたり、コウ折れてみたりしているうちに石垣のある、ちょっと広い庭のついた家へ来る。その庭へ踏石づたいに入っていくと、ちょっと芝生があり、ちょっと大きい鳥小屋があり、鳥小屋を覗いてみると、一つには尾長鶏、一つにはトビが止り木にいる。窓ごしにエッチングのプレスが見えたりする小さなアトリエがあり、そのよこにちょっと大きい家があり、ガラス戸に向って、

「ごめんください！」

と声をかけると、ややあって、ぶしょうヒゲ、蓬髪、ひょろひょろにやせた、小さな、初老の、眼光鋭き人物がにこやかにあらわれる。左卜全そっくりの顔をしているのでおどろかされる。壮年の頃の写真では黒ぐろと蓬髪をそよがせ、くちびるやや厚く、頬のあたり脂で光り、眼光鋭く、喧嘩の……と異名とった気配そのままに、うかつなことを口走ったらたちまちポカッとやられそうな匂いが漂っていた。それが、いま、晩秋のスモッグ漉しの淡陽に左卜全そのままの顔でたちあらわれる。崩壊、頽落の皺がいたましい。近年大病をして内臓のあちらこちらを大手入れしたらこうなっちまったとのこと。

「画も甘くなっちゃってね。描《か》いてるときはわからねえんだが、できたのを見ると、どうも甘くてね。それに、いままで考えたこともなかったようなことが気になっちゃったりしていかんですよ。こうヘンな画ばかり家にかかってると息子の教育にわるいんじゃないかと、フト思っちゃったりしてね。オレもそろそろイケなくなってきたんじゃねえか」

反省とも嘲罵ともつかない口調でそうつぶやく。この人の口から洩れようとはとうてい想像のできなかった呟きである。しかし、そんなことをいいながらも、画架にかかってるのや、壁いちめんにかけられたのや、いろいろな描きさしのままになっている画はことごとく全裸の若い娘、挑みかかる鹿の眼をした、明確すぎ、率直すぎると思われるほどの輪郭で描かれた若い娘たちの全裸ばかりで、なまぐささはまったく衰えていないように見える。つまり、やっぱり〝華《はな》〟は俗臭の泥から首を毅然ともたげてひらきつづけているように見える。かつて中国大陸の茫漠たる地平線を背景に崩れかかった頭蓋骨や、荒野の食卓や、野犬に食われる全裸の女や、日本の焼跡で慟哭する勃起不全のゲイ・ボーイや、煙を吐かない工場街をよこにしてシュミーズをぬぐ入墨の若い娘などを描いた、そういう作品にみなぎっていた、むきつけで苛烈な闘志にくらべれば、たしかにこれらの試作は甘い。甘い、甘い。けれど、それ自体は、大破からかろうじて回復した初老の日本男が藁のようになった体をたてて描くにしてはなまぐさく、なまぐさく、なまぐさい。このアトリエは若い肉のいろと、頽黄緑色の頭蓋骨と、大きい乳房と、直視する眼と、橋脚のような太腿などにみちている。それに古い楽譜と、枯れた蔓草と、きわめて形而上的な書物の大群と、ルンペン・ストーヴと、無数の魅力ある細片の群れである。埃りをかぶったり、うっちゃられたり、ときにはすみっこでくすみながらもいきいきと輝いたりしている物の混沌とした軍団が、混沌のまま、蓬髪の左卜全の体をちょいと中央いささか右寄りに置くことでよみがえってくるように感じられる。こうしたアトモスフェールのある、難破船のキャビンのような部屋は、好きだ。ときどき壁から床から天上までを埋めつくしてやまない個性の、執拗で細微でぎっしりした喚声にいたたまれなくなることがあるとしても……。

開高　このあいだお会いしたときに、いろんなこと議論しましたけれど、こういうことが一つあった。つまり、古今東西の画家たちは人体のあらゆる部分を描いて官能のいっさいに訴えてきましたけれど、たった一つだけ忘れているか、故意に伏せるかで、隠蔽してきた器官がある。解放してやらなかった器官がある。これについては古今東西みなおなじだと私がいうと、古沢さんは、即座に、オケツの穴だろうといった。でしょう?

古沢　そう。そうでしたね。

開高 あれくらい日常絶大な官感をあたえてくれるのにあれくらい差別待遇されてる器官はない。女陰は年とってくるとつきあいきれなくなるけれど、オケツの穴は死ぬまでわれわれを支配する。一喜一憂させる。その官能の面積たるや、とうていMARAの及ぶところではない。これくらい絶大な支配者なのに古今東西、まったく画にされてない。これは偽善ではあるまいかと、いいましたら、古沢さんは、何度も画にしようとやってみはしたんだが、アレはとてもサマにならねえんだといいましたよ。

古沢 そうだ。そういいました。

開高 それはウソだと思うといった。女をすっ裸にしてオッパイを描くことを決心するまでは、オッパイは、いま肛門を描くことがはばかられているようにはばかられていたんだと思うんです。画にならねえ、サマにならねえと思いこまれていたと思うんです。オケツの穴をそのまま描いてくれたほうがいいかどうかは画家の判断にまかせますけれど、あれだけ広大な官能の面積を占めてるんですから、その歓喜だけでも、何とか表現できないものなんでしょうか。人生はアガペやエロスだけではないでしょう。むしろわれわれは結婚後は毎朝毎夕のオケツの穴の気配だけをうかがうのにキュウキュウとしてるじゃありませんか。それが色にだせないものでしょうか。

古沢 いやね。あんたがそういったから、おれもいろいろ考えてみたんだ。考えてみたんです。すると、ハンス・ベルメールって男の画があるんだな。こいつはオケツを描いておる。ただし、カマッ気気分《け》だな。これは。それにしても、とにかく描いてることは、描いてるんだよ。なかなかうまい。それはいえるな。おれはそれを見て、ア、イタッ、ちきしょう、やっぱりやってる奴がいたと思ったですよ。

開高　ハンス・ベルメールというんですか。

古沢　ハンス・ベルメールです。

開高　一度見にいきます。

古沢　見ておいたほうがいいよ。

開高　あの議論をしてから家に帰ったら、ちょうどその日にある出版社から稲垣足穂の『少年愛の美学』という本を送ってきていました。それを読むと、全編ことごとく、オケツの穴の話です。それは主としてカマッ気気分からですけれどね。ユーモラスで、美しくて、また徹底もしてるんです。オケツの穴とはいわないで、A感覚というんですけどね。読んでいてじつに面白かった。私にはいまのところオカマ気分はないのですが、稲垣さんの文章そのものはじつに面白かった。まだお読みになってませんか？

古沢　いや。その本のことは聞きました。聞きましたよ。だからそのうちに読んでみようと思うてる。またしても文学者にしてやられたんじゃねえかなァって予感があるんだけどね。でもね、まあ、いいや。その気になればオレだって造形してみせるよ。やってみせますよ。もっとも、オケツはまだ描《か》いてないけど、ウンコを描いたことはあります。またイヤがられちゃったけどね。これは大陸で見たんです。長江を舟でおりてくると、あちらこちらの舟着場のまわりに兵隊がウンコする。それがものすごい光景だったんです。とほうもない光景ですよ。それがどうにも忘れられなくてね。描いたんです。あれはじつに異様な光景だった。

乳房、乳頭、下腹、首、腋、肋骨の凹み、肩、二頭筋の隆起、濃い眉、房のような睫毛、鼻、鼻孔、顎、肘、耳たぶ、後頭のおくれ毛、微細、強弱をつくした眼とまぶた、太腿のうねり、陰阜のたかまり、くるぶしのえぐり、脛、男と女と、少年と少女と、若きと老いと、すべてをつくして東西南北、ことに西方の画家たちは貪慾、徹底、精緻にわれわれの全官能に訴え、しばしば局部の肥大、育養にのみふけっているかのようであるが、そして彼らが至苦最上の資質を蕩尽してわれわれを感性のみで充満し、ふくらみにふくらみきって、ほとんど二本の足で持ちはこべないまでに膨脹、肥育、かつ衰亡させてしまうまでに蔽いかぶさってくるのに、ある夜ふけ、その繊巧をきわめた、房の群れで重きに重い緞帳の図絵を、よく見れば、《人体についてのいっさいの関心》という呼号にもかかわらず、真の恥部で、真の支配者である肛門はことごとくおしひしぎ、隠蔽されつくしてしまっているのであることに気がつく。そこで当然の疑いがこみあげてくるのだが、その問を投げてみると、十人のうち九・五人までが、《サマにならねえよ》と、微苦笑まじりの冗談でうっちゃっちまう。私は男色趣味をほとんど持っていないと思うのだけれど、年来抱いていた疑問を誰かにうちあけてみたかった。その日に稲垣足穂氏の長い、委細をつくした労作を読むことになったのは奇遇というしかなかったが、まったく虚をつかれたように思った。『少年愛の美学』は正真正銘の奇書だが、絹で漉したような日本語で編まれていることもあって、近頃あれくらい読みふけった作品はあまりない。ハンス・ベルメールという画家の作品はまだ見たことがないので、これから見にでかけようと思う。

画壇や画論壇の大御所、大家、神様、何でもかんでもかまうことなくズケズケいいたいことをいい放ち、嚙みつきたいところへ嚙みつく。遠慮も容赦もない。そして自分の画風が画風なものだから、古沢さんは、いやがられ、さげすまれ、ときにはまるで不可触賤民あつかいをされているようである。氏の言行はたいてい売名行為か自己宣伝としてうけとられるようでもある。けれど私は遠い場所にいて、何の利害も、また知識もなく、ただ氏の作品が好きだから好きだというまでである。氏のこれまでの作品の大半には戦争の爪が両肩に深く食いこんでいるが、一兵卒として転戦して歩いたかつての中国大陸で目撃したしたたかな光景が動力となっている。『黄昏』、『忘却日記』、『幽山哭』、『貧掠膳』、『憑曲』、『なぐさめもだえ』、『餓鬼』、『大荆街』、『斃卒』、ことごとくそうである。エルンストやダリの濃い影響から出発しているが、しかし、傑作『死の誕生』などでは、昔のわが国の地獄草紙をすら思いうかべるほど徹底的に日本的である。これはおそらく原爆の災禍にヒントを得たものではないかと思われるが、大半の原爆画には見られない徹底した意識が凄惨な迫力を生んでいる。デッサンと写実（廃語になりかかっている言葉らしいが……）、その描写力の正確、細緻さについてはすでに定評のある人だが、この作品のぼろぼろに崩れかかった女の背と腰、ことに腐りかかった巨大な臀《しり》からたちのぼるアトモスフェールにはちょっと類のないものがある。力技という言葉がふさわしい。破廉恥、むきつけの直視、愚直なまでの直情、正面からたち向う対決意欲、俗悪を恐れない奔放、微細をつくした描写、それまでの氏のかずかずの異様な作品群に試され、駆使された諸能力がこの作品ですべて混沌のままひとつの方向をめざして結集され、凝縮されて、ただならぬ無明をつかみだしてみせたようである。

開高　あの作品はいまからふりかえってもお好きな作品なんじゃありませんか？

古沢　そうです。好きです。あれは怒って描いたからな。画というものは激突がなきゃいけない。いまはそれがなさすぎるわ。チョコマカした小細工のキレイごとが多すぎるよ。これじゃいけない。

開高　激突のある画なんてどこにもないのとちがいますか？

古沢　どこにもないです。フランス人もアメリカ人もだめです。みんなけんめいにさがしてはいるが、だめです。どれも面白くない。
開高　敵を見失っちまったんですよ。
古沢　そういうことになるかな。
開高　見失ったと思いこんでるんですよ。そういう気味もあると思うなあ。戦争するまえに降服しちゃってね。文学も音楽もそうなってますよ。何を読んでも面白くない。資本主義国のも社会主義国のもつまらない。期待できるのはアメリカと日本じゃないかと思うんですが……。

コニャックをすすりながら大きな話や小さな話を思いつくまま話しあっていくうちに、画家はつぎのような、思いがけない、けれどいろいろと考えていい暗示となる意見を話しだした。画にある裸婦の眼である。画家のいうところは、こうである。モジリアニだろうとゴヤだろうと、誰だっていいんだが、裸婦はきっと画のなかからこちらを眺めている。そういう構図の作品が非常に多い。かねがね自分はその眼が気になっていた。そういう眼をしている。ふしぎな眼をしてこちらを見ている。あれは何だろうと思っていた。パリへいってしばらくするうち、ある日、ハッと思いあたり、積年の謎がとけた気がした。これよりほかに答は考えられないような答がふいに浮かんできた。あの女たちの眼は愛のあとの眼なのだ。描き手と愛をかわしあったあとの眼なのだ。あのうるみ。

許しきっているような、みちたりているような、まだ誘っているような、どこかいたずらっぽいところのある、けだるいしかもいきいきとしている力はそうとしか考えられないではないか。これは信じていいことだぞ。ほかにどんな説明がつくか。きっとそうなのだぞ。

古沢　……モデルには手をだすなというタブーをおれは信じこんじゃって、ひたすら画だけ、この道一途にうちこんできたんですよ。日本ではそう教えられていたんだ。ところがアチラはそうではないらしいんだな。ちょいちょいやっちまう。モデルのほうがおれを誘惑にかかるんです。はじめのうちおれはしりごみしちゃって、いまはアムールじゃねえ、パンチュールだぞと、ことわりつづけた。すると、なかには、怒りだす女がいるんだ。私を愛してないのか。それならなぜモデルにするんだ。愛してたら寝られるはずじゃないかと、まア、おれのフランス語でもその程度のことはわかりますからね。そういうことをいいだすんです。そこでおれも、ソレナラという気を起したんですがね。問題はそのあとですよ。体力がつづかないんだ。ソレだけでこちらはグッタリなっちまってね。貪っちまうもんだからね。つぎにパレットを持ったらフラフラしてきやがんの。女はとてもいい眼をしてる。すばらしい眼です。これを描かなきゃいけない、ここだ、ここだと、じつによくわかるんだ。ところがどうにも体力、気力がつづかないんです。悲しくなっちゃったナ。やっぱり油彩をやるにはお茶漬じゃダメなんで、肉とかチーズとか、ああいうニタニタしたやつを食べて立ち向かわなきゃならない。つくづくそう思ったですよ。そう思ったときはもう遅すぎて、気はハヤるけれど、腰がいうことをきかねえ。

カラカラと抜けた歯を見せて笑い、

「ああおかしい」

とつぶやく。この人の口癖であるらしい。いつも彼はカラカラとあけすけ率直に笑ったあとで、ああおかしいと、つける。

アルバ公爵夫人がゴヤと制作中にどうであったか。三文週刊誌級のさまざまな説がゴヤ伝説についておこなわれているけれど、とどのつまり、いまとなってはどうでもいいことである。私はゴヤの後半生に入ってからの作品が好きで、ただそれが見たいばかりにマドリッドのプラド美術館を二度訪ねたことがあり、『巨人《コロスス》わが子を喰《くら》う』をはじめ、後半生のセピア色の諸作をつくづく眺めたものだった。ことに彼の版画集には異様なショックをおぼえて、ただそれが見たさに毎日毎日かよったことがある。マルロオの『ゴヤ論　サチュルヌ』を読みにかかったのはその濃い記憶にそそのかされたためだった。裸のマハの眼とくちびるについて、画布から投射されてくる、つかまえようのない、けれど強い、挑みかかるような魅惑について私は何度も薄暗い脳のなかで考えたことがあったが、答を求めようともしなかったし、イデエも見つけようがなかった。けれど、アルバ夫人とゴヤがどうであったにしろ、なかったにしろ、あの画布の眼と火照った肌のいろについては、古沢画伯の説明と嘆賞がえぐりたてるような正確を持っているように思われる。かつて一度も私は画布の裸婦のこちらを瞶《みつ》めている眼についてそういう想像なり洞察なりを発動したことがなかった。ただ魅《ひ》かれ、縛られ、たちどまり、眺め、謎をおぼえて去るだけだった。手のつけようのない幼稚さであった。そうとしかいいようがない。

もし、いま、たっぷりお金があって、それで古沢さんのタブロオを買おうとなったら、何を選ぶだろうかと考えてみる。私の家は杉並区と練馬区の国境に近いあたりにあって、二階建ではあるが、トイレは古式一穴落下法であり、法外きわまりない特別住民税をむしりとられていながら、いまだにガスはついていず、家じゅう本だらけでまるで紙屑屋の親方みたいである。絵や、写真や、拓本や、魚拓はたくさんあるけれど、かける場所が壁のどこにもないので、あちらこちらにほうりだしたままで、まるで引越してきたばかりのように見える。そういうところでおしわけかきわけして、これはどうしても、という気持から一つかけないといけないとしたら、私は画伯のかつての頭蓋骨の連作、そのうちの緑と灰、二つの基調があるが、どちらでもいい、どれか一つをかけたいと思う。

これまた傑作なのである。戦場や災禍を主題にしたのたうちまわる画布とはべつに、氏には、沈々とした凝視を深めた、苛烈な静思の、寡黙だが闘志満々の、それでいて優しい作品もある。それが頭骨の連作である。その一つがぜひ欲しい。それは紙とインキと単語に浸っている私に《メメント・モーリ！（死を忘るな）》の古いが強力な知恵と覚悟をあたえてくれるかもしれない。

古沢　くちびるや乳房やヘソは描いてもいいが、陰毛はいけないといいやがるです。おれは陰毛を描きたくてタブロオを描いてるわけじゃない。陰毛はたったその一部にすぎないんです。その一部というやつが、警視庁にカチンとくるらしい。個展をやるたびに刑事が来てゴタゴタいいよる。こないだもガタガタいいやがった。毎年吉例なんだ。画壇のやつらは、またしても古沢が宣伝のためにスキャンダルを起してると、そういう眼でしか見ていませんがね。

左卜全のような顔のなかで、ふいに眼が細くなり、無邪気と嘲罵と反骨でキラキラ、針の尖端のように光りだす。

開高　で、どうなりました？

古沢　ダリの展覧会がひらかれると、やっぱりダリも陰毛を描いてるんだが、それは堂々と公開を許されてる。ところがおれのはいけねえとくる。ダリの陰毛ならいいが古沢の陰毛はいけねえッていいやがる。公序良俗に反し、劣情を煽るというわけだ。そこがモンダイでね。ダリの陰毛は白人女のそれだからチリチリちぢれているが、古沢のは日本女のそれで、直毛や剛毛だ。リアルだ。グッとくる。そこがいけねえッていいやがる。

開高　ダリならよくて古沢ならいかん。ダリのはちぢれてるが古沢のは直毛だ。ちぢれたのはいいが、まっすぐなのはいかんというのですか？

古沢　問いつめていけば、そういうことです。そこでおれは、陰毛さえ消したらいいのかと聞くと、刑事はニコニコしちゃって、そうですという。陰毛を消すんだな、陰毛を消したらいいんだなと、こちらがダメを押すと、あちらはそう、そう、そうです、という。そこで陰毛だけ消したのを個展にかけていたら、あくる日、刑事がやってきて、血相変え、キレツがあるじゃないか、事態はさらに悪化したじゃないかといいやがる。おれは、陰毛だけ消したらいいんだなと二度もダメ押しして聞いたのに、そう、そう、そうですというから正直に陰毛だけ消したんだ。したからキレツがあらわれようがあらわれまいが、おれはいわれるままに陰毛だけ消したままでだ、キレツのことは聞かなかったといってやったんです。油絵というものは何十、何百と描きかさね、塗りかさねていくものなんだと、ジュンジュンと説いて聞かせてやるんです。けれど、とにかく陰毛もいかん、キレツもいかん、腋毛もいかんというわけです。パリでこんな話をしたら、プウッとふきだしたはずみにオナラまででちゃうでしょうね。

開高　困った人たちだな。

古沢　まったくね。

開高　困るな、そういうのは。

古沢　ヘンな文化国家ですよ。

開高　しかし古沢さんの陰毛はうまいからね。カブラぐらいの脳みそしかなくてやたらカッカッとしてるばかりのヤングたちにはカッときてしまうかもしれないな。

古沢　おれの責任じゃないですよ。

開高　デンマークやスエーデンみたいにそういうのをいっそ氾濫させちまえばいいんです。そうしたらどうッてことないですよ。とどのつまり髪の毛とおなじなんですからね。ランデ・ヴーのきわどい写真集を半ば公然と出版するようになってからスエーデンでは性犯罪が激減したというじゃありませんか。

古沢　性犯罪もなくなったかわりに勃起もしなくなって、ただトロトロしてしまって、かえって手のつけようがなくなったんじゃないの？

開高　それはそのときになってから考えればいいことですよ。おそかれ早かれ、そこへいきつくんですから。古沢さんはすこし時代を速く歩みすぎてるんだな。

古沢　それも心配だね。どいつもこいつもインポテになってきて、女を強姦する気力も失っちまったら、青年は自殺するよりしようがなくなるんじゃないか。

開高　青年も老人も自殺するよりほかないでしょうね。餓えや、不平等や、闘争がなくなればね。しかし、私が聞いたところでは、スエーデン人の説明によれば、自殺する人たちはたとえどんな社会にあってもとどのつまりは自殺する人たちなのであって、率はおなじなんだ。とくにわが国だけが例外であるわけじゃないということですよ。日本のインテリが北欧の福祉社会主義を批評すると、きまって一部の現象で全体を決定する傾向がある。なにしろぼくは地獄に暮してるから、極楽は死ぬよりほかないたいくつだと聞かされても、一度そこへいってみないことには納得できないな。自殺はそれから考えたって間にあいますよ。

古沢　そんなもんかね。

開高　ええ。

これは少し先走りすぎた議論だから延長をしばらくひかえておこう。

古沢画伯はたまたま画の一部に陰毛を率直、具体的、かつ細緻に描きこむ習癖があるために三文週刊誌並みに画壇や論壇から《陰毛画伯》などと賤民扱いをされている。古沢さんの描きだす陰毛はたしかにかつて少年時代の私のような、カブラほどの脳みそしかない少年たちにはカッと頭にくるほど精緻なものであるが、おなじその筆で、トリや、ウサギや、花や、枯葉などが描かれてもいる。それらはじつに鮮明で、ういういしく、いきいきしているのである。苛烈、陰惨を紹介するのとおなじほどに、同時に彼は優情、雅感を徹底的な細緻さで描きだしてもいるのである。ハト、ウサギ、ミミズク、イバラ、枯葉などを見れば一瞥でわかる。裸の女を永遠地平線の見える荒野で貪り啖《く》らう野犬にしても、その眼は自身の生存のために苛烈なのであって、それ以外ではなく、そのことがじつに愚直なまでの明白さで描きぬかれている。この容赦ない優しさが私たちの不注意で軽いまなざしをひきつけてやまないのである。

古沢　おれはいちいちタブロオには描かねえけど、毎日毎日、何十枚って分量をデッサンしてるんだ。運動選手みたいなもんでね、絵描きも手が死んじまっちゃだめなんだ。ひっきりなしに手や指をうごかしてないといけない。ウォーミング・アップっていうのかね。それだよ。バレリーナの足みたいなもんだ。いつか岡本太郎と画のことで大議論をはじめちまったことがあったんだが、おれは太郎に、何だ、おめえは口ばかり達者で、ろくにデッサンもできやしねえじゃねえか。くやしかったらギロンをやめて一枚見せてみろって、いってやったんだ。それっきり奴はだまってしまったけどね。

頭蓋骨を描いたことがあったけど、あれは自己反省、自己批判として描いたんです。頭蓋骨を見てると、対決の意識がでてくる。それが激突になるんです。日本人の内面生活は稀薄でしょう。頭蓋骨などという意識はないでしょう。だから薄くて甘くなっちゃう。画のテーマにもとりあげられることがほとんどないですよ。たまにとりあげるのがいても、装飾かエキゾチズムとしてですよ。これじゃいけない。自己が結集できない。自己を濃縮したくて頭蓋骨をとりあげたわけです。一つにはやっぱり大陸の戦場が忘れられないからなんですよ。それはハッキリしてるな。

画界、画壇と完全に私は縁がないが、まったく利害がない筋から、ときたま洩れてくるところを聞くと、意外に古沢岩美という人、ファンが多いらしい。それも大阪のおっさんとか、ラテン・アメリカ人とか、香港の華僑だとか、そういう筋の噂である。こうした人たちは古沢岩美が人類について何を悩んでいようがおかまいなしに、ただ、画が気に入ったということだけで、買っていくらしい。つまり、気まぐれに身銭を切って、買っていくものであるらしい。えらくて、賢くて、名声があって、けれど外人にはヒトコトも意見が通じない、そしてしばしばホンモノとニセモノについてとほうもないでたらめの評価をやってのけながら、だといってべつにそれが葬られることもない、そういうふしぎな日本列島内でのみ神様扱いされている人たちの評価がどうであろうと、ただ古沢岩美の画が好きだからという理由だけで買っていく純な人たちもかなりいるらしいのである。氏がウケようが、ウケまいが、私とは何の関係もないが、ファンとしてはこういうニューズはうれしいものである。そうした純な人たちが、およそ画壇やゲイジュツとはエンのない人びとであればあるだけ、いっそ楽しくて爽快だという気持が私にはある。駅前喫茶のおっさんや、やきとりバーのおばはんや、そのほか同種の人びとが、ただ何やしらんおもろいからという理由だけで古沢画伯の画を買っていって壁にかけるようになることをファンの一人の私はねがう。いくら画伯が必死の工作をつくして画布で闘争しても、それは賢い人たちの応接室の壁には飾りようがないのである。色彩も形象も色温も、ことごとくが、のたうち、衝突し、せめぎ、あえぎの声をたてていて、とうてい納まりようがないのである。まず日本人の個人の住宅の応接室に氏の画布は場所を見いだすことはあるまい。

古沢　……ヨーロッパへいってみたら、どうにもこうにも凄い奴が多くてね。衰えちゃったですよ。とほうもない奴がゴロゴロしてるんだ。ゴヤもえらい。フランドル派もえらい。ゴッホも、ヴェラスケスもすごい。見れば見るだけ、ソクソクと迫ってくるんです。オランダへいってモンドリアンの画を全部見たことがあるんですが、何故彼があんな画を描くことになっちまったのか、じつによくわかりました。有名な『ブロードウェイ・ブギ・ウギ』にしたって、複製で見ればただ定規で線を引いたように見えるけれど、みんな手書きですよ。必死なんだ。必死のあげくの抽象があれなんだ。日本人はチョネチョネとすぐ真似しちゃって、見わけがつかなくなるくらいうまいのを作っちまうが、大違いなんです。一本の線をひくのにどれくらい重圧や思想がかかってるか。そこを見ないでやっちゃうんだから、かなわない。まじめな若い人たちは、だから、たちまちノイローゼになっちゃって空中分解しちまう。それは非難できないよね。それが当然なんです。そうならないのがふしぎですよ。おれは手も足もでなくなった。だから、帰国してから二年間、何も手につかなかったです。

開高　いつかパリで前田常作さんと酒を飲んで、おなじような話を毎日聞かされましたが、そんなにすごいもんですか？

古沢　どうしようもないね。これはね。一から十まで伝統の相違だ。そいつがとほうもなく厚くて重いんです。ほんと。いままで何十年と油絵を日本でやってきましたが、いったい何を勉強したんだろうと思いたくなる。まるで幼稚園ですよ。ひどいもんだ。帰国してからまず二年は筆をとりあげる気が起らなかったね。

そういうことを語りながら古沢氏は名だたる一匹狼の闘将にもかかわらず、何もかも投げたといわんばかりの口調で、嘆息をもらした。そういう瞬間の氏は、公平に敵の実力を認め、あくまでも自身の感性に忠実に舌を巻き、率直に声を低め、じつに謙虚であった。氏の嘆息は絵画だけではあるまい。

これからライフ・ワークとしてコツコツ、エッチングで戦争をテーマにした版画集をやってみたいと氏はいう。これはいいものになるかもしれない。私は見たいと思う。惨禍は新しい異相を帯びて登場するだろう。《新しい戦慄》が出現するだろう。歳月はたっぷりかけられた。銅板は傷つけられるのを待っている。ゴヤの『デザストラス（惨禍）』という版画集の一つに凄惨な光景が描かれて『なぜ？』と題されてあったのを思いだす。その永遠の問をいま一回つぶやきたくなるような戦慄を生みだしていただきたい。

〝思い屈した〟

井伏鱒二

井伏鱒二（一八九八〜一九九三）

小説家　広島生れ　早大文科中退　柔軟な精神と瑞々しい感覚による作風は出世作『山椒魚』から一貫して変らない『ジョン万次郎漂流記』で直木賞受賞　代表作に前記の作ほか『黒い雨』など

中央線沿線ならどこにでもありそうな、昭和初期に建てた古さをあちらこちらに見せている、庭に木のある家である。木がおびただしいので家がすっかりかくれて見える。朽ちたような感じの門柱に一枚の名刺が貼りつけてある。門標はない。名刺はよれよれになって反《そ》ったままになっていて、マジックか何かで、めんどうくさそうに〝井伏〟と書いたきりである。それを見るとこの家の主人はよほど謙虚な人か、無関心な人か、それとも何やら強い侮蔑をひそめている人であるかと思わせられる。こういうたたずまいの家は用心しなければいけない。いままでの経験だとこういう家の主人は〝忍〟と〝癇〟の両極をつねづね往復しているものである。

同行の安岡章太郎氏がニヤリと笑ったあと、

「門標をかけると、盗《と》られるんだよ」

といった。

顔も手も肩もまるまるとした小兵の主人が飾りらしい飾りの何もない、簡素そのものの仕事部屋らしき部屋に、和服を着て掘りゴタツに入っている。

「オーバーを着たままで」

二、三度かさねてそういわれる。主人はストーヴなどであたためられた空気がきらいなのであるらしい。部屋を改造するのがめんどうであるのかもしれない。
四時頃からウィスキーを飲みはじめて稲の話、酒の話、釣りの話、魚の話などをさまよい歩き、夜遅くなってから新宿界隈へくりだして、スキヤキを食べながらまた飲みはじめ、速記がなくなったからだろうか、井伏氏は文学の話などをした。ハネたのが十二時すぎだった。かれこれ八時間ほど、とぎれずに飲みつづけていたことになる。しかし、井伏氏は終始柔らかい、低い声で、伏目勝ちにポツリポツリと話し、かつ飲み、ゆうゆうとしていて、酒に飲まれたそぶりを見せなかった。噂に聞かされていたとおりの酒豪ぶりである。こういう人のそばにしじゅういるとえらいことになる。飲まれてしまう。酒だけではない。そのひっそりした、撓《た》めに撓めた魔力で食われてしまう。

昨年の七月にチロルの高原の川で釣ったカワマスやバイエルンの湖のカワカマス（英語でいうパイクのこと）などの話をする。ヨーロッパの釣師のあいだではサケが王様、マスが女王、カワカマスが暴君ということになっている。これは猛烈な牙を持った淡水魚で、大きいのは〝怪魚〟といってよいくらいまでに育つ。底知れない貪食家だが群棲することがなく、一匹一匹バラバラに暮している。貪婪で、かつ孤独な魚なのである。性格はライギョによく似ている。そういう話をした。

井伏　ライギョ釣るのにポカン釣りというのをやっている人がいますね。

開高　あれは私も子供のときよくやったですね。ヴェトナムの農民もやってます。

井伏　ヴェトナムあたりから来たのかもわからんな。あいつは黒い岩のところへ来ると、とたんに斑点が黒くなりますね。瞬間ですね。白いところだと斑点が白くなりまして、黒いところだと黒くなる。水槽で見ますと。

安岡　透明なわけはないね。反射するの。どういうんですかね。

井伏　反射かね。あれなんかそうでしょう。海の底にいるヒラメが。砂の上に来ると、すぐ砂の斑点になる。水族館なんかでも。

開高　僕も編集長のまえに出ると顔色変るものね（笑）。

井伏　それはあるな。阿部真之助さんが書いていたが、小林秀雄が、菊池さんのまえにいくと、たっている髪がスッと寝ると（笑）。敏感なのかな。

安岡　小林さんがなるんですか。

井伏　つまり菊池さんの聡明さに感心しているからでしょう。阿部さんの表現だけれども。

安岡　小林さんって、お母さんのまえなんというのはすごいってね。言葉が全然ちがうらしいよ。

井伏　親孝行ですよ。病気になったお母さんが何か宗教へ入りましたね。薬飲んじゃいけないという宗教があるでしょう。教師になれば、薬飲めといえば、それ聞くような宗教ですよ。小林さんの話だと、孝行するためすぐ教師の免状とって、お母さん薬飲めといったといってましたよ。何かあったでしょう。戦争前の新興宗教で。

安岡　大本教ですか。

井伏　もう一つちがうやつがあった。かなり有名な。忘れたけども。小林君は教師の免状持っていたはずですよ（笑）。

夜ふけになってスキヤキを食べにいくと井伏氏は少し文学の話などをし、太宰治より梶井基次郎のほうがやっぱりいいといった。けれど本日はおおむね酒や釣りや魚の話だった。静かな、柔らかい、淡々とした口調でそういうなにげない話をしながら、ときどき理由なく井伏氏の眼はギラギラすることがあった。私は氏にお目にかかるのは本日がはじめてなのだが、以前、出版記念会か何かの席で横顔を少し離れたところから眺めたことがあった。そのとき氏は満々たる自信だとでもいうような様子で小兵だが胸を反らし、手を伍長のように勇ましくふって歩き、炯々《けいけい》とした光を眼に浮かべて人や物を見ていた。私は小説家に登録されたばかりの頃で、〝文壇事情〟を何も教えられていなかった。よもやあの井伏鱒二が、と思ってよくよく見るのだが、そこに胸を反らしてたっているのはどう見ても氏であった。氏がとても勇ましい、力《りき》んだような歩きかたをするところは少しユーモラスに見えたが、眼光の鋭さにはおどろかされた。これは不意うちだった。非常に鮮明に眼に灼《や》きついた。私は子供のときから愛読してきた氏の作風や写真などから氏がそういう種類の眼をしている人、またはそういう種類の眼をすることのある人などとは思いもよらなかったのである。ああした作品がこういう眼から書かれていたのだと知らされた。ふいに私は何事か知らされた気がした。それは狂人、刑事、医者、技師などとおなじ眼であった。

モンパルナス大通りの《クーポール》の一隅で握手したサルトルはひどい眼の小男で、ロンパリというよりはいまや北京・モスコーといったほうがいいくらいのガチャ眼だった。右の眼を見てボンジュールといったものか、左の眼を見てボンジュールといったものか。うろたえたくらいであった。しかし、彼はおそろしく愛想がよくて、作品や論文にある鋭さを眼からまったく消しきっていた。たえずニコニコし、だみ声でとめどなく話し、こちらのさしだした野蛮なくらい大上段の難問に答えつづけ、ときどき《ボヤール》というチョークぐらいの太さの愛用タバコを、フランスのタバコをどうですかあなた、などとさしだしてくれたりするのだった。

モスコー郊外の新イェルサレムの別荘でエレンブルグに会ったことがある。お茶とチョコレート・ケーキがでて、エレンブルグはエコール・ド・パリの今は巨匠となった誰かの画を壁にかけ、それを背にしてすわっていた。すぐ外に温室のある居間で、豪奢なオレンジ色の灯が射していた記憶がある。その頃彼はモスコーの文壇では親西欧派の巨頭と見られ、あれはロシア人じゃなくてフランス人ですよと私にいい聞かせる人もあったが、〝胆汁先生〟というアダ名がついているとのことだった。にがくて鋭いことをいうからだ、という説明である。それを聞かされたうえで、いざ、対面してみると、彼は何をいっても終始にがい、しぶい、沈痛な顔をしていて、眼は炯々たる光を浮かべたままであった。何かの軽い冗談でちょっとなごんだり、細められたりすることはあるが、眼は鋭いままであった。彼はそれに工夫を加えようとはしなかったようである。

井伏鱒二氏の眼はなにげない、晴朗なるべき釣りの話をしながら、ときどき、ふいにギラギラしだし、フッと消えてなごやかになり、という風であった。エレンブルグ風でもなく、サルトル風でもない。意識してそうなるのではなく、心のうちの何かのちょっとしたうごきや揺れで、それがそのまま眼にあらわれてそうなるのではあるまいかと思われた。なごんだときの眼は氏の作品の表層にある温厚、ユーモア、正常、静謐といった諸徳のままのそれであるが、ギラギラしだすと、それらの深層にある、けっしてあらわに書かれたことのない、莫大な蓄電量を持つ何かを痛く感じさせられるのである。氏の作品の味の一つには〝ふくみ味〟、〝かくし味〟と関西の料理名人たちが呼んでいるものがある。書いたものよりもはるかに多くの書かれていないものが作品の質や魅力を決定しているのではあるまいかと思われる。炯々としだしてきた眼を見ていると、それは氏が作品のあちらこちらの細部へ周到に配る正確無比の観察眼や描写力といったことのほかに何かがあるのではあるまいかと思えてくる。そういう気配が感じられる。寺田透の難解をきわめた井伏鱒二論はそこをつこうとしてかえって手や足をとられてしまう結果になった貴重な試みではあるまいか。

たまたま木山捷平氏の『長春五馬路』という作品を読んでいると、チラシが入っていて、そこに『木山君の人がら』と題して井伏氏が短文を寄せている。

「……（前略）……こんな風に木山君は、お互に久闊でびつくりしてゐる場合でも詠嘆的な言葉や感傷的な口吻を見せない人であつた。詩や随筆を綴る場合にもその傾向があつた。根底は感傷家でありながら、感傷はユーモアで消してゐる。ぎらぎらする大げさな言葉は、素朴な風化した言葉にしなくては気恥かしい。さういふ人がらであつた。作品に飄々とした風格があつたのも、この人がらのためだらう」

これはふつう多くの人が井伏氏の作品について書く要素である。木山氏が井伏氏に肉迫していったために結果として井伏氏は、はからずも自身の肖像をスケッチしてしまうことになった。そう見られるところである。けれど、ただ一つ才気煥発という点だけをとってみても、そうだけ見てはなるまいと感じさせられる。（『長春五馬路』は、しかし、光った作品である。)

井伏氏の作品は論ずれば論ずるだけ指のあいだからいよいよ多くのものがこぼれていき、論は作からいよいよ遠ざかってしまう結果となる。そういう宿命を負わされているような気がする。初期から中期にかけて不相応に永い不遇時代が氏にあったのもこの批評しにくい性格のためではあるまいかと思えたりする。氏はかくし味をした才気煥発でつぎからつぎへと文体上の放浪をつづけ、ときには〝ナンセンス作家〟などと、とんでもないレッテルを貼られたりしたこともあったようだが、いつの時代でも、めくら千人、どうしようもない。鍵はコレですよとあからさまにさらけだされた作品がたくさん同時代にもてはやされているのを見て、自身に恃《たむ》むところ深い氏は内心くやしさ、にがにがしさをこらえかねておられたのではあるまいか。〝忍〟と〝癇〟の両極をゆれること多かったのではあるまいか。

はじめて井伏鱒二という作家のあることを私に教えてくれたのは叔母であった。戦争中、私が中学生で、十三歳か十四歳の頃であった。叔母は当時の高等女学校を卒業してある家に嫁いだが、母親育ちの夫があまりに母親の傘の下でしか暮さないこと、その母親のバカげ果てた息子愛と嫁いびりに愛想がつきて手紙一通をのこしてとびだし、姉である私の母のところにもどって、毎日、洋裁をしたり、本を読んだりしてすごしていた。叔母は空襲警報が鳴ると防空頭巾を持って防空壕に入り、でてくると部屋に寝ころんで本を読んだ。彼女の読書法は乱雑をきわめていて、昨日、般若心経を読むかと思うと今日、シャーロック・ホームズを読み、朝、『デカメロン』を読んでいたかと思うと、夕方は『万葉秀歌』という風であった。それは私がつぎつぎ友人のところから借りてくる本を何でもかまわず読みあさるせいであって、ほかに新刊書は何もないのだから、叔母と私とはかなり年齢がへだたっているにもかかわらず、書物についてはまったく同年齢であった。あの頃の中学生は勤労動員にいったさきで《モロトフのパン籠》か機銃掃射をくらいつつも本となると《尽忠報国》、《大東亜共栄圏》などのスローガンがあるにもかかわらずダヌンチオの『死の勝利』であれ、バルビュスの『地獄』であれ、何でもかたっぱしから無政府的に読みあさることができた。疎開先へ持っていけないといって大人たちがホゴのように捨ててしまう本をまるで新刊本のようにして私たちはむさぼっていた。だから『地獄』の××××××に感性をカッカッと過熱させながら、いっぽうではいわれるままに地雷を抱いてアメリカのタンクのしたへとびこもうとも真剣に考えていたのである。これをしも西田幾多郎風に申せば絶対的矛盾的自己同一、ということに相成るであろうか。

叔母は何かの全集の一冊をさしだし、

「これは面白い。読んでみ」

といった。

それが井伏鱒二集であった。その後、〝戦後〟というどううっちゃりようのないものがやってきて、叔母とこの書物について感想を交わしあうというようなことはまったくできなくなった。叔母はいま考えてみて、とくに文学について教養が深い人のようにも思えないが、井伏鱒二集を〝面白い〟といって私にわたした本能の感受力だけは正確であったと思われる。戦後の井伏氏の貪婪な諸作の活動をいちいち私は追うようになって、氏の名が目次にでている雑誌はきっと友人から借りて読むようになった。そういう習慣がついたのは叔母がただ〝これは面白い〟といってすすめてくれた一冊からであったと思う。氏の名声を今日まで支えているのは小林秀雄、河上徹太郎といった人たちの評価と同時に日本全国に網も通信もなく散らばっている叔母のような無名の本能的ファンの寡黙だが忘れることのない人びとの群れではあるまいかと思わせられる。

つい二、三年前のことだった。ワルシャワへいったときに知りあいになった日本文学研究者のメラノヴィッチ君が家へ遊びに来た。彼は英語とドイツ語が達者で、日本語について宮沢賢治と萩原朔太郎の詩作に通暁している。ワルシャワのヴルタヴァ河にかかる橋をわたっていると雨が降ってきて、それを見た彼は低声で〝雨ニモ負ケズ、風ニモ負ケズ……〟とつぶやきはじめ、とうとうさいごまで一句過つことなく暗誦してのけたことがある。私はびっくりしたあまり彼を近くにあった貧しい喫茶店につれこみ、〝米良之美地〟という漢字名を進呈した。彼は念願の日本留学が実現し、八王子の新制作座に寄宿して日本学にいよいよ磨きをかけた。そして、ある日、井伏鱒二氏に会いにいった。私の家へ来た彼は井伏氏が日本の川はすばらしいといったということを、眼を細め、口調を工夫し、井伏氏の真似を楽しげにやってみせた。そのあと、井伏氏の作品を一つ一つとりあげて、批評、分析していった。それはオーソドックスすぎる嫌いがないではなかったが、きわめて正確で精緻であった。試みにオックスフォード大学から来たイギリス人の学生に井伏氏の作品を読ませてみたところ、ほぼ結果はおなじであった。中国人の友人の黎波氏は東大で中国語のテキストとして氏の作品を使っているという。井伏氏の微妙な日本語に該当する中国語があるのかとたずねると、黎波氏は、自分はあると思っている、と答えた。

こうしたことが度《たび》かさなるうちに、とつぜん私は、それまでそういう言葉で考えたことがなかったのだが、氏の作品は〝明晰〟なのだと発見した。大岡昇平氏の文体が明晰だというのとは違うニュアンスだが、井伏氏の文体は明晰そのものなのである。外国人をリトマス試験紙にしてようやくそのことをさとったとは、もう二十年余も氏の作品を読みつづけていながら何ということか。登場人物たちの吐く息、吸う息までが感じとれるような氏の絶妙な細部の努力、工夫にひきずりこまれてしまい、外国人はそれにひきずられながらも本質を体得しているのに、私はかえっておぼれてしまっていたのである。欧文脈の論理的発想で日本人の息づかいのリアリティーを、日本の土そのものに足をつけて確保するという労苦に氏は多年心を砕いてこられたが、それが国際的普遍性にみごとに到達するところまでいった。私の観察例は数が少ないが、それぞれの友人の感性について私は信愛するところがあるので、そう断定した。氏の作品に登場する人物の多彩、豊饒さに眼を瞠る。氏の同時代の作家たち（それ以後の作家たち、現在の作家たちもそうだが）の登場人物はそれぞれの作家の現在位置のすぐ側近か、手をのばせばとどくあたりに暮している人間であって、その想像力の生活圏はきわめて小さく、読者にとっては既知すぎ、謎がなさすぎる。けれども氏は遠い村、はるかな町の片隅に棲息する八さん、熊さん、張三、李四をつれてきて純文学へ高め、定着するのである。氏が新しい長篇を発表するたびに、今度は旅館の番頭か、それとも思いがけない奇人であるかと期待が湧いてくる。つまり、いつも、謎がある。未知がある。文学はきわめて原始的なものであって、洞窟時代の焚火のまわりでの会話を先祖とするが、ジョイスになろうが、アンチ・ロマンになろうが、書店の本棚へ近づいていくときの期待はいまだにその原始の本能である。本の題と作者の名を見ただけでそういう初発の謎をおぼえさせてくれるという作家は現代に稀である。その作家の作品をあらかじめ二つか三つ読んでおいて、おそらくこうでもあろうかと予想して読みにかかると、まるで自分が書いたみたいにピタリとそうである、という作品が多すぎるようである。それで満足したくなる上質の作品もないではないが、それで不満足だという作品が大半なのである。人がおぼれているのを救おうとして水にとびこんだはいいが自分のみごとな抜手をヤジウマに見せるのに夢中で人をおぼれさせてしまう。そうした種類のたいくつで華麗な批評が氾濫していて、うんざりしてしまう。

井伏氏は百戦錬磨にもかかわらず、いつもどこかへ遠走りして、新しいリアリティーを入手してくる。氏の取材の細緻、周到なことはよく知られているが、それによって得られた〝固有なるもの〟が随所に川のなかの石のように堅固に定着されていて読む人の足をたちどまらせる。小説を読むたのしみは固有なるものと遭遇する抵抗感にあったはずである。手ごたえのある作品と手ごたえのない作品はそこで別れる。それを発見しつづけていく仕事が作家の視線に狂人、刑事、医師、技師にそっくりの凝結を生じさせる。作家は観《み》る人である。死ぬときも眼をあけたままでいるのが作家である。氏はけっしてあからさまに書いたことはないけれど、自分の眼で観たもの以外は信じないという信条を持っておられるのではあるまいか。だから観た物についてはあれほど強力な、堅固な現実が発生するのではあるまいか。

おそらくこの眼は〝政治〟を信じない。なつかしき現実は無限に追究し、それと添寝するけれど、その背後にあった、また未来にあるであろう〝政治〟はいっさい信じない。いったい井伏氏の作品を考えるのに〝政治〟というようなものを持ちだすことが当か不当か、判断に迷うのであるが、書かれていないもので氏の作品が書かれているのだと感ずるさまざまなもののうちには〝政治〟がある。そう感じずにはいられない。あからさますぎる恐れをおぼえながらもいうとなれば、氏の作品の背後には政治不信がある。深いその認識、または意識がある。この認識は皮肉な――あるいはまさに正当な――運命をたどった。戦後という時期だけをとってみても、人びとは濛々とした粉末状の閃光や混沌にみちた政治の像を追って東奔西走したが、氏はいっさい背を向けて、せっせと牛飼や番頭の物語を書きつづけた。やがて空騒ぎに疲弊しきって人びとは雲のなかから落下し、また濃霧のなかからでてくると、何もいわなかった井伏氏こそ現実そのものを足をぴったり土につけて書いていたことを発見して、再評価、再発見とつぶやくのだった。けれど氏の作品にはいつもどこかに、きわめて巧みに蔽われてはいるけれど、〝思い屈した〟気配が漂っていた。氏の温容は峻烈のもう一つの顔にほかならないのだから、低い、低い口調でも呻吟が洩れるのはとめられない。

けっして赤裸に〝政治〟について語ることのなかった井伏氏も、一度だけ、たった一度だけ、それも一つの作品の二箇所でだけ、禁をやぶったことがあった。それ以前にも、それ以後にも、ふたたびそういうことは発生しなかったように見える。『さざなみ軍記』である。

この作品は張三李四のみ描きつづけてきた氏の作品群のなかで、たった一つ、貴族――没落する貴族――を扱った作品だという点で独特である。それ以前にもそれ以後にも発明されなかった凛々とした文体でつづられているという点でも独特である。第三に古典の欧文脈の現代語訳という点でも独特である。昭和五年から昭和十三年まで、八年もかかって断続的に書かれ、しかも気迫とリズムにまったく変動をきたさなかったという点でも独特である。

これは平家の貴族の一人の少年が都落ちしていくときにつづった日記という形式をとった作品であるが、戦火のなかでの成長という貴種流離譚のビルドゥングスロマンである。貴種流離譚は巡礼の物語だから、かならずビルドゥングスロマンとなる。この作品の二箇所で井伏氏は積年の禁をやぶっている。

一つは流亡をしいられた平家貴族を瀬戸内海の名もない船頭が全心、恐懼しつつ、歓迎、奉仕するという箇所である。作者は少年にこういう文章を日記に書かせている。

「私は彼らの談話により、彼らが私たち一門の階級や勲等をあくまでも尊重していることを知った。彼らは私たちの階級に附属することができるならば、彼らの故郷へ帰らなくてもいいとさえ思っているらしい。

私は彼らの慾望こそ笑止なものであることを知っている。しかし私たちの階級は、彼らのそういう慾望を利用しなくては彼らを支配することができないだろう。彼らは私たちの階級を支持するために、規則や制度によって傷ついて、そして彼ら自ら苦しむのである」

もう一つは一人のべつの貴族が述べた言葉として作者は主人公の少年に書きとめさせている。

「民衆は彼らの努力によって平和や秩序を彼らのためにつくり出そうとして、彼らはわれわれに権勢を与えなくてはならない立場に彼ら自ら運びこまれて行く。民衆というものはどんなに困難な状態に置かれても、われわれには不思議でならないほどの忍従と労役により、われわれに権勢を提供しないではいないものである」

奈落へ陥ちつつある平家貴族の言葉としてこの二つは挿入されている。それとして読めば何の不思議もないのであって、あえてあげつらうことはないのかもしれない。それ以上を書くのは〆切日に追われた批評文作者の枚数稼ぎと、そのついでに自身の明知を誇りたいための、とどのつまりは〝邪推〟に堕したたわごとであるのかもしれない。

安岡章太郎氏の批評（文藝春秋版『現代日本文学館』井伏鱒二集の解説）は、この作品をとりあげて、「……（前略）……井伏氏はまるでこれを書いた時期にすでに、第二次大戦の日本の敗北を絵にかいたように予知していたのではないかという気がしてくる。

この平家の若武者の敗走記は、今次大戦の戦没学徒兵の手記などと共通した心情をあらわしているからである」と書いている。たしかにこの作品はそういう読みかたもできる。これは鋭い指摘であると思われる。お座なりの〝解説〟ではない。

井伏氏はさきの禁をやぶった二箇所で、稀に赤裸の言葉で権力を正面から批判し、えぐっている。作品の構成上からして、権力者側から見て権力を否定しつつ肯定し、肯定しつつ否定している。それは安岡氏の指摘するように当時の日本の軍部をも含めたいっさいの権力者階級に対する奈落を予感した痛烈な言葉であると解することができる。また、マルキシズム革命をも含めての、いっさいの正義の言葉による権力そのものの構造への透徹した批判、認識であると解することもできる。井伏氏がマルキシズムをどう眺めていたかは察知する術《すべ》がないが、強権と無告の民の関係はここに簡潔に喝破されている。それからまた、ひょっとすると、これは、いよいよ邪推に類してくるけれど、地主階級出身の井伏氏が自身の行末を夜半ひそかにこう思いきめることがあったのではあるまいか。その自己批判ではないだろうか。そう思えてくることもある。とするとこれは生涯、〝芸術派〟（イヤな言葉だが……）に徹した氏の痛い自己断罪でもあるのだろうか。

凜々としてパセティックな文脈でこの作品は書きつづられ、随所で背後にある作者の決然とした意志を何事か感じさせられるのであるが、この二箇所にさしかかって、無告の民にたいする同情と放棄の相半ばする口調、冷徹な認識と諦観にいろどられてはいる

が、思い屈しながらもあえていいきらずにはいられなかった作者の凝結した眼を感じさせられた。その遠い背後には、

《権力のあるところ自由はない！》

クロポトキンの悲痛で孤独な叫びがこだましているように思われる。氏を緊縮と放下を心憎いまでにわきまえた一人の名匠と考えると、ただそれだけであると、ひどい過ちをおかすことになりはしまいか。氏はつねに思い屈しつづける人ではなかったか。正《せい》直《ちょく》すぎるほど正直に何事かに直面しつづけている人ではないのか。

しかし、いっぽう氏は名だたるミスティフィケーションとソフィスティケーションの達人でもある。井伏文学の好きな人、釣りの好きな人ならきっと記憶している名文に『白毛』というエッセイ風の短文がある。敗戦直後の頃に井伏氏が疎開先の谷川で魚を釣っていたら二人の不良につかまって頭の白毛をテグス代りだといって無惨にぬきとられたという話である。不良は魚を釣りにきたがハリスを忘れたという。そこで氏は同情し、ウマのしっぽの毛をぬくといいとか、蹴られずにそうするにはどうすべきかとか、いろいろ助言してやる。すると不良は氏の白毛に眼をつけ、それはテグス四毛ぐらいだろうといいだし、やにわに氏を羽がい絞《じ》めにして頭から毛をぬきにかかった。それも三十本といいながら——氏の書くところでは——三十五本もたしかにぬいた、というのである。くやしさ、無念さのじつによくでた文章である。けれど疑念がでないというので

もない。

「「おい、人を呼ぶぞ」私は低い声をしぼり出した。「その暴力行為の形式は、羽がいじめの手というのだろう。それは悪漢が弱者をいたぶる典型的な暴力形式だ。これ以上の侮辱はないぞ」」

氏はそういって抵抗したとのことである。

開高　あの白毛の話はほんとですか？

井伏　いや、あれはこさえたんです（笑）。

開高　かねがね一度お聞きしてみたいと思ってたんです。安心しました（笑）。

井伏　ほんとだといわなければ面白くないだろう（笑）。

氏はうつむき、眼を伏せて低く笑った。

絶対的自由と手と

石川　淳

石川　淳（一八九九～一九八七）

小説家　東京生れ　東京外語学校フランス語科卒　一九三五年三十六歳で処女作『佳人』を発表以来、大胆なフィクションと戯作者ふうの韜晦による強靭で緻密な作品を創作　代表作『普賢』『紫苑物語』他人といっしょにいるときは正常をきわめていて機嫌がよいが、一人になるとその強反動でたちまちふさぎこんでしまう。たいへん短く要約すればそういう症状のために今年のはじめごろからずっと苦しめられている。プラス症がとくに昂じたと思える気配はなかったが、マイナス症は低下の一途をたどり、字を書くということが――書きたいことがあって形が見えている場合にすら――できなくなり、隔月ごとにという約束ではじめたこの連載ものびのびになってしまった。

物心つくころからこの症状とずっと同棲してきたが、いつまでたっても飼い慣らすことができないようである。精神の何かのサイクルがあって、それが精神に手の影を投げるために起るのか、それとも女の経期のように生理の何かのサイクルがあって、それが精神に手の影を投げるために起るのか、それとも女の経期のようにこのところが、よくわからない。おそらく精神の生理というようなものではあるまいかと思うのであるが、それはあくまでも私の臆測である。昂奮剤、沈静剤、睡眠薬、覚醒薬、どんな薬ものまず、医師に分析してもらうこともせず、何とかして自分ひとりでうっちゃるか、ねじふせるかしてしまおうと思いきめているので――そのせいか、どうか――いつまでもマイナスが体内に下宿して、ごろっちゃらと気まぐれな寝返りをうつだけであるのに影響をおよぼし、私は干潟のようであった。無気力、頽落、茫漠、朦朧が全身を占め、書かず、読まず。たまに読むものといってはアチラの釣り雑誌のリュア・フィッシングと、フライ・キャスティングの記事ばかり。おかげでサケとマスの毛鉤《フライ》釣りについては私はいつのまにか相当なブック業師になってしまった。マスはヘラブナにくらべるとはるかに貪慾で気質の荒い魚だからモンダイなんかどこにもないとおっしゃる人があるなら、アチラのフライヤー（毛鉤師）がどれくらいその阿呆な魚をわざと釣りにくくして釣っていることか、一時間でも二時間でも喋れそうである。子供が石を投げるように毛鉤竿は誰にでもふれる。しかし、オーケストラの指揮者が棒をふるようにそれをふることには五年、十年の経験が必要とされるのである。サケを釣ることはわが国では絶対禁止されているのだからコケの一念で集めた私の知識はまったくムダである。捨てられたチリ紙よりもムダである。

正体と限界のはっきりしない憂鬱がひろがってくると、私は干潟のようになってしまい、ただ寝そべったきりで、体を起すのもおっくうになった。字を書くためには体を起さねばならないが、テーブルにペンがあるのを見ただけで、頭にお釜をかぶせられたような気分になってしまう。たまにペンをとりあげても先端に字がひっかかってこないし、ようやく書けたふたこと、みことの字にはインキがしみていないようである。ましてそれをよじって、組んで、文章に編みあげるなどは、思いもよらないことであった。これがふつうにいう〝ブランク〟であるのか、それとも女の経期のようなものであるのか――それにしては永すぎるが――やっぱり私にはわかっていず、抑制のしようもない。アリジゴクのつくった砂の傾斜をアリがすべっては落ち、すべっては落ちするようにことばに指をかけようとしてそのたびにしくじり、そのあげくは、ただ、眠かった。毎日、何時間でも、思うままに眠れそうであった。汚れた渚のクラゲのように私はぶわぶわところがって、けっして力を呼びこむことのない眠りを、とめどなくむさぼりつづけた。憂鬱には剽悍さがなく、耽溺には発熱がなく、孤独も無定形であった。

自分が泥や干潟に似た減形を起しているにもかかわらず、そこが私の場合の奇怪さではあるのだが、人と会っているときには、しばしば完全に近くそのことを忘れてしまう。そしてそのようにふるまい、笑い、飲み、議論する。その直後に自分が軟体動物のように這いつくばい、くたばってしまうとわかりきっていながら、そのことを考えようともせず、恐れもしないのである。そのためにいよいよひどい反動を味わう結果となる。石川淳氏に会って聞きたいことはいろいろあるが、それを文章に編みあげることはできないのではあるまいかという濃い予感がしきりにうごいて、いまはやめたほうがいい、誰にも会わないのがいい、ただ塹壕の底にしゃがんでいるのがいいと思いながらも、ふらふらとでかけていったのも、その軽躁からである。いつまでたっても私は飼い慣らすことができない。物心ついたころからずっとこの症状と同棲してきたのに、いまだにふりまわされるままになっていて、どうにも手のつけようがない。いまようやく文字を編みにかかったが、どこまでつづけられることか。力もわからず、行方も知れない。

某人物がいつか教えてくれたところによると、石川淳氏は文体から浮かびあがるとおりの人物であるという。たいへんオシャレの紳士であり、カンシャク持ちで、酔うと男に向ってはべらんめえで面罵してはばからず、女に向ってはとてもしらふじゃ聞いちゃいられないキザなせりふを連発して正面から口説きにかかる。どういうタイプの女がお好きなのかは研究不十分であるが、ちょっと見たところでは手あたり次第といった風情がある。相手に身分の知られていないようなバーではけっして〝文士〟とか、〝小説書き〟などとは名乗らず、もっぱら〝将棋さし〟といって打ってでる癖である。そのほうがモテると先生は洩らしておられた。しかし、先生が本気でモテたがっておられるのか、その場かぎりの精神の運動をたのしみたがっていらっしゃるだけなのか、そこのところはよくわからない。しらふで先生と対談したってダメである。先生はポツリ、ポツリと言葉をお洩らしになるだけであり、とても速記にとったところで意味をなさず、およそ〝対話〟から遠い。和漢洋のとてつもない学識に通じておられるのであるが、精神がもっとも活潑な運動を起すのが側近者の肉眼にもありありと映る場所、たとえばその一つはせせこましいバーでもあろうが、そこで男を相手に喋るときは先生の言葉はほとんど象徴詩的に短く、深く、閃光的であって、三次元的水準で意味と意図を追跡することはとうてい不可能である。そこをウダウダ、もだもだと野暮に追求にかかると、先生はたちまちカンシャクを起し、だまりこむか、そっぽを向いて女を口説きにかかるか、そうでなければやにわにどなりつけるかであるから、よくよく用心すべきである。先生が男をどなりつけるときは、ふつう、二つの罵倒詞のうちのどちらかである。

一つは、

「この低能野郎」

一つは、ただ、簡単に、

「バカヤロウ」

である。

某人物はおおむねそのようなことを教えてくれた。彼の職業はマスコミ関係、しかし文学雑誌関係者ではないとだけ記しておく。せせこましい場所にかなりよく出入りし、相当な観察眼と機会を持っているらしく思われる。ことに石川淳氏については、ひょっとしたらどこかでどなられた経験があるのではないかと思われる気配があった。戦前のある時期の氏についてはまったく足跡がわからない。それもかなりの年数にわたってわからない。また氏は私生活についての感想を文章にすることを極度に避けておられるから、その時期にどこで何をしておられたのか、全然、わからないのである。そんなことはべつにどうでもいいのであるが、某があまりに事情に通じているかのようであったので、念のためたずねてみた。しかし、彼もやっぱりそのことは知らないようであった。

「謎です」

といったきりであった。

しかし、じっさいに会ってみると、石川淳氏は鋭敏だが優しい紳士であった。某の観察と一致していたのはオシャレという点であろうか。帽子、背広、ネクタイ、一ミリのすきもなく、けれどそれぞれをらくらくと着こなし、デュポンのライターでタバコに火をうつし、何かのはずみに体がうごくと、ダンヒルの紳士用香水だろうか、深い香りがほのかにゆらめくのである。若者の着そうな柄の縞のシャツを淡白に、上品に着こなしておられる。そして某は誤っていたと思えるのであるが、話をはじめてみると、氏は意外な簡明さと優しさでテーマのタテ糸、ヨコ糸を紡《つむ》ぎはじめ、しばしばカンシャクの暗影が額のあたりをかすめはするものの、話はけっして〝閃光〟的ではなく、非三次元的ではなく、ことに絶対自由主義《アナーキズム》の心情と現実政治の背反の関係を述べ、絶対自由主義者が莫大な純潔を寄与しながらもむざむざ葬られていく運命についてふれるときは、諦観と哀惜がよく浮かんできた。私たちは絶対自由主義、それとコミュニズムの関係、無償の行為の心情、キブーツ、手と精神の関係などについて気ままに漂流していった。ただし、お酒をのむについては氏は手が早く、かなり速く酔い、酔うと一度だけだが、本誌編集長をつかまえ、おい寺田、この低能野郎、おめえどんな考えで文学なんかやってるんだ、こんなものは所詮むだごとだぞ、その覚悟があるのか、バカヤロと、からみにかかられた。それは某の観察と一致した。私ははなはだ軽躁な興味を起し、冷静な観察にふけろうと思った。しかし、それはとつぜん起って、とつぜん消え、氏はふたたび優しい口調にもどった。それから氏は四谷あたりのバーへつれこまれ、たまたまそこにいた栄養不良のフクロウみたいな顔の、じつにつまらない女を正面から口説きにかかり、バーをでたはずみに忘れておしまいになった。つぎの新宿のせせこましいバーでは、氏はどうにもいまの私が顔を思いだせないでいる女をまたしても正面から口説きにかかられた。それがいつのまにかひっそりとなったと思ったら、氏はスウスウとすこやかな寝息をたてておられるのであり、女はどこかへ消えてしまっていた。この日の午後三時頃から深夜におよぶまでの氏の反応に関するかぎり、某の観察は半ば正確であり、半ば狂っていて、けっして伝聞証拠に基づいて人物または事物についてイメージを決定してはならぬという、よく知られてはいるが誰も守ろうとはしない原則の痛切さを教えられる結果となった。

さて。

私たちは赤坂の、とある料亭の、とある一室で、ゆるゆるとむだばなしをはじめる。鼻のわきにホクロのある、かなり肥厚した、かなり膚のザラついた女が一人、優しく、愛想よくうごいてくださる。（あとで石川氏は何かのはずみにこの女を正面から口説きにかかったが、途中で何となくおやめになった。）

石川　アナーキズムもいっぱいありますね。

開高　いっぱいあります。

石川　クロポトキンのようなね、ああなると聖者ですね。セントになっちゃう。セントにならないはずのものだけれども、セントになっちゃう。そのかわり、じっさいの、つまりクロポトキンというと、ロシア革命以後に、あの人はロシアに英国から帰ってきて、大歓迎された。セントみたいな扱いですよ。しかしあの人は、孤立しちゃった。政治的にレーニンにやられてしまった。クロポトキンは偉い人だったので、日本だったら、クロポトキン神社を建てようというくらいな、たいへんな好遇をあたえた。しかしそれは、政治的に浮上りですよ。ただ神様になって、日本でいう教祖になっちゃって、政治的には骨抜きですね。実権はレーニンが押えちゃった。そういうやり方を、その手を、何度アナーキズムがコミュニストにうけたか。いちばんはっきりした例が、レーニンとクロポトキンです。クロポトキンは、ただ祭りあげられて、どうせじいさんだから死ぬだろうということでしょう。近いうちに死ぬだろうから生きているうちは、当人はいろいろ人類のために考えておればいいので、そんなことは用はないでしょう。人類のためにいろいろ考えたって、じつに迂遠な、空疎、雑駁な考えをやらしておいて、あれは神社におさめておけというので、実権はレーニンがしっかり握ってる。クロポトキンは神様で、教祖にしたから、アナーキストは、いちおうそれでおさまるわけなんだろうが、おさまらないでしょう。もちろんおさまらないやつもあるにはちがいないが、いちおうおさめちゃったんだな。あれはレーニンの政治的手腕ですね。そういう政治力というのは、アナーキズムのほうからいうと、俗悪なものなんで、政治というのはだいたい俗悪だから、レーニンみたいなのが勝つのですね。

開高　アナーキズムを断罪するのに、近頃は本気で断罪する人もあまりいませんけれども、つまり現実政治のイデオロギーになり得ないという一点だけに重点をかけて、アタマごなしにやっつけちゃう。ところが大粛清だの、寡頭独裁だの、一党独裁だの、官僚主義だの、社会主義の動脈硬化だのというふうな大騒動が起ると、そのあとではきっと母体としてのアナーキズムが正しいということになる。けっして〝アナーキズム〟と口にだしていいはしませんけれど、いつも結局そこにたちもどっていくように思います。

石川　コミュニストが政治家になりすぎたのだな。俗物の世界ではかなわないですよ。俗物にはかなわない。プルードン、バクーニンなどというのは、私は好きだな。

開高　名文家ですし。

石川　たいへんなものだ。

開高　E・H・カーという人のマルクス伝を読んでみますと、剰余価値学説は科学的には完全にまちがってるというんです。カーは自分はマルクス以上のマルクス主義者だとしてその本を書いてるんですが、そういうんです。私は経済学のことはイロハのイの字もわからないから、カーがいくら剰余価値学説のことを説明してくれても、さっぱりです。しかし、カーは、『資本論』は科学の書として完全にまちがっているが、だからといって価値が減るわけではない。それが偉大なのは偉大な迷蒙の情熱の書であるからだ、というのです。たしかにそういうコトバだったと思います。そしてカーの結論としては、かくて集団化の革命の扉はマルクスによってひらかれたが、個別化の衝動は人間の第二の天性である。それがどういう革命を起すか。処方箋は誰もまだ書いていない。という結論だったと思います。第二次大戦後の社会主義キャンプで起ったゴタゴタはみんなこの一語のなかに暗示されつくしてるんじゃないかと思いますよ。この面から見ていくと、プルードンのほうがマルクスよりもはるかに人間性を洞察していたような気がしますよ。

石川　そこだな。つまり政治というのは俗悪きわまるものなんだ。レーニンはそのかたまりだったね。アナーキストの処理方法なんかじつにあざやかだったね。俗悪きわまるよ。かなわないな。だからこそレーニンは偉かったともいえるわけですよ。

私たちはこのあと、アナーキズムやコミュニズムや、コミュニストの心性のことなどについて話し、石川氏は全学連三派の心情にふれて、けっして買いかぶってもいないし、しばしばバカバカしすぎるが、〝じつに哀れなものだ〟という感想を述べた。

わが国では作家は、×××イズムを支持する、自分は×××イストであると、明晰に言明すると、評判を落すことになるのだそうである。これはさきの事情通の某が教えてくれたのではなく、某々という人物が教えてくれたことである。それも十年近くも昔に、私がようやく小説家になりかかったころに、耳もとでささやいてくれたのである。作家として評判を落したくなかったら、けっしてレフティストともライティストともいってはいけない。よろずハッキリさせるとわが国ではウケないのだ。何やらモワワモワさせておくのがいちばんいいのだよ、とその人は教えてくれた。その人は当時、大新聞の文芸欄記者をあくびがでるほどの年数つとめて、甘いも酸《す》いもかみわけた、うつろに澄みきった眼をしていた。この人が過去何十年間かの文壇との接触による結論は、《何やらモワモワ》の一語につきるのだそうであった。怒るのはいい。大いに怒れ。ときにはたたきつけろ。しかし、けっして、共産党支持とか、社会党支持とか、自民党支持とかを叫んではいけない、というのであった。同様に、イデオロギーについても、けっして自分は×××イストだとハッキリ言明してはまずい、というのであった。たとえ自分で××イストだと思っていてもそういいきってはならない、というのであった。その人が文壇を説いてまわったわけではあるまいが、その後十年間、身辺をよく見まわすと、たしかにそのとおりなのだった。

しかし、もし私の躁鬱症でゆれにゆれる、けっしてたちどまることもなければ、定着することもない心について、どうでもこうでも政治用語で規定してしまえ、何と規定しようと勝手だが規定しなければ殺すゾ、といわれたら、私は絶対自由主義者だと、まず答えようか。かねがね私はあの温和で、鋭く、デリケートなサロイヤンが『一作家の宣言』なる一文を書いて、すべての作家はアナーキストであると、簡明、率直、柔軟かつ晴朗な口調で答えていることに、少なからぬ敬意をおぼえつづけてきた。アナーキストを盲目の爆弾狂と考えるのは左右からするとんでもない時代錯誤であろうし、アナーキスト自身の度しがたいナルシシズムでもある。けれど、そういう石器時代的感覚をもってしてでも、少なくとも作家は爆弾を手にしないテロリストであるとはいえるだろうと思う。数かずのタブーがつぎからつぎへと眼に見えて、またはなしくずし的にこうも崩壊してしまったぶわぶわの贅肉社会でいまさらそう叫ぶことにどんな迫力と意味があるか、誰しも疑問のかぎりであろう。しかし、左右の名におけるいっさいの形式に《ノー!》をたたきつける覚悟があるかないかの真の切実と苦痛を体感しているか否かはまったく別問題である。絶対自由主義《アナーキズム》は無数の名によって僭称されながらあらゆる形式と教養の硬直国家をゆさぶってきたし、いまもゆさぶりつつあるが、カーの卓越した予言のように、いまだにそれ自体の処方箋と体系を持っていない。その心情は体系を持つにはあまりに広大すぎ、痛烈すぎ、生体的でありすぎる。いっさいの深奥な母体であるために名をあたえることが不可能なのである。

開高　去年、パリで学生叛乱があったので、立会ったのですが、ずいぶんたくさんのアナーキスト学生がいました。左翼思想のあらゆる分派がどこの国へいってもそれぞれワン・セットあって、議論をしていると、いったいドイツにいるのやら、フランスにいるのやら、わからなくなりました。ただドイツとフランスをくらべると、アナーキストはやっぱりフランスのほうが、はるかに多い。アナーキズムはフランスの〝伝統的な古い悪魔〟だというのだそうですね。

石川　誰の言葉ですか。

開高　セルヴァン・シュレイベェルです。

石川　リベルテェルの伝統の国なんだからそれは当然そういうことになるでしょうね。

開高　全身ピカピカの革服で固めたすごい美少女が陰毛ヒゲ学生にかつがれて、こう肩車されちゃって、黒旗なびかせてサン・ミシェル大通りをおりてきたりするんです。とつぜんそれがあらわれて、ふいにフッと、どこへともなく消えちまうんです。美少女は警官隊にイーッをしたりなんかして、ののしったりからかったりして、黄いろい声で、ジュスク・オゥ・ブー、とことんやりな、なんてハッパをかけてまわるんですが、それきりです。派手だがそれきりです。いろいろとしらべてみたんですけれども、組織や本部がどこにあるのか、さっぱりつかめない。フランス国立放送でテレビのプロデューサーをしているマダムに会ったときに聞いてみたんですが、誰も知らない、誰にもわからないというんですよ。

石川　そうですか。そりゃそうだろうな。当然ですよ。それがアナーキズムなんだから。そもそも、そうなんだ。権力のない世界、本部がないという思想。それから、指導者がいないという思想だからね。本部があれば支部がいる。本部に指導者がいて支部にも指導者がいて、つぎつぎに命令と統制を下していくのがコミュニズムだが、アナーキストはそれを拒む。プルードンがそうだからね。すると当然、いまあなたがいったような風景になるね。

開高　それがまた、口はきたないがたいへんな美少女なんですよ。たまたまそうだったんでしょうけれど（笑）、まるでヤマネコが毛を逆立ててはねまわっているみたいで。かわいかったな。それがフッとあらわれて、ポンポン、ハッパをかけて、フッと消えちゃう。これはまったく石川さんの小説だと思った。お世辞ではありません。事実なんです。ただし、じつにはかなかったですが（笑）。

石川　そこも似てるぜ（笑）。

　そうだった。サン・ミシェル大通りはカルチェ・ラタンを貫通している大通りだが、去年（一九六八年）の六月は、毎日のように学生群と古風な中世風の楯をかまえた警官隊とが、投石、叫喚、殴打、遁走、催涙ガス、それといかにもフランス風なティミド（実弾はでないが凄い音をたてる威嚇のための銃）の轟音が並木道を占していた。私はその〝革命〟をキャフェのテラスにすわってペルノーをすすりつつゆっくり眺めることができ、サイゴンとまったく異ってのびのび足を組んでいられた。ただし、ガスは眼をチクチク刺し、涙がこぼれてこぼれてしかたなかった。左翼学生は〝アッサッサン〟（ひとごろし）と叫び、右翼学生は〝プチ・コン〟（ちびすけOMANKO）と叫びかえし、アナーキストの美少女は全身を革服に固め、黒旗をふりかざし、若者たちの肩車にかつがれ、ほんとに毛をたて爪を剝《む》きだしたヤマネコのように嚇怒し、いきいきとして、〝とことんやりな《ジュスク・オウ・ブー》！〟、〝労働者《ルーブリエ》・学生《レチュディアン》・団結《リユニテ》！〟と軒ごとのキャフェにむかって叫びかけつつ、一人の参加者も得られないまま、しかし、昂然と胸をそらし、額をあげて、サン・ミシェル橋のほうへ、消えていった。華麗な孤独というか。いきいきとしたこだまというか。その後姿を見送ってから、河岸の安下宿へもどって、どこかで記憶した風景だと思ってまさぐるうちに、やっと、ふいに、石川淳の小説だ、と強く思いあたったのだった。よどみのない、いきいきとした彼女の辛辣さ、敏感に閃めく眼、そして何かしらその場に一瞬だけをのこして無一物のまま消えてしまうその退場ぶり。何もかもがそうだった。石川さんの作品はつねに空談、幻談だが、ここではまぎれもない事実であった。彼女の昂揚にもかかわらずその運動はまったく線香花火でしかなかったが、イメージの一致という点で、私は思いがけない敬意を石川氏のある種の作品に深感したのだった。

氏の小説群は一瞬の沈澱や凝固も読者にあたえず、ひたすら展開を追う。よどみのなさへのそのひたすらさ、執念が、あまりなので、読者にはやがて不思議な印象がのこされる。つまり大半の現代の日本文学は、私小説論争がいくらかさねられようと、私ハソコニイタというテーゼをめぐって、フィクション、ノン・フィクション、ドミ・フィクション、その他無数の手法を使って誠実をささげようとするのだが、氏はむしろ、はじめから、私ハソコニイナカッタと証明するのに執していられるかに見えるのである。しかし、アリバイをたてるのにあまりに精緻で熱中する犯人はそれ自体がアリバイを裏切るという定則に縛られる。厄介なのは氏がこの定則をのみこんだうえでアリバイをたてるのに熱中しておられるらしい気配があることである。だから氏の作品を読んだあとに私にのこされる印象は、非人情というのか、不人情というのか、言葉をどう選んでいいか、いま迷っているとしても、何かしらそういう言葉を思いうかべたくなるような性質のものではあるまいかと、まさぐるのである。わるいと知ったうえであることをするやつ、わるいと知らないであることをするやつ、いいもわるいもブチこわしてしまいたくなってあることをするやつ、それぞれの態度によって、アモラル、イモラル、アンタイ・モラルと言葉がわかれてくるそうであるが、非人情、不人情をどう規定していいのか、いまの私にはよくわからない。物心ついてからずっといままで氏の作品を読みつづけてきて、しばしば濃淡の差はあるとしても、非人情か、不人情かのほかにつねに読後にのこされる印象は、よほど氏は羞恥心、廉恥心がつよい人で、その束縛にどう手のうちようもなくいらだっておられるのではないかという感想である。ただし、しばしば登場してくるマドンナ衝動の氏のフェミニズムが、どうにもむずガユくて、甘酸っぱすぎて、いらいらしてしまうことがある。一瞬の葉ずれのそよぎも見落さない氏の俊敏がこと女となるとどうしてこうも甘くなってしまうのか、そこがわからなくてとまどってしまう作品があるのである。私は絶対自由主義《アナーキズム》の心情のリアルポリチックス界における命運よりはむしろ、オンナについての氏の感想をより直接的にたずねるべきであったと、家へ帰って酔いがさめてから考えなおしたものだった。

氏の名人や奇人についてのエッセイ集は、読んでいるときの私をはるかにのびのびとさせ、くつろがせ、楽しませてくれる。これらの文集のテーマを強引に要約すれば人体という大陸の内部における手と精神の両極の、相反、融合、反撥、揚棄、達成、賭博、または挫折の、かずかずの物語であろうか。これらは読みたどっていて、じつに透明であり、示唆に富み、小さな何気ない挿話が巨大なテーマをふくみつつあちらこちらに配置されてあり、抑制されながらも本能の分泌するユーモアと知性の分泌するウィットとが無碍にたわむれあっていて、むすぼれこわばった心をのびのびほどいてくれるのである。手と精神の関係について私たちはアランの秀抜な語録を読み、労働（もしくは機械生産）と精神の関係についてはシモーヌ・ヴェーユの悲痛な洞察を読むのであるけれど、わが国ではここ二十年間、手は、もしくは足は、たえて論議の対象となったことがない。かねがねこのことが気になってならない。この二十年間にありとあらゆる思潮が導入され、議論され、おごそかにベスト・セラーになり、すみやかに忘れられていく風景を私たちは目撃したが、極左から極右に及ぶ広大なそれらが論じているのはことごとくアタマから発していて、手はまったく忘れ去られている。アタマで革命を論じ、アタマで挫折し、アタマで転向し、アタマで実存、アタマで孤独、アタマで断絶、アタマで失神、いったい手と足はどこへいってしまったのだろう。手が精神におよぼすひそやかで、微妙で、圧倒的な力、影響は、まったく忘れられてしまったのである。中国は政府と党の強制、領導によって《知識人を農民に、農民を知識人に》という大号令で人びとを下放、上放、大動員しつつあるが、昔から宗教と政治を問わずいっさいの革命は《全なる人間を！》と叫んできた。つまり、手と精神の結合を叫んできた。しばしばそれは単に強制か合言葉のみで終り、けっして手が精神に劣らぬほど微細、広大、必須の器官であることを痛切に教えてはくれなかったが、しかし、わが国のあらゆる派の、人間復活を呼号する運動が、ことごとく手を忘れ果てていることでは完全に一致するという風景は、じつに奇妙な現象である。おそらくそれは、運動者それぞれが、真に人間性の破損、欠落について感ずることがないからではあるまいかと思われる。

そういう大げさなことをいおうとして石川氏の論集をひきあいにだす心算ではなかったのだが、あまりにそれが精緻、微妙であり、時代があまりに忘れすぎているために、つい声が高くなってしまったのだった。

石川　仕事をすることが自由だという、これがね、東洋の思想で、論語の思想もそうだな。手を休めるな。孔子さんのいうことはそれだ。あの人はじつに俗物とも何とも、俗物もいいところなんだが、さすがにいいことをいったな。手を休めるな。よく教えているな。手を休めたらろくなことを考えない。たかが当人が考えていることは、上手なことは絶対に考えない。それより、手をうごかしたほうがいい。碁、将棋をしろというんだよ。なかなか立派だ。バクチをしろというんだ。バクチをしないでいるよりはしたほうがましだということを孔子がいってる。手をうごかすからな。あれは、だから、レーニンみたいな野郎だと思っている、僕は（笑）。

まったく不思議だ。現代文学もまた手を切りすててしまっている。石川淳氏の論集をのぞけば、武田泰淳氏。それから〝シタイ、シタイ、オレハ何カシタイ〟といって世界中を放浪して歩く主人公を書いたソウル・ベローと、それから、機械工を主人公にした活潑で率直で旺盛なアラン・シリトーの作品。それらぐらいではないか。手の声を聞いているのは。ほんとに人間の破損を感じているのは。

不思議である。

じつに。

地図のない旅人

田村隆一

田村隆一（一九二三～一九九八）

詩人　東京生れ　明大文芸科卒　敗戦後、月刊「荒地」を編集　詩集『四千の日と夜』『言葉のない世界』は戦後の詩に決定的な衝撃をあたえた　後者により高村光太郎賞受賞詩人とのはじめての出会いをはじめての性経験ほどには緻密に喚起できないのがざんねんであるが、文章を売るようになってからまもなくのことだからもう十年はたっぷり以前のことである。新宿の小さな、暗い酒場であったと思う。そこで会った人物たちのことを思いだすと、どの人物もきまって闇のなかに体がとけていて、瞬間瞬間の眼やくちびるのことだけが遠い灯をうけてうかびあがる構図となる。詩人もその闇のなかに漂っていて、その風貌は、着流しだったりコール天だったりすることはあっても、つねに古いことばで申す〝尾羽うち枯らした〞とか、〝傘張り浪人〞とか、〝御家人くずれ〞とか、とりわけ〝烏天狗〞などがピタリとくるのだが、あまりピタリとしすぎるのでかえって気がさすくらいである。ときに昂揚し、ときに憔悴しているのだが、眼を凝らしてむつかしく正しい論を展開したあとできまってテレてカッカッカッと高笑いするのが癖であった。つぎにどんな本を翻訳して大金儲けをするかという計画をこまかく述べたあとでもやっぱりカッカッカッと高笑いした。

詩人の作品には形容詞がほとんど使われず、腐りにくいことばをよく洗滌して使おうという態度があるため、つねに剛直の印象をうけるのであるが、風貌にも似たものがあった。やせこけた長身の、昔はさぞや美しかったこととしのばれる端正な額や鼻や頬には、いかにも精神が肉体を蝕んだらしい氷河跡が見られ、とてもそのうしろに手のつけようのない怠惰や破滅や放浪癖があるとは知りにくいのであるが、どんなに憔悴、滅亡していても、いつもどこか昂然と額をあげているようなところがあった。そして、いささかニコチンに汚染されかかってはいるものの、八重歯を見せてニッと笑うと、ひどく愛らしくて、ついとかされてしまいそうになる。躁症にあるときはたいへんな饒舌家で、こちらが口をはさむすきがなく、ひとりで序破急をつけ、さいごにかなり熟練の落語風のサゲまでつけるので、いよいよこちらはだまって聞いているしかなかった。けれど、いつもそういう好ましい躁症にあるわけではなく、ときには謎めいてもいた。

某夜、酒精の濃霧のなかでうつろになっていると、詩人がやってきて、紙きれに何か書いた。あるアメリカの小説の冒頭なんだが、いい文章だろう、うまいだろう、一箇所むつかしいところがあるが、日本語にはどう直すかね、感じはとてもでている、という。灯にすかしてみると、

〝Tonight is young and sour. And so am I.〟

とあった。

なるほど新鮮で簡潔な抒情がある。にがい宵の描写と思われる。しかし、〝young〟はいいとしても〝sour〟はどうしたものだろう。〝今夜はまだ早くて酸っぱい。おれも

だ〃ではどうしようもない。〃今宵はまだ早くてじめじめしている。おれもそうだ〃とするか。それとも〃まだ宵のうちで冷たい。おれも〃とするか。グラスをおいて、紙きれを持ち、考えあぐねていると、詩人はまるで禅の公案をあたえたような、しかしそのことばに惚れきっているらしい顔で、そのまま酒場をでていってしまった。

いつも暗い濃霧のなかでしか会ったことがないので詩人が御家庭ではどんな姿態で暮しているのか、どう察しようもなかったが、あるときこっそりささやかれたところによると、一年三百六十五日、毎日ちがう友達の家を泊り歩けるんだ、きみの家を入れないでだよといって、カッカッカッと高笑いする。三百六十五日はいささか吹いているとしても、まんざらホラではないらしく、詩人の生活ぶりの本質はそのせりふにでているようであった。ふいに彼が戸をあけて入ってきて飲んだり食べたりして寝て出ていっちゃったという話をその後ちょいちょい聞くようになった。すばらしく美しい話をしたあとで昂然と額をあげてカキのグラタンを作れと命じられたものもあるし、この種の挿話はかぞえだすとキリがない。たいていの場合、おしかけられた家の男のほうは愉快がったり面白がったりしているようなのだが、例によって女はぐずぐずいうのである。

現在生島治郎と名のり当時小泉太郎と名のっていた「ミステリ・マガジン」の編集長が拙宅に遊びにきていろいろ話していったところによると、かつて詩人がその雑誌の編集長だったことが二年ほどあったが、いつもぞろりと着流しで社にあらわれ、弁当箱をぶらさげていることもあり、部屋に入ると水を飲んで寝てしまう。社長が階段をあがってくる気配がするとパッと跳ねて机にとびつき、本を読む風をよそおうが、いっちまうとまたゴロリと寝そべる。夕方になると飲みにか、ちがう寝床をさがしにでかける。手に負えないなまけものなのに眼光ばかりは炯々としている。一種異様な才能があって原文を読まないで下訳に手を入れるのだが、彼がチョコマカと訂正するとたちまち全体がヒリヒリしまってくる。人を見るとすぐに、おい、百エン持ってないかというが、その舌が休むか休まないかにすぐ値崩しして、おい、十エンでもいいぞという癖がある。テレてるのだろうか。小泉太郎はそういうことをひそひそと語っては帰っていくのだが、辟易させられながらも詩人のことをたいへん愛しもし、尊敬もしている気配であった。

あまり上等でないジンのことを《青い廃墟《ブルー・ルーイン》》というが、それを題にして私は小説を書こうと考えたことがあった。『青い月曜日』という題をべつの作品に使ってしまったので、新しく題を考えなおさなければならないが、いまでも私はその小説のテーマやディテールを捨てきれないでいる。詩人をモデルにしてドン・キホーテ小説を一篇書きたいのである。各章の冒頭に詩人の詩を一節かかげてその章のテーマや物語を暗示するように仕掛けるのである。暗い霧のなかで詩人にその計画をうちあけると、たちまち快諾。テープ・レコーダーを持って軽井沢へおいで、洗いざらい話してあげるよ、ということになった。詩人の申出により、原稿料も山わけ、印税も山わけ、放送料も映画化権料も山わけ、なお映画化の際には詩人自身がスターとして出演したいが映画会社との交渉は……というような、さきのさきまで読みこんだ相談にふけった。たしかフランシス・カルコだったかにモジリアニをモデルとしてその周辺にエコール・ド・パリ人や画商や女を配したさいごの芸術家小説があったと思うが、あんなもんじゃないんだと、二人していきまいた。けれど、その後私は何度も何度も諸国漫遊にでかけるようになって詩人にも会わず、その酒場にもいかなくなり、計画は醱酵したまま、蒸溜もされず、瓶にもつめられていない。詩人は『若い荒地』という自伝風の詩史を書いたが、これはロマネスクではないので、私がはたらける土地はまだのこっている。

この原稿を書くために、じつに久しぶりに詩人に会いにでかけた。じつに久しぶりと書いたが詩人がその巣にこもっているところを目撃するのはこれが二度めで、一度めは日暮里の墓地ぎわにわだかまっているところを大江君と訪れたのだったが、まもなく大江君がウィスキーを飲んで口論を開始したので、当然のことながら岸田衿子さんに家をでるよう命じられ、両君は夜ふけの路上で口はともかく手と足はなっちゃいない殴りあいの真似ごとみたいなことをはじめた。私はその闘争のテーマにまったく関係もなければ関心もなかったので、ひょろひょろと大江君がとんでくるのをよけようとして詩人がひょろひょろとよろめくのをうしろにまわって支えただけである。だからつぶさに詩人の巣を観察するのは今回がまず最初といってもよいようなものである。そこで、どんな荒地にいまは住んでいるのだろうかと興味を抱いてでかけてみたところ、参宮橋あたりのアパートの二階の一室で詩人は小柄でかわいい奥さんと小綺麗に暮していたので、いささかおどろいた。本棚も、テーブルも、壁も、きれいに整理、整頓され、畳の青い目が見られ、一羽のオウムが皿のふちで置物みたいに首をかしげていたりするのだ。詩人は髪を刈り、ヒゲを剃り、清潔な和服を折目正しく着こなしている。あいかわらず長身で、やせこけているが、髪がずいぶん白くなった。額をひょいとあげると昔の昂然があらわれるが、殺気にかわって柔和のアトモスフェールが洩れでるようだ。

開高　近頃はさまよい歩いていないんですか。ヴィルギリウスの地獄めぐりは終ったの？

田村　体力がないね。要するにホルモンですよ。いささかくたびれたね。もうユリシーズの旅は終ったのよ。でも、もう一回別な次元でやりたいね。今度はほんとうの哲学的なユリシーズができると思うけれどもね。

開高　流連荒亡は二十年くらいでしたかな？

田村　戦後から二十年くらいだね。

開高　かなりホルモンはあったほうじゃないですか。横顔はさびしかったけれども。

田村　あったほうだね。そりゃさびしいさ。金のないせいもあるな。なんにもしないで流連荒亡ばかりしてるんだからね。

開高　二十年間なんにもしないで流連荒亡だけってのはたいへんですよ。なみたいていじゃない。よほど気力がないことには、これは、二十年間も……。

八重歯を見せ、眼を細くして笑うと、いまはすっかり清潔になった烏天狗の顔に昔とおなじ純潔と愛らしさがあらわれた。暗い霧のなかで何度となく目撃した微笑である。おもむろにビールがきいてきてカッカッカッと、ときに高笑いも聞えはじめる。濡れた靴下のように憔悴しているときも、火花のように昂揚しているときも、この高笑いがあって、それははにかみでもあり自信でもあるらしいと思えたものだが、〝世のかりそめの荆棘にも血を流して泥中を転々とする〟繊鋭と、何をブッつけられてもいっこうにこたえずけろりとしているゴムのかたまりのようなところと、いつもこの人には相反共存が見られて、その離合、また集散ぶりに魅《ひ》かれたものであった。

私は宿酔と、思いぞ屈することのあるためとで今日は落ちた袋のようである。奥さんにだしてもらった枕に肘と頭をのせ、よこたわったままで話を聞く。詩人はひとりで語り、述べ、叙事し、叙情し、罵り、賞め、詠歎し、笑い、とめどない。あいかわらずだ。健在だ。口をはさむすきがない。対話にならない。くたびれるのを待つしかないが、いったいこの饒舌の天才にそんな瞬間を期待していいものか、どうか。アリストパネスは登場人物の一人に、思案に窮したときはそいつをカブト虫のようにブンブン頭のまわりをとびたいだけとばせてやるがよい、くたびれて落ちたところを手にとってじっと眺めたらいいのだ、ただし糸だけはしっかり手に握っておくことだといわせているが、かつて私は詩人について糸を握ったこともなければ手に落ちたのを見たこともないのだ。いつも彼は朝鮮独楽のように回転しつづける。朝鮮独楽は回転がにぶって倒れそうになると紐でひっぱたいてやる。するとゆらりと首をたてなおしてふたたび回転しだすという独楽だが、詩人は自身で自身をひっぱたくのだ。こちらは手をぶらさげて、ただ眺めているしかない。

……詩人というものは十五か六ぐらいのときにめざめなけりゃいけない。それから二十年も四十年もかかって成熟していくんだ。ところが近頃の連中は三十をすぎてから詩を書きはじめる。大学の先生とか何とか、そんなのが多いね。これはいけないよ。完全にいけませんね。おれはアメリカのアイオワ大学に半年留学したんだが、アイオワってえのはトウモロコシと歯ブラシのブタの毛の産地なんだ。のんびりしていてよかったな。人間が人間らしくてなあ。率直で、無垢で、よかった。インテリが日本みたいに二枚舌を使わないし、かげ口にもふけらない。ことばは額面どおりにとっていいんだ。半年間何もしないでアパートでごろっちゃらとしていただけなんだが、おかげで太ったよ。おれが太ったんだ。東京へ帰ってきたらまたやせちまったがね。東京はひどいところだよ。お宮本陽吉さんにアイオワはドライ・ステートで田村さんみたいな酔っぱらいは一発でブタ箱にほりこまれるよと聞かされていたんだが、いってみたらバーは軒並みにあって世界じゅうのお酒が全部ある。宮本さんは研究室にこもって勉強ばかりしていたんだね。町のスーパーマーケットにはキリンビールも売ってるんだよ。インスタントラーメンが十種類くらいあったかね。中国人の学生が買うんだよ。中国人の留学生がね。それに東南アジアの留学生がね。たくさんいるんだよ。図書館でも中国のセクションはすごいよ。日本の五倍くらいあったかな。日本のセクションには主に岩波書店と筑摩書房の全集物がそろってるくらいかね。「文芸」はあったようだぜ。おれはブランデンの弟子でポール・エングルという人に厄介になったんだがね。オックスフォードでブランデンにイギリス文学を習って、オックスフォードでも学位をとっていて、アイオワで文学博士になったのはこの人が最初だって。ジョンソン大統領のときの文学顧問なんですよ。詩のほうがこのエングルで、小説のほうがスタインベック。不思議な人よ。「プレイボーイ」の編集長なんか、全部教え子なんだよ。変ってでね。〝アイ・ヘイト・マニー！〟って学校のなかをどなって歩いてるんだ。懐しいね。シカゴへ三日ほどいったことがあるが、正直なところ都会にはうんざりしちゃったな。ビッグ・シティは東京だけでたくさんだ。アイオワの春はいいね。すばらしいぞ。日本でいうと東北の春だな。いっせいにいろんなものが咲くんだ。小鳥がいっぱいくる。北米の小鳥はきれいだよ。おれは躁鬱症なんだ。とくに宿酔がつづいて飲むとダメだね。シラフのときはわりあいすけべえなんだが、酔うとぜんぜんダメになっちゃうんだよ。ある意味でシリアスになるんだね。お酒が入るとまじめになっちゃう。抽象的になる。金子さんじゃないけれどほんとうにすけべえになるにはあと二十年くらいかかるね。要するに男性の機能がなくならなかったらダメなんだよ。すけべえになれない。まだちんぽがあるうちは、一種の生理的な機能を果すうちはダメですよ。六十くらいになったらおれは小説を書く。散文というのはむつかしいですよ。やさしいものは一つもないけどね。いい散文は書きたいね。いい散文を書きたいというのは私の念願であって、散文がそれにこたえてくれるかどうか、ぜんぜん疑問だ。ぜんぜん。ぼくだって多少の虚栄心があるからね。そういう虚栄心というのはわりあい大事なんだよ。とくに文学とか小説の場合はね。だからぼくは虚栄心にたいしては、相当、価値をおくんだけれどもさ。むつかしいね。散文は。とくにいい散文は逆説的ないいかただけれども、いい詩よりもむつかしいですよ。結局どんな小説だって、ぼくはことばをエンジョイするんだ。べつに小説に書かれた思想とかイデオロギーとか、小説のなかにあるなんとかをエンジョイするわけじゃないんだ。小説は要するに言葉でできているんだからね。いい小説というのはしいていえば未分明のものから一つの形式に向うのがぼくは散文だと思うんだ。詩の場合のモチーフは形式なんだ。どんな自由詩人だって形式というものがモチーフでなかったら詩は書けないはずなんだよ。それを若い方はホルモンにまかせて書くから、おれはアレヨ、アレヨとおどろく。言語を楽しまない小説なんていうのはぜんぜん不可能だと思うんだ。ところが詩の場合は、逆にいうとモチーフは形式なんだよ。どんな深遠な思想を持ったっていい詩が書けるなんていうことをだれも保証しないんだし、事実この四千年間でだれも書いていないんだ。最初にくるのは形式なんだ。モチーフが形式で、それから未分明のほうへ向っていかないと、詩にならないんだな。だから散文と詩とはそういう意味ではぜんぜん逆過程だね。ぜんぜん。ぼくは小説を読んだって、言葉を楽しませてくれないものは、散文とも思わないし、まして小説とも思わない。

雪のうえに足跡があった
足跡を見て　はじめてぼくは
小動物の　小鳥の　森のけものたちの
支配する世界を見た
たとえば一匹のりすである
その足跡は老いたにれの木からおりて
小径を横断し

もみの林のなかに消えている
瞬時のためらいも　不安も　気のきいた疑問符も　そこにはなかった
また　一匹の狐である
彼の足跡は村の北側の谷づたいの道を
直線上にどこまでもつづいている
ぼくの知っている飢餓は
このような直線を描くことはけっしてなかった
この足跡のような弾力的な　盲目的な　肯定的なリズムは
ぼくの心にはなかった

たとえば一羽の小鳥である
その声よりも透明な足跡
その生よりもするどい爪の跡
雪の斜面にきざまれた彼女の羽
ぼくの知っている恐怖は
このような単一な模様を描くことはけっしてなかった
この羽跡のような肉感的な　異端的な　肯定的なリズムは

ぼくの心にはなかったものだ
突然　浅間山の頂点に大きな日没がくる
なにものかが森をつくり
谷の口をおしひろげ
寒冷な空気をひき裂く
ぼくは小屋にかえる
ぼくはストーブをたく
ぼくは
見えない木
見えない鳥
見えない小動物
ぼくは
見えないリズムのことばかり考える

私はいぎたなく寝そべったままでこの詩の純粋蒸溜ぶりのことを考えている。これは『言葉のない世界』に収められている「見えない木」という作品である。いつもの作風で、やっぱり形容詞がない。美味で腐りやすいもので書かれていない。剛直の凛とした気配をおぼえさせられる。彫刻は周囲の空気をいかに固めるかによって決せられるが、この詩の単語の周囲では寒冷がそのまま清浄に凍って固められ、それまでの詩人の作品がよく才華の意想奔出によるリズムのためにうつろで硬い鎧か、造花に似たジュー・ド・モ（ことばのあそび）に終りかねないことが多かったのに、ここでは認識と、思惟と、リズムがそれぞれ白裸のままで結合しあっている。さむらいのストイシズムにつらぬかれているとはしてもこれほど素朴で親密な高いことばで語りかけてくれる詩人はこの華麗な貧血の時代にはめったにいないのである。

「荒地」の人びとの作品に異存をおぼえたことがほとんどない。戦争が終った年、私は十四歳で、中学三年生だったが、その後このグループの人びとが詩を発表しはじめるのをつぎつぎと読み、違和感をおぼえたことがほとんどなかった。むしろあまりにも自明と感じられることをいまさらどうしてこううたわねばならないのだろうかといぶかしみたくなりさえした。それほど親密さをおぼえたのである。たとえば詩人の有名な作品に「立棺」がある。

わたしの屍体に手を触れるな
おまえたちの手は

「死」に触れることができない
わたしの屍体は
群衆のなかにまじえて
雨にうたせよ
われわれには手がない
われわれには死に触れるべき手がない

この長詩の各部の最後の二行ずつだけをとって並べるという、はなはだ野蛮なことをいま試みてみると、つぎのようになる。

われわれには手がない
われわれには死に触れるべき手がない

われわれには職がない
われわれには死に触れるべき職がない
われわれには職がない

われわれには生に触れるべき職がない
地上にはわれわれの墓がない
地上にはわれわれの屍体をいれる墓がない

地上にはわれわれの国がない
地上にはわれわれの死に価いする国がない
地上にはわれわれの国がない
地上にはわれわれの生に価いする国がない

われわれには火がない
われわれには屍体を焼くべき火がない
われわれには愛がない
われわれには病める者の愛だけしかない

われわれには毒がない
われわれにはわれわれを癒すべき毒がない

こういう列挙はこの水晶質の長詩から手だけ切りおとして観察するようなふるまいでくれぐれもお詫びしたいと思うのだが、はじめて読んだとき、私のいいたいことがほとんどすべて書いてあるという感動を抱いたことをいいたいのである。詩は一瞥で感知すべきものであって分析すべきものではあるまいからこれ以上いうことは何もないのだが、この呻吟の詩には宣言の口調があり、「荒地」派宣言とそのままとってよいかと思われる。私の皮膚に捺印された荒地はまず大阪や神戸や東京の焼跡であって、エリオットはずっとのちになってあらわれ、その影はよほど薄かったが、焼跡の無機質の清浄と陰惨から私が吸収していた混沌に詩人のこの作品は、あらわな、口ごもらない、正面からの凝視と指摘をあたえてくれ、形をあたえてくれたようであった。病いは癒す術《すべ》がないとしても名をあたえられたときには何かが征服されているはずである。恐ろしいのは非定形それ自身ではなく、それ自身に名のないことである。名をあたえられた瞬間に何かがあたえられ、同時に音もなく何かが奪われてしまうが、求めずにはいられない。

言葉なんかおぼえるんじゃなかった

言葉のない世界
意味が意味にならない世界に生きてたら
どんなによかったか

あなたが美しい言葉に復讐されても
そいつは　ぼくとは無関係だ
きみが静かな意味に血を流したところで
そいつも無関係だ

あなたのやさしい眼のなかにある涙
きみの沈黙の舌からおちてくる痛苦
ぼくたちの世界にもし言葉がなかったら
ぼくはただそれを眺めて立ち去るだろう

あなたの涙に　果実の核ほどの意味があるか
きみの一滴の血に　この世界の夕暮れの
ふるえるような夕焼けのひびきがあるか

言葉なんかおぼえるんじゃなかった
日本語とほんのすこしの外国語をおぼえたおかげで
ぼくはあなたの涙のなかに立ちどまる
ぼくはきみの血のなかにたったひとりで帰ってくる

金子光晴のある詩を連想させられる。〝人間文字を識《し》るが憂患の始まりなり〟とした蘇東坡を連想させられる。ほかに無数の詩人や作家を連想させられる。死ぬまでに何百回、ふるえるような夕焼けのひびきのない場所でこの吐息を洩らさねばならないことか。グレアム・グリーンのある本を引用して田村隆一と鮎川信夫はたがいにたがいの詩作態度を〝地図のない旅〟としているが、これ以上の名言はさしあたって発見されてもいないし、創製されてもいないようである。荒地派マニフェストを一語に濃縮すればこのことばにたどりつくことになると思われる。荒地派のみならず、すべての詩人と作家の態度もこの一語に代表されていると思われる。〝崩壊し、廃墟と化した言葉と想像力の戦場で、全体としての生の意味を問おうとするものは、「直喩」をもたない旅、つまり「地図」のない旅をするものにほかなりません〟と詩人は説いている。事物と事実のブリキ缶を舐めるような味しかしない世紀から直感力を奪回するためにはゆきずりの一言半句のために木から体を投げる旅の覚悟が求められる。現代は地図のない旅の無数の意匠の発明と放棄に熱中している時代だが、これを喪失や流亡の甘美な子守唄としてではなく、鮮烈な不安の要請として背骨の芯まで覚悟をしみわたらせている人物はごく稀である。自身で自身の体重がはこべないまでに饐えた内的蜜語で肥大した宦官がどれだけうようよいることか。

ところで。

さて。

詩人はビールをすすりつつ、語りつづけてやまない。自身に自身で鞭をくれつつ回転しつづける。この人の詩はさむらいのストイシズムにつらぬかれ、リズムに托すところ多く、エアー・ハンマーの打撃を速射しつづけ、全身を溺らせる生活の苦渋のかぎりをこれっぽちも洩らそうとせず、言葉をいまや白木の板のように削りたてることに没入しているかのごとくであるが、精神はその禁圧のカウンター・バランスを求めずにはいられない。躁鬱がそれに拍車をかける。来訪者が去ったあとで部屋のうつろさと、灯のしらじらしさと、骨を嚙む下降でしたたかに苦しむのではあるまいかと思えて、いたましくてならないのだが、それに追いつかれまいとしてか、いよいよおしゃべりにふける。日本文学にユーモアのないこと、ふくらみと展開と本能の聡明さがそのために失われていること、近頃〝あの世〟が感じられてならないこと、われわれはけだし〝あの世〟から来たのだろうからこれを〝行く〟というのは不当であって〝帰る〟というべきであろうこと、開高も六十歳まで待ったら一つのいい童話が書けるだろうからそれまでせいぜい御身大切に暮せということ、こないだ新幹線にはじめて乗って大阪へいってみたが戦前の東京のよさがあって惚れなおしたこと、高橋和巳のような深刻屋はお歯にあわなくてどうにもいけねえということ、詩も散文も肉眼で触知されるものでなくちゃいけねえということ、『家畜人ヤプー』のおかげで「都市」は空中分解せずにすんだが鮎川信夫が読んであれは戦後文学のナンバー・ワンだといったということ、当今わが国にはノミ、シラミのごとく異端が流行しているがてんでバカバカしくていけねえということ、シカゴ、ロスアンジェルスへいってみたら軒並みエロ本屋が並んでいるがワイセツ感がまったくなくて、むしろ荒涼として悲痛であり、ワイセツと隠微はもっと大切にしなくちゃいけないと思って帰国したことなどと、語りつづけた。

開高　コペンハーゲンやストックのエロ本屋はちょっと面白いよ。あの種のカラー写真集ですけれども、だいたいがパッと大股開きをやって、さあおいでと、女がこっちをハッタとにらみつけている図柄でしょう。アレがこんなに大きく写ってる。それが天上から床まで何百と並んでるところへ入ってごらんなさい。何やら妙な恐怖をおぼえますよ。

田村　開高さん。今日は重要なことをいうけれども、ぼくはべつにホモじゃないが、生まれてからこのかた、まだ一回も女陰を見たことがないんだ。ぜんぜんないんだ。ぜんぜん。気持悪い。ああいう気持悪いものは見たことがない。

開高　あまりみばはよくないけれども、イザとなると見たくなるな。

田村　それはあなたが健康なんだよ。ぼくはこのあいだ誕生日を迎えて四十七歳になったが、見たことないんだ。

開高　暗中模索ばかりですか？

田村　そうだ。それもマメじゃない。

開高　見たことないのに見たくないというのは論理としてはちょっとむつかしいんじゃないの？

田村　それは春本とか、江戸の浮世絵なんか見ますよ。それだってぼくは中学時代友達の家へいったら、へんな昔の浮世絵みたいなのを見せてくれたんだよ。グロテスクなんだ。いけないな。とてもじゃないが、いけねえ。ぼくは暗闇でさわったぐらいしか知らないですよ。その感じでは、どうも感じが悪いな。小学校へ上ったときに女の子なんかがおしっこしてるのを見た。へんなところからおしっこがでてきてね。なんだかイヤなんだな。無気味なんだ。

このあと私はヨーロッパ女とアジア女の色相の相違について若干の経験を謙虚をよそおいつつ一、二種の貝を比喩として若干誇張して述べた。詩人はそれにたいし、自分はハッキリ断言しておくがすけべえである、しかしそれゆえに見たくない、幻滅を感じたくないのだ、あなたみたいなリアリストじゃないんだから、科学者じゃないんだから、ぼくは芸術家なんだからと、いった。コタツに半身入って向うむいて肘枕ついていたかわいい奥さんがそれを聞いて声にだして笑った。二、三日後に武田泰淳夫妻、埴谷雄高夫妻と食事したときにこのことを話すと、泰淳氏は私のことをやっぱり健康だといい、私の小説のある部分をほのめかして、君は〝甘露〟を吸うんだなといって、ジッと鼻の頭を眺めた。その視線をうけて私は、おれの鼻の頭が丸くてとがってないのは生れつきなのだと内語し、拒みきることにした。これらの症例に見るかぎり、泰淳氏にしても、隆一氏にしても、みんないったい何をしてるんだろうと、いいたくなる。

これらの挿話や会話とは何の関係もないけれど、詩人の一つの長詩の冒頭をひいておきたい。それは彼の繊鋭を語る三行である。出発点としての繊鋭である。詩は論や評なんかどうでもいいので、好きか嫌いかでしか決められないのだから、好きだとなれば、ときに二プラス二は五ともなる。

針一本

床に落ちてもひびくような
夕暮がある

【河出書房新社版付記】三一〇頁に、あるアメリカの小説の冒頭として引用されている、"Tonight is young and sour. And so am I." について、その後、田村隆一氏に質問しましたところ、これはW・アイリッシュ『幻の女』の冒頭で、正しくは

"The night was young and so was he,
The night was sweet but he was sour."

であることがわかりましたが、筆者と相談の上、間違った記憶でも筆者にとっては真実であるという考え方から、原文のままと致しました。

あとがき

これは「文芸」の昭和四十二年四月号から四十五年六月号までに断続して発表したのをまとめたものである。文章による肖像画集と呼ぶべき性質のものかと思う。

このようなことをやってみないかと私をそそのかしにきたのは当時「文芸」の編集長であった杉山正樹君で、隔月ごとに発表するという形式ではじめた。ところが編集長が杉山君、佐々木君、寺田君と三代替り、そのあいだに河出書房が倒れ、再建され、雑誌もしばらく休刊だったことがある。また私がひどい抑鬱症に襲われて字が書けなくなり、アラスカへサケ釣りに走ってしまうということもあった。

登場していただいた人びとについての私の日頃からの感想はそのときどきに書きこんだのでここに繰返すことはないが、みな快諾して出席していただくことができたのは難航また難航のなかでたったひとつの舵であった。誤読されるのが作家の宿命だとはいうものの、よけいなことを不十分に書いてと、叱られそうな気がしてならない。

昭和四十五年九月某日

開高　健

解説

佐野眞一

開高健の代表作をあげろと言われれば、小説では『夏の闇』、評論ではこの『人とこの世界』をためらいなくあげる。評論を小説以外の文芸と広義に解釈すれば、この作品は、開高の仕事で時に小説以上の成果をあげてきたノンフィクションの最高傑作といってよい。

開高のノンフィクションというと、『ずばり東京』や『ベトナム戦記』、『オーパ！』の世評が高いようである。だが私の見るところ、『人とこの世界』が描き出した深々とした世界には及ばない。

『ずばり東京』は、あの泡立つような高度経済成長期の東京をスケッチして出色だが、開高の〝贅六〟的体質から来るずけずけした物言いが、時にいやみに感じられるし、『ベトナム戦記』は、ジャングルの激戦地に出かけていった勇気とジャーナリスト精神は多とするも、悪達者な文章がやや鼻につく。また文学から釣りの世界に逃亡した『オーパ！』は、高踏趣味に陥って独りよがりの記述が興を殺ぐ。

『人とこの世界』は、開高のこうした悪癖から完全に自由になっているわけではないが、開高ノンフィクションのなかではずば抜けて抑制がきいている。それはおそらく、開高がこの作品で人物論の対象として選んだ作家、詩人、画家、学者が、開高よりかなり年長の手強い相手揃いだったことに、大きく起因している。ここに登場する十二人の人物は、いずれ劣らぬうるさ型ばかりである。

『人とこの世界』の作品評にふれる前に、この連続評論の初出誌となった河出書房の「文藝」について少し説明しておきたい。

戦後、河出書房の伝説的編集者として名を馳せたのは、音楽家・坂本龍一の父親の坂本一亀である。昭和二十二年に河出書房に入社した坂本は、米川正夫訳の『ドストエーフスキイ全集』でヒットを飛ばし、以後、野間宏の『真空地帯』、椎名麟三の『赤い孤独者』、島尾敏雄の『贋学生』、三島由紀夫の『仮面の告白』など戦後文学の名作を次々と手がけ、純文学編集者としての地位を確固たるものにした。昭和三十七年には、一時休刊となっていた「文藝」も復刊され、編集長には坂本がついた。

昭和三十六年に河出書房新社に入社し、「文藝」編集部に配属されて『人とこの世界』の担当にもなった寺田博は、自身が編者となった『時代を創った編集者１０１』（新書館）で、編集者として決定的に鍛えられたという坂本をとりあげ、「文藝」復刊の頃の編集部の雰囲気についてこう述べている。

〈坂本さんをはじめとして、編集部員は毎日残業が続き、胃潰瘍になった者もいた。ファックスどころか、電話のない著者もあり、タクシーも高価な乗物だったので、国電、都電を乗りついで校正ゲラを届けたり、回収したりした。そのような繁忙のなかでも、坂本さんは著者との接触、話しあいを奨励し、自ら実行した。原稿依頼以前の、企画を練ることに手間暇をかける、というのが一貫した姿勢だった。従って、机の前に部員が長時間座っているのを見ると、機嫌が悪かったし、著者と会う約束がとれたことを報告すると、上機嫌だった。著者との打合せにかかる経費は惜しむなといい、冗談半分に、毎晩誰かと酒を飲め、そのための費用は一切編集部が持つと言った〉

坂本はその後、単行本担当の重役となり、高橋和巳の『憂鬱なる党派』、丸谷才一の『笹まくら』、辻邦生の『夏の砦』などの書き下ろし長編を世に問うた。

坂本について少し詳しく述べたのはほかでもない。坂本のような斬新な編集センスがなければ、決して『人とこの世界』のようなユニークな人物論が生まれなかったと思うからである。『人とこの世界』は、編集者が最も編集者らしかった時代が産み出した作品である。

文芸誌に日本の小説だけでなく、海外文学や詩や評論、戯曲、紀行文、さらにはチャタレイ裁判の対談論争を載せ、小田実に『何でも見てやろう』を書かせたのも坂本だった。

坂本は文芸を〝社会化〟することに最も腐心した編集者だった。私に言わせれば、文芸の〝社会化〟とは、社会に題材をとった文芸、すなわちノンフィクションのことである。

坂本が立案した「文藝」の名企画に、「文芸内閣」がある。これはその時々の社会的話題を、作家で構成された〝文芸内閣〟で勝手放題に議論するという内容の座談会企画である。

その「文芸内閣」で総理大臣に選ばれるのは、きまって石川達三、内閣官房長官に選ばれるのは、きまって開高健だった。清濁併せ呑むタイプの石川達三が総理というのは適任だし、世相と人情の機微に通じた開高健が官房長官というのもはまり役である。

ここでは、閣僚に石原慎太郎（たいていは防衛庁長官）、大江健三郎（たいていは文部大臣）、江藤淳（たいていは外務大臣）などの錚々たる顔ぶれを迎えて、「流行と生活」「スポーツと日本」「世界の女の性と愛」「芸術とセックス」「人命の尊重」などの議題が、縦横無尽に論じられている。

『人とこの世界』には、この「文芸内閣」で持ち味を遺憾なく発揮した内閣官房長官・

開高健の鮮やかな手綱さばきが随所に感じられる。何よりも指摘しておきたいのは、人選のすばらしさである。

　カラオケは選曲で決まるというのが、私の持論だが、開高はここでかなりの難曲に挑んでいる。その緊張感が、前述した抑制的な文体につながった。作家が作家を書くのは挑戦のしがいがある魅力的な仕事だが、失敗すれば命とりになりかねない、きわめて難儀で厄介な仕事でもある。

　少し個別の作品に分け入って見てみよう。まず、文筆による松川事件の援護活動で恐るべき粘りを見せて開高を驚嘆させた広津和郎である。冒頭に短いインタビューのやりとりがあり、すぐに広津と座談している情景描写が出てくる。

〈都内の某料亭の午後遅く、広津さんがジュースをチビチビやりながら、ひそひそと話している。テーブルのこちらに私がすわって、ウィスキーをチビチビやりながら、それを聞いている。庭の植込みにまだら雪がのこり、部屋のすみではガス・ストーヴがぼうぼうと鳴っている〉

　ここから、それより四、五年前、広津と一緒に松川事件について地方を講演してまわった頃の思い出になる。

〈いつかもこうだった。（中略）松江の旅館の二階で夜ふけにやっぱりこうして広津さんから話を聞きつつ酒を飲んでいた。私はおなじことをたずね、広津さんはおなじことを答えた。眼も、口調も、超脱の気配もまた、おなじであった。その頃とくらべると、いくらか広津さんは起居の動作が緩慢になり、少し老けられたような気がする〉

それから、広津が葛西善蔵や舟木重雄らと交友していた若き日のエピソード引き出す短いインタビューになり、再び開高が目の前の広津を観察した地の文となる。

〈眼を細めて、天井を仰いで、声をたてて広津さんが笑うと、いつも十歳ぐらい若返って見える。みごとに変貌する。ドテラを着てそうやっていると、どこか古い下町の大旦那が湯上りに一杯ひっかけて昔話に興じている、といった匂いがでてくる〉

みごとな展開である。インタビューと人物観察が、ひとつの違和感もなく融合している。ここには、人物のどこを観察し、どんな話を引き出し、そしてそれをどう描写するかが、間然するところなく定着されている。

この文章による肖像画からあぶりだされてくるのは、「オレはとてもかなわない」と開高自らが告白する、忍耐強く、執念深く、みだりに楽観も悲観もしない、広津の圧倒的な散文精神である。

もう一、二例、紹介しておこう。大岡昇平の人物論は、文壇の情報通がこっそり教えてくれた大岡に関する噂話から始まる。曰く、大岡は酒が入ると必ずカラむ、曰く、大岡には十年先までの執筆計画があり、この綿密で周到な計画にそって、毎日一分、一秒たりともおろそかにせず机に向かっている……。

ところが、開高の目の前に現れた大岡はそんな剣呑な人物でもなければ、仕事一途のリゴリストでもなかった。

〈ときに眼には針のごとき鋭さが光るが、笑うと意外に人なつっこい微笑のひろがるのが発見された。斬人斬馬、祖来たれば祖を刺し、師来たれば師を殺しても、という一頃の喧嘩評論のおもかげはどこにもなかった。どうも怪訝だと思っていると、氏はおっとりと笑い、「近頃僕は〝ホトケの大岡〟という評判です」といった〉

読者にまず、風評と実物の違いをさりげなく印象づけたあと、やおら本題に入っていく。このあたりの呼吸が、開高の芸の冴えである。

開高は小田実がアメリカ土産で買ってきた「ミッドウェイ海戦」というおもちゃの将棋盤を見せながら、こんな露悪的な言葉で大岡を挑発する。当時、大岡は「中央公論」に『レイテ戦記』を連載中だった。

〈「……日本帝国の命運を決した大海戦も二十年たったら子供の将棋になってしまいましたよ。十二歳以上の子供ならできると、ここに書いてあります」

そういって将棋盤を見せると、大岡氏は眼鏡をかけてじっと眺めたあと、

「僕は日本が負けた戦を将棋にして遊ぶ気にはなれないな」

ひくいがキッパリと答えた〉

『レイテ戦記』の冒頭には、「死んだ兵士たちに」という大岡自身の決意を示す献辞がそえられている。

島尾敏雄とのやりとりも、この過敏すぎる神経をもった作家の相貌をギラリとのぞかせて秀逸である。

開高と島尾は旧知の間柄である。開高がまだ習作を書いていた大阪の貧乏学生時代、関西の名門同人誌「VIKING」の同人だった島尾は、前掲の坂本一亀にかけあって新人に書き下ろしをやらせてはどうかと斡旋してくれたりした。

インタビューは当時、島尾が図書館長をつとめる奄美大島で行われた。だが、開高の思いはどうしても、その頃の懐旧談に戻りがちになる。

開高が寿屋（現・サントリー）の宣伝部に入り、島尾が神戸から東京に出て、東京・江戸川区小岩の借家に居を定めた頃の話である。当時、島尾は自分の女性問題から夫人の神経をおかしくさせ、進退きわまっていた頃だった。

これにつづく次の記述には、まだ売り出し前で自意識の捨て所に煩悶する作家の卵と、夫婦関係の地獄絵図を見てしまった壮年の作家が相対している場面が、まるで小説の一場面のように鮮やかに書きとめられている。じっくり味わっていただこう。

〈小岩の家に一度だけいったことがある。商店街や町工場のあるごみごみした低湿地帯の小さな、薄暗い家だった。たしか真夏のギラギラした日だった。私が手土産に持っていったウィスキーを氏はカンカン照りの縁側に立膝をしてすすった。それもグラスではなくて、氷金時などを入れる、赤や青の色のついたあの安物のガラス皿に入れてすするのだった。その後私は無数の場所で酒を飲んだが、皿でウィスキーを飲む人にはまだ出会ったことがないのである。あれはどういうことだったのだろう。氏が不精してコップをとりにいかなかったのか、コップもないほどの惨苦に陥ちこんでおられたのか。私は自身に憑かれすぎていたので眼に力がなく、耳もおぼろだった。何を話したのか、どうにも、いま、思いだせない。おぼえているのはギラギラ射す夏の午後の日光のなかで氏が立膝をしながらガラス皿で生ぬるいウィスキーをすすり、なぜか、ぼそり、

「人まじわりしたら血がでる」

とつぶやいた声である〉

そして奄美大島でのインタビューに戻り、島尾の「あの頃はつらかった」という悲痛な述懐がつづくのである。

作家が作家を書くとき、その作家の最も本質的な部分がいやでも露光する。真剣勝負の白刃の閃きが、音がたつように見えるからである。

これは開高作品の最上の一冊であるばかりか、戦後人物ノンフィクションの記念碑的傑作である。

この作品は一九七〇年十月、河出書房新社より刊行されました。

なお、本書のなかには今日の人道的見地から不適切な語句がありますが、差別を意図して用いているのではなく、また著者が故人であるため原文通りとしました。

名短篇、ここにあり　北村薫　宮部みゆき編

読み巧者の二人の議論沸騰し、選びぬかれたお薦め小説12篇。となりの宇宙人／冷たい仕事／隠し芸の男／少女架刑／あしたの夕刊／網／誤訳ほか。

名短篇、さらにあり　北村薫　宮部みゆき編

小説って、やっぱり面白い。人間の愚かさ、不気味さ、人情が詰まった奇妙な12篇。華燭／骨／雲の小径／押入の中の鏡花先生／不動図／鬼火／家霊ほか。

こわい部屋　北村薫編

思わず叫び出したくなる恐怖から、鳥肌のたつ恐怖まで。「七階」「ナツメグの味」「夏と花火と私の死体」など18篇。宮部みゆき氏との対談付。

謎の部屋　北村薫編

不可思議な異世界へ誘う作品から本格ミステリまで、「豚の島の女王」「猫じゃ猫じゃ」「小鳥の歌声」など17篇。宮部みゆき氏との対談付。

私の「漱石」と「龍之介」　内田百閒

師・漱石を敬愛してやまない百閒が、おりにふれて綴った師の行動と面影とエピソード。さらに同門の友、芥川との交遊を収める。（武藤康史）

尾崎翠集成（上）　尾崎翠　中野翠編

鮮烈な作品を残し、若き日に音信を絶った謎の作家・尾崎翠。この巻には代表作「第七官界彷徨」をはじめ初期短篇、詩、書簡、座談を収める。

尾崎翠集成（下）　尾崎翠　中野翠編

時間とともに新たな輝きを加えてゆく尾崎翠の文学世界。下巻には『アップルパイの午後』などの戯曲、映画評、初期の少女小説を収録する。

方丈記私記　堀田善衞

中世の酷薄な世相を覚めた眼で見続けた鴨長明。その人間像を自己の戦争体験に照らして語りつつ現代日本文化の深層をつく。巻末対談＝五木寛之

美食倶楽部　谷崎潤一郎大正作品集　種村季弘編

表題作をはじめ耽美と猟奇、幻想と狂気……官能的な文体によるミステリアスなストーリーの数々。大正期谷崎文学の初の文庫化。種村季弘編で贈る。

深沢七郎コレクション　流　深沢七郎　戌井昭人編

『楢山節考』『言わなければよかったのに日記』など独特の作品世界で知られる深沢七郎のコレクション。「流」の巻は小説を中心に。（戌井昭人）

江分利満氏の優雅な生活　山口瞳

卓抜な人物描写と世態風俗の鋭い観察によって昭和一桁世代の悲喜劇を鮮やかに描き、高度経済成長期前後の一時代をくっきりと刻む。（小玉武）

人とこの世界　開高健

開高健が、自ら選んだ強烈な個性の持ち主たちと相対する。対話や作品論、人物描写を混和して描き出した「文章による肖像画集」。（佐野眞一）

修羅維新牢　山田風太郎

薩摩兵が暗殺されたら、一人につき、罪なき江戸の旗本十人を斬る！　明治元年、江戸。官軍の復讐の餌食となった侍たちの運命。（中島河太郎）

魔群の通過　山田風太郎

幕末、内戦の末に賊軍の汚名を着せられた水戸天狗党の戦い。その悲劇的顛末を全篇一人称の語りで描いた傑作長篇小説。（中島河太郎）

兄のトランク　宮沢清六

兄・宮沢賢治の生と死をそのかたわらでみつめ、兄の死後も烈しい空襲や散佚から遺稿類を守りぬいてきた実弟が綴る、初のエッセイ集。

私の文学漂流　吉村昭

小説家への夢はいくら困窮しても、変わることはなかった。同志である妻と逆境を乗り越え、太宰賞を受賞するまでの作家誕生秘話。（稲葉真弓）

快楽としての読書　日本篇　丸谷才一

読めば書店に走りたくなる最高の読書案内。小説からエッセー、詩歌、批評まで、丸谷書評の精髄を集めた魅惑の20世紀図書館。（湯川豊）

みみずく偏書記　由良君美

才気煥発で博識、愛書家で古今東西の書物に通じた著者が、書狼に徹し書物を漁りながら、読書の醍醐味を多面的に物語る。（富山太佳夫）

文壇挽歌物語　大村彦次郎

太陽族の登場で幕をあけた昭和三十年代。編集者の目から見た戦後文壇史の舞台裏。『文壇うたかた物語』『文壇栄華物語』に続く〈文壇三部作〉完結編。

文豪たちの大喧嘩　谷沢永一

好戦的で厄介者の論争家、鷗外。標的とされた暢気な逍遥。独立闊歩の若き批評家、樗牛。文学論争を通して、その意外な横顔を描く。（鷲田小彌太）

文豪怪談傑作選 川端康成集　川端康成 東雅夫編
生涯にわたり、霊異と妖美の世界を探求してやまなかった川端。幻の処女作から晩年の絶品まで、ノーベル賞作家の秘められた異形の世界を総展望。

ラピスラズリ　山尾悠子
言葉の海が紡ぎだす、〈冬眠者〉と人形と、春の目覚めの物語。不世出の幻想小説家が20年の沈黙を破り発表した連作長篇。補筆改訂版。（千野帽子）

英語で読む 銀河鉄道の夜（対訳版）　宮沢賢治 ロジャー・パルバース訳
"Night On The Milky Way Train"（銀河鉄道の夜）賢治文学の名篇が香り高い訳で生まれかわる。文庫オリジナル。井上ひさし氏推薦。（高橋康也）

私小説 from left to right　水村美苗
12歳で渡米し滞在20年目を迎えた「美苗」。アメリカにも溶け込めず、今の日本にも違和感を覚え……。本邦初の横書きバイリンガル小説。

続 明暗　水村美苗
もし、あの『明暗』が書き継がれていたとしたら……。漱石の文体そのままに、気鋭の作家が挑んだ話題作。第41回芸術選奨文部大臣新人賞受賞。

川三部作 泥の河／螢川／道頓堀川　宮本輝
太宰賞「泥の河」、芥川賞「螢川」、そして「道頓堀川」と、川を背景に独自の抒情をこめて創出した、宮本文学の原点をなす三部作。

芥川龍之介全集（全8巻）　芥川龍之介
確かな不安を漠然とした希望の中に生きた芥川の全貌。名手の名をほしいままにした短篇から、日記、随筆、紀行文までを収める。

内田百閒集成（全24巻）　内田百閒
飄飄とした諧謔、夢と現実のあわいにある恐怖。磨きぬかれた言葉で独自の文学を頑固に紡ぎつづけた内田百閒の、文庫による本格的集成。

梶井基次郎全集（全1巻）　梶井基次郎
「檸檬」「泥濘」「桜の樹の下には」「交尾」をはじめ、習作・遺稿を全て収録し、梶井文学の全貌を伝える。一巻に収めた初の文庫版全集。（高橋英夫）

太宰治全集（全10巻）　太宰治
第一創作集『晩年』から太宰文学の総結算ともいえる『人間失格』、さらに『もの思う葦』ほか随想集も含め、清新な装幀でおくる待望の文庫版全集。

夏目漱石全集（全10巻）　夏目漱石

時間を超えて読みつがれる最大の国民文学を、10冊に集成して贈る画期的な文庫版全集。全小説及び小品、評論に詳細な注・解説を付す。

中島敦全集1　中島敦

生前刊行の第一創作集に準拠しつつ、「古譚」「斗南先生」「虎狩」「光と風と夢」の他、一高時代の習作六篇、歌稿漢詩等を収める。

宮沢賢治全集（全10巻）　宮沢賢治

『春と修羅』、『注文の多い料理店』はじめ、賢治の全作品及び異稿を、綿密な校訂と定評ある本文によって贈る話題の文庫版全集。書簡など2巻増巻。

内田百閒　ちくま日本文学

花火　山東京伝　件　道連　豹　冥途　大宴会　流渦　蘭陵王入陣曲　山高帽子　長春香　東京日記　サラサーテの盤　特別阿房列車　他　（赤瀬川原平）

宮沢賢治　ちくま日本文学

革トランク　毒もみのすきな署長さん　風の又三郎　注文の多い料理店　猫の事務所　オツベルと象　セロ弾きのゴーシュ　詩　歌曲　他　（井上ひさし）

太宰治　ちくま日本文学

魚服記　ロマネスク　満願　津軽抄　女生徒　千代女　新釈諸国噺より　お伽草紙より　トカトントン　桜桃　ヴィヨンの妻　他　（長部日出雄）

ちくま文学の森　1巻　美しい恋の物語

初恋（尾崎翠）　ラテン語学校生（ヘッセ）　ポルトガル文（リルケ訳）　ほれぐすり（スタンダール）　ことづけ（バルザック）　なよたけ（加藤道夫）など14篇

ちくま日本文学（全40巻）　鶴見俊輔／安野光雅／森毅／井上ひさし／池内紀 編集協力

小さな文庫の中にひとりひとりの作家の宇宙がつまっている。一人一巻、全四十巻。何度読んでも古びない作品と出逢う、手のひらサイズの文学全集。

ちくま文学の森（全10巻）　安野光雅／森毅／井上ひさし／池内紀 編

最良の選者たちが、古今東西を問わず、あらゆるジャンルの作品の中から面白いものだけを基準に選んだ、伝説のアンソロジー、文庫版。

ちくま哲学の森（全8巻）　鶴見俊輔／安野光雅／森毅／井上ひさし／池内紀 編

「哲学」の狭いワク組みにとらわれることなく、あらゆるジャンルの中からとっておきの文章を厳選。新鮮な驚きに満ちた文庫版アンソロジー集。

人《ひと》とこの世《せ》界《かい》

二〇〇九年四月十日　第一刷発行
二〇一三年九月五日　第六刷発行

著　者　開高健（かいこう・たけし）
発行者　熊沢敏之
発行所　株式会社　筑摩書房
東京都台東区蔵前二―五―三　〒一一一―八七五五
振替〇〇一六〇―八―四一二三
装幀者　安野光雅
印刷所　星野精版印刷株式会社
製本所　株式会社積信堂
乱丁・落丁本の場合は、左記宛にご送付下さい。
送料小社負担でお取り替えいたします。
ご注文・お問い合わせも左記へお願いします。
筑摩書房サービスセンター
埼玉県さいたま市北区櫛引町二―六〇四　〒三三一―八五〇七
電話番号　〇四八―六五一―〇〇五三

ISBN978-4-480-42593-5 C0195

ちくま文庫